AF819373

पराग मांदले

पराग मांदले का जन्म 24 जुलाई, 1972 को उज्जैन, मध्य प्रदेश में हुआ। विक्रम विश्वविद्यालय, उज्जैन से हिन्दी साहित्य में परास्नातक और डॉ. बाबासाहेब आम्बेडकर मराठवाड़ा विश्वविद्यालय, औरंगाबाद से पत्रकारिता स्नातक। 'दैनिक अग्निपथ' (उज्जैन), 'मासिक कल्याण' (गीताप्रेस, गोरखपुर), 'दैनिक देवगिरी समाचार' (औरंगाबाद) और 'दैनिक लोकमत समाचार' (औरंगाबाद) में कुल मिलाकर सात वर्षों तक पत्रकारिता की।

उनके दो कहानी-संग्रह प्रकाशित हैं—'राजा, कोयल और तन्दूर' तथा 'खिलेगा तो जलेगा ख़्वाब'। इसके अतिरिक्त गांधी विचारों पर आधारित पुस्तक 'गांधी के बहाने' भी प्रकाशित है जिस पर उन्हें तीसरा 'सेतु पांडुलिपि पुरस्कार' मिला है। देश के विभिन्न समाचार-पत्रों और पत्रिकाओं में कविताएँ तथा विभिन्न विषयों पर बड़ी तादाद में लेख और नियमित स्तम्भ प्रकाशित। वे गांधी विचारों के अध्ययन और प्रचार-प्रसार तथा पर्यावरण-संवर्धन के क्षेत्र में भी सक्रिय हैं।

सम्प्रति : भारतीय सूचना सेवा के अन्तर्गत सहायक निदेशक पद पर कार्यरत।

ई-मेल : paragpmandle@gmail.com

बाक़ी सब तो माया है

पराग मांदले

लोकभारती पेपरबैक्स

लोकभारती पेपरबैक्स में
पहला संस्करण : 2025

© पराग मांदले

लोकभारती पेपरबैक्स : उत्कृष्ट साहित्य के जनसुलभ संस्करण

लोकभारती प्रकाशन
पहली मंजिल, दरबारी बिल्डिंग, महात्मा गांधी मार्ग
प्रयागराज-211 001
द्वारा प्रकाशित

शाखाएँ : 1-बी, नेताजी सुभाष मार्ग, दरियागंज, नई दिल्ली-110 002
अशोक राजपथ, साइंस कॉलेज के सामने, पटना-800 006
1, अनमोल सोराबजी सन्तुक लेन, धोबी तलाव, मरीन लाइंस, मुम्बई-400 002

वेबसाइट : www.lokbhartiprakashan.com
ई-मेल : info@lokbhartiprakashan.com

विकास कम्प्यूटर एंड प्रिंटर्स
ट्रॉनिका सिटी-201 102
द्वारा मुद्रित

मूल्य : ₹299

BAAQI SAB TO MAYA HAI
Stories by Parag Mandle

ISBN : 978-93-49180-13-0

आस्था, ध्रुव, वैष्णवी और नई पीढ़ी को...
जिनके होने में थोड़ा-सा कहीं बचा रहूँगा मैं,
मेरी संवेदनाएँ, मेरे विचार

क्रम

चाह की गति न्यारी

ठाकुर साहब ने जैसे ही उसके सिर पर हाथ फेरा, उसकी चेतना पालतू कबूतर की तरह फड़फड़ाकर अपने ठिये पर लौटी।

सब कुछ इतनी तेजी से घटा था कि उसे अपने होश-ओ-हवास सँभालने का भी होश नहीं रहा था।

उसे केवल इतना याद है कि फूटे हुए तरबूज की तरह खुले अजय के सिर में से फर-फर बहते खून को अपनी साड़ी से रोकने का प्रयास कर रही थी वह।

उसके बाद क्या हुआ, अजय और उसे कौन इस अस्पताल में लेकर लाया, उसे पता नहीं। वह संवेदनाशून्य होकर यंत्रवत साथ चली आई थी।

अस्पताल पहुँचते ही अजय को तुरन्त ऑपरेशन थियेटर ले जाया गया। इधर उस पर प्रश्नों की बौछार हो रही थी। उन प्रश्नों की स्वर-लहरियाँ छू भर रही थीं उसे, मगर उन स्वर-लहरियों पर सवार शब्दों को उसके मन-मस्तिष्क को स्पर्श करने का कोई अवसर नहीं मिल रहा था। पता नहीं उसके मस्तिष्क में उस समय सौ-सौ तूफान एक साथ उमड़ रहे थे या फिर भयानक सन्नाटा छाया हुआ था। साथ में आए लोगों ने ही उसकी ओर से यथासम्भव उत्तर देने का प्रयास किया। सारी हलचल से बेख़बर वह ऑपरेशन थियेटर के बाहर रखी बेंच पर चेतना-शून्य होकर बैठी थी।

सामने शून्य में ताक रही थी वह, जब ठाकुर साहब ने आकर उसके सिर पर स्नेह से हाथ फेरा था। अचानक मानो स्वप्न से जागकर उठ खड़ी हुई वह। ठाकुर साहब के पैरों में झुकी तो सही वह, मगर उन्होंने बीच में ही उसे थाम लिया। ठाकुर साहब के स्पर्श ने उसकी हिचकियों और रुलाई के

सोतों को मार्ग दिखा दिया। उनकी हथेलियों का कोमल स्पर्श कुछ देर तक उसकी पीठ पर थपकियाँ देता रहा।

भीतर का शोक, सन्ताप, पीड़ा जब कुछ कम हुए तो अथर्व के हाथ में लहराता क्रिकेट का बैट और अजय का खुला हुआ सिर एक साथ एक दृश्य के रूप में उसकी खुली आँखों के सामने लहराए।

"अथर्व कहाँ है?" अचानक जैसे नींद से जागकर चीखी वह।

"पुलिस हिरासत में है वह।" ठाकुर साहब ने शान्त स्वर में उत्तर दिया।

"पुलिस हिरासत में?" हैरत से उसकी आँखें और स्वर दोनों फैल गए थे।

"हाँ, अजय पर वार करने के बाद रक्त से सना बैट लिए वह खुद पुलिस थाने पहुँच गया था। मैंने एडवोकेट जाधव से कह दिया है। वह उसकी जल्द से जल्द जमानत के लिए पूरी कोशिश कर रहे हैं।" ठाकुर साहब का स्वर उनके समान ही कोमल और शान्त था।

"यह अचानक सब क्या हो गया है बाबा?" उसके आँसू एक बार फिर बह निकले थे।

"जो नियति की इच्छा थी, वही हुआ है बेटा।" ठाकुर साहब ने कहा।

"मगर ऐसी अनहोनी मेरे ही घर में क्यों होनी थी?" उसके स्वर में कातरता थी।

"हर घटना की तरह हर प्रश्न के उत्तर का भी एक निर्धारित समय होता है बेटा। समय आने पर तुम्हें अपने हर प्रश्न का उत्तर मिल जाएगा। फिलहाल तुम्हारी प्राथमिकता अपने प्रश्नों का उत्तर नहीं, बल्कि अजय है।" ठाकुर साहब ने कहा।

"अजय बच तो जाएँगे न बाबा?" अजय का ध्यान आते ही तमाम आशंकाओं ने उसके स्वर को जकड़ लिया था।

ठाकुर साहब पहली बार हौले से मुस्कराए। "घृणा से अधिक प्यार बलशाली है। फिर बचेगा क्यों नहीं वह?"

घृणा शब्द ने कुछ पलों को उसे उलझन में डाला; किसकी घृणा? किसके लिए घृणा? मगर फिर सावन की हल्की फुहारों-सी आश्वस्ति की ठंडक उसके कलेजे में उतर गई।

उसने स्वप्न में भी कभी इस बात की कल्पना नहीं की थी कि उसका बेटा अथर्व कभी अपने ही पिता पर इस तरह जानलेवा वार कर सकता है।

बचपन से ही संस्कारों के झीने आँचल तले अपने प्रेम का दूध पिलाकर पाला है उसने अथर्व को। अपनी ही तरह थोड़े-से क्रोधी स्वभाव के अपने इस बेटे को खुद अजय ने भी कोई कम प्यार नहीं दिया है। तमाम नोक-झोंक के बावजूद अजय और अथर्व के बीच समान सोच और रुचियों की डोर बड़ी मजबूती से बँधी हुई थी। फिर अथर्व के हाथ से यह पाप कैसे घटा, खुद वह भी समझ नहीं पा रही थी।

यूँ तो अपने-आपको सम्पूर्ण लुटा देने की अभिलाषा और उत्साह से भरा प्यार तथा अपने समक्ष की हर वस्तु और व्यक्ति को तहस-नहस कर देने की धधकती अग्नि से भरा क्रोध—दोनों ही अजय के व्यक्तित्व के अहम हिस्से हैं। बल्कि अटूट कहना ज़्यादा समीचीन होगा। हालाँकि यह सच है कि प्यार उसका स्थायी भाव है, जबकि क्रोध क्षणिक, मगर खुद उसे आँखें बन्द करने पर सबसे पहले अजय का क्रोध से भरा चेहरा ही याद आता है। अपने वैवाहिक जीवन के 21 वर्षों के लम्बे सफ़र में अजय ने उससे प्यार भी बहुत डूबकर किया है, और जब कभी किया है तो क्रोध भी उतना ही खुलकर किया है। पर पता नहीं क्यों उसकी स्मृति में हमेशा प्यार करनेवाले अजय को धकेलकर क्रोध करनेवाला अजय हावी हो जाता है। खुद अजय को भी उससे हमेशा इसी बात की शिकायत रही है। वह कहता है कि उसने जितना क्रोध किया है, उससे कई-कई गुना अधिक प्यार किया है। मगर प्यार से भरा उसका रूप कभी छाया की आँखों के आगे नहीं रहता।

और यह बात केवल उसके ही मामले में नहीं है। बच्चों के मामले में भी ठीक वैसा ही है। बच्चे और खुद वह भी अजय की कमजोरी है। उनके

बिना एक दिन भी रहना पहाड़ जैसा हो जाता है अजय के लिए। बच्चों की इच्छाओं, माँगों और फरमाइशों को पूरा करने की कोशिश में अजय हमेशा पूरे जी-जान से जुटा रहा है। इसके लिए अपनी हर छोटी-बड़ी इच्छा से समझौता किया है उसने। मगर कभी किसी भी वजह से यदि उसे क्रोध आ जाए तो फिर साक्षात दुर्वासा का अवतार बन जाता है अजय। ऐसे समय में हमेशा छाया का तो हलक ही सूख जाता है, जिसमें से एक शब्द भी बाहर निकलने को राजी नहीं होता। ऐसे मौकों पर चाहे उसके शब्द हों या उसका मौन—दोनों ही अजय की क्रोधाग्नि को और भड़कानेवाले घी का ही काम करते हैं। इन इक्कीस सालों में आज तक कभी वह इस बात को सुनिश्चित नहीं कर पाई कि जब अजय को क्रोध आता है तो उसे क्या करना चाहिए। परिणाम यह होता है कि इस असमंजस में भावहीन चेहरा लिए चुप लगा जाती है वह।

अथर्व में बड़ी हद तक अजय के ही स्वभाव की छाप है। बाप के क्रोध का एक बड़ा शिकार भी वही इस मायने में रहा है कि बेहद क्रोध में भी अजय ने कभी छाया पर हाथ नहीं उठाया। उधर बेटी होने के कारण सृष्टि भी हमेशा अपने पिता की मार से बच जाती है। मगर अथर्व ऐसी किसी भी छूट से अक्सर वंचित ही रहा। इसका एक बड़ा कारण यह भी है कि अपने पिता की तरह ही क्रोधी होने के कारण ऐसे समय में वह मौन नहीं रहता, बहस करता है। हालाँकि इधर कुछ सालों में जबसे अथर्व अपने पिता के कद के आगे निकला है, अजय ने बड़ी हद तक अपने हाथों को नियंत्रित करना सीख लिया है। मगर क्रोध पर नियंत्रण करना अजय कभी सीख नहीं पाया।

उस दिन भी तो यही हुआ था।

अथर्व की बारहवीं की परीक्षाएँ अभी खत्म ही हुई थीं। आईआईटी में एडमिशन के लिए पिछले दो सालों से तैयारियाँ कर रहा था वह और सीईटी बस एक महीने दूर थी। यही वजह थी कि वह रात-दिन पढ़ाई में जुटा हुआ

था। आईआईटी में अथर्व का एडमिशन दरअसल उसका और अजय, दोनों का ही साझा सपना था। अपने जमाने में अजय का यह सपना बस कुछ ही अंकों से पीछे रह जाने के कारण पूरा नहीं हो पाया था इसलिए अथर्व के मामले में वह ज़्यादा आग्रही हो गया था। यूँ तो अथर्व अपनी ओर से मेहनत में कोई कमी नहीं कर रहा था, मगर क्रिकेट की वजह से वह पढ़ाई पर पूरा ध्यान केन्द्रित नहीं कर पाता था। बचपन से क्रिकेट अथर्व की कमजोरी था। विश्वकप विजय के बाद तो क्रिकेट मानो उसका जीवन हो गया था और धोनी उसका भगवान। अजय क्रिकेट को अथर्व और उसके सपने के बीच की सबसे बड़ी बाधा मानता था। यही बाप-बेटे के बीच टकराहट का एक बड़ा कारण बन गया। अजय का मानना था कि इस समय अथर्व का केवल एक ही लक्ष्य होना चाहिए—आईआईटी में प्रवेश। इसके लिए उसे लाखों स्पर्धकों में सबसे अव्वल रहनेवाले चुनिन्दा लोगों में शामिल होना होगा। और इसके लिए उसे अपना ध्यान विचलित करनेवाली हर चीज़ से दूर रहना होगा; जाहिर है, क्रिकेट से भी।

अथर्व इसके लिए तैयार नहीं था।

उस दिन जब ऑफिस से घर लौटा अजय तो सबसे पहले उसने अथर्व के बारे में पूछा। जब उसे पता चला कि वह किसी क्रिकेट टूर्नामेंट में भाग लेने के लिए सुबह से गया है तो बस उसका पारा थर्मामीटर के सारे अंकों को पार कर गया।

बची-खुची कसर पूरी कर दी छाया ने अथर्व की तरफदारी करके। बस बुरी तरह भड़क उठा अजय।

"तुम्हारी इसी तरफ़दारी ने उसे लापरवाह बना दिया है छाया।" अजय की आँखें कोटरों से बाहर निकलने के लिए तड़प उठीं।

"एक दिन क्रिकेट खेलने चला गया तो वह लापरवाह कैसे हो गया?" न जाने क्यों उस दिन अपने स्वभाव के विपरीत बहस के मूड में आ गई वह।

"आईआईटी के लिए चुना जाना क्या तुम्हें बच्चों का खेल लगता है?" अजय ने उत्तेजित होकर पूछा।

"जानती हूँ कि बच्चों का खेल नहीं है, और अथर्व भी तो जानता है यह। क्या वह दिन-रात मेहनत नहीं कर रहा है इसके लिए?" आमतौर पर वह ऐसा करती नहीं थी, मगर उस दिन न जाने क्यों वह भी हथियार डालने के लिए तैयार नहीं थी।

"जितनी मेहनत वह कर रहा है, उतनी पर्याप्त नहीं है। इस तरह क्रिकेट के लिए दिन-दिन भर बाहर रहेगा तो क्या खाक चुना जाएगा वह आईआईटी में, और वह भी कानपुर में।" अजय का स्वर कुछ और तेज़ हो गया था।

"तुम्हें एक दिन उसका क्रिकेट खेलने के लिए जाना तो इतना चुभ रहा है आँखों में, मगर रोज रात-रात भर बैठकर उसका पढ़ना कभी दिखाई नहीं देता।" उसने भी अजय के स्वर में ही स्वर मिलाया।

"मुझे सब दिखता है, इसीलिए कह रहा हूँ कि उसकी कोशिशें पर्याप्त नहीं हैं। यदि इसी तरह उसका ध्यान विचलित होता रहा तो उसकी सारी कोशिशें बेकार जाएँगी और मेरी सारी मेहनत मिट्टी में मिल जाएगी। क्या तुम्हें नहीं पता कि वह आईआईटी में सिलेक्ट होकर इंजीनियर बने, इस एक सपने को पूरा करने की ख़ातिर अपनी इच्छाओं से कितने समझौते किए हैं मैंने?" शायद थोड़ा भावुक हो गया था अजय।

"तो तुम उन समझौतों की कीमत उसकी छोटी-छोटी ख़शियों से वसूलना चाहते हो?" उसकी कठोरता में कोई कमी नहीं आई थी।

"और मैंने उसके लिए जो सपना देखा, उसका क्या?" भावुकता की जगह फिर उत्तेजना ने ले ली।

"तुम अपने सपने को उसकी ख़शियों का कफ़न बना रहे हो।" उसकी कठोरता न जाने कैसे उस दिन निर्ममता में बदल गई थी। न जाने कैसे उसके मुँह से फिसल गया था वह वाक्य। मगर उस वाक्य ने अजय को बुरी तरह से भड़का दिया।

"बहुत बोलने लगी हो तुम। जी करता है तुम्हारा गला दबा दूँ।" क्रोध से अपने दाँत भींचे अजय ने।

वह भी रणचंडी बन बैठी, "और कर भी क्या कर सकते हो तुम? हम सबका गला ही तो दबा सकते हो। तो दबा दो। देर' किस बात की कर रहे हो?"

इतनी खुली चुनौती उसने जीवन में पहली बार दी थी अजय को। कभी उस पर हाथ न उठानेवाला अजय बेकाबू हो गया और उसकी दोनों हथेलियाँ छाया की गरदन पर कस गईं।

पता नहीं दरवाज़े पर कब आकर खड़ा हुआ था अथर्व।

अन्दर आकर जब उसने अजय की हथेलियों की पकड़ में छटपटाती छाया को देखा तो फिर आव देखा न ताव, पूरी ताकत से अपने हाथ का बैट उठाकर घुमा दिया।

नारियल की तरह खुल गए अजय के सिर से बहते ख़ून को अपनी साड़ी से रोकने का प्रयास करती छाया को फिर कुछ याद नहीं रहा।

अजय की हालत खतरे से बाहर थी, मगर उसे अब तक होश नहीं आया था।

एडवोकेट जाधव का कहना था कि एक बार अजय को होश आ जाए, पुलिस उसका बयान ले ले, फिर वह जमानत पर तुरन्त अथर्व को छुड़ा लेगा।

छाया अथर्व से मिलने थाने गई थी, मगर वह उससे एक शब्द भी नहीं बोला। सारा समय उसकी ओर पीठ किए खड़ा रहा।

अपने मन के हज़ारों प्रश्नों के साथ वह ठाकुर साहब के सामने थी।

जिस स्कूल में वह शिक्षिका थी, ठाकुर साहब वहाँ के प्राचार्य थे। बहुत छोटी थी वह, जब उसके पिता की मौत हो गई थी। बचपन से ही पिता के प्यार से वंचित छाया को ठाकुर साहब में अपने खोए हुए पिता मिल गए थे।

दुबला-पतला शरीर, मध्यम कद, खिचड़ी दाढ़ी, छोटी मगर बहुत गहरी आँखें और अपूर्व शान्ति से भरा चेहरा। अधिकांश लोगों की दृष्टि में वे एक विद्वान, सज्जन और बेहद अनुशासनप्रिय प्रिंसिपल थे। मगर बहुत कम लोग जानते थे कि वे बहुत अच्छे मनोविश्लेषक और मनोचिकित्सक भी थे।

"जो कुछ हुआ, अथर्व तो उसमें निमित्त मात्र था बेटा। मुझे लगता है कि इसके मूल में तुम्हारे अपने भीतर की घृणा ही काम कर रही थी।" बड़ी देर तक उसके साथ बातें करने के बाद कहा ठाकुर साहब ने।

"मेरी घृणा! इस हद तक! और वह भी अजय के प्रति! यह क्या कह रहे हैं आप?" वह अपने कानों पर विश्वास नहीं कर पा रही थी।

"हाँ, किसी समय अजय को मार डालने की हद तक पहुँची तुम्हारी घृणा ने ही इस घटना का रूप लिया है, इसकी मुझे ज़्यादा सम्भावना लग रही है। क्योंकि जितना मैं अथर्व को जानता हूँ और जितना तुम्हारी बातों से समझ सका हूँ, मुझे लगता है कि इस घटना में उसके भावों की जगह तुम्हारे भाव प्रबल थे।" ठाकुर साहब का स्वर अब भी उतना ही शान्त था।

"मगर मैं अजय से घृणा कैसे कर सकती हूँ बाबा? मैंने तो हमेशा उन्हें प्यार ही किया है। उनका क्रोध कई बार मन में दुख और शिकायत उपजाता रहा है, मगर घृणा, और वह भी इस सीमा तक! और इसका मुझे पता भी न चले, यह कैसे सम्भव है?" वह भयानक उलझन में थी।

"एक पल, केवल एक पल का भी बहुत असर पड़ता है जीवन पर। हर पल हम जिस-जिस कामना के बीज बोते हैं, उन्हें पाल-पोसकर वृक्ष बनाती है इस विश्व की नियन्ता शक्ति, और फिर एक दिन उसी का फल हमारे हाथ में थमा देती है। चाहे उस पल की, उस बीज की स्मृति हमें हो या न हो।" ठाकुर साहब ने कुछ रहस्यमय अन्दाज़ में कहा।

"ये कैसी पहेलियाँ बुझा रहे हैं आप बाबा? मेरी तो कुछ भी समझ में नहीं आ रहा है।" कातर भाव से उसने कहा।

"थोड़ा याद करने की कोशिश करो छाया, क्या अथर्व के जन्म के बाद, उसकी अबोधावस्था में कोई ऐसी घटना घटी थी, अजय के क्रोधपूर्ण स्वभाव के ही कारण, जिसने तुम्हारे भीतर अजय के प्रति प्रबल घृणा का भाव उपजाया हो और चेतन या अचेतन रूप से अथर्व उसका साक्षी रहा हो।"

छाया बड़ी देर तक अपने अतीत के पन्नों में उलझी रही। बहुत प्रयास से उसने अथर्व के जन्म के बाद से अब तक की उन घटनाओं को याद किया, जिनमें अजय का रौद्र रूप देखा था उसने। उस समय उसके अपने भीतर रोष और क्रोध तो कई बार उपजा था, मगर लाख कोशिश करने के बाद भी उसे एक भी ऐसी घटना याद नहीं आई, जब उसके भीतर अजय के लिए घृणा का भाव उपजा हो।

'लम्बे विचार के बाद जब उसने यह बात कही ठाकुर साहब से तो वह गहरी सोच में पड़ गए। फिर अचानक उनकी आँखों में एक चमक कौंधी, "पिछले जन्म जैसी बात मैं इस समय करना नहीं चाहता बिटिया, इसलिए मेरे हिसाब से तो फिर सिर्फ एक ही सम्भावना शेष रह जाती है।" कुछ पलों को रुके ठाकुर साहब।

वह उत्सुकता से उनकी ओर देख रही थी।

"हालाँकि यह मुश्किल हो सकता है मगर क्या तुम उस पल को याद कर सकती हो, जिस पल के संयोग का नतीजा अथर्व है।...मेरा अनुमान है कि अथर्व का तुम्हारे गर्भ में जिस क्षण बीजारोपण हुआ था, शायद उस पल अजय के प्रति किसी वजह से तीव्र घृणा का भाव रहा हो तुम्हारे मन में। इस हद तक कि उस पल उसकी जान ले लेने की तमन्ना उपजी हो तुम्हारे भीतर।"

ठाकुर साहब के इस वाक्य ने एक विस्फोट-सा किया था उसके भीतर। एक क्षण में कोई उन्नीस साल का फासला तय कर लिया था उसने। जैसे टाइम मशीन में बैठा दिया हो किसी ने उसे।

वह दिन या कहे कि वह रात उसकी आँखों के सामने चलचित्र की तरह घूम गई।

जनवरी महीना। दिल्ली का जाड़ा। हड्डियों को कँपकँपा देनेवाला। स्कूल से घर लौटते समय वह जाम में फँस गई थी। जब घर लौटी तो बुरी तरह थकी हुई थी। उसका बस चलता तो वैसे ही सो जाती, मगर कम-से-कम उस दिन तो यह सम्भव नहीं था। क्योंकि अपनी कक्षा के बच्चों की टेस्ट कॉपियाँ लादकर लाई थी वह। अगले दिन रिजल्ट बनाना था इसलिए बिना कुछ खाए-पीए ही देर तक कॉपियाँ जाँचती रही। काम पूरा करते-करते देर रात हो गई और फिर उसमें उठकर कुछ खाने की हिम्मत भी नहीं रही।

अजय होता तो उसकी कुछ मदद कर देता और उसे कुछ बनाकर खिला भी देता। मगर वह तो ऑफिस से सीधे सिरीफोर्ट जानेवाला था। किसी अन्तरराष्ट्रीय फ़िल्म फेस्टिवल में। उसके किसी दोस्त ने पास का जुगाड़

किया था। बड़े उत्साह से बता रहा था वह सुबह, बिना सेंसर की हुई कई हॉट फ़िल्में शामिल हैं फेस्टिवल में।

आधी रात को लौटा वह। उसके पास लेटते ही मचलने लगा था अजय का हाथ।

"अजय, प्लीज़ अभी नहीं। मैं बहुत थकी हुई हूँ और मुझे बहुत नींद आ रही है।" उसने अजय का हाथ अपनी छाती से परे किया।

आमतौर पर उसकी सहमति-असहमति का सम्मान करता था अजय, मगर उस दिन पता नहीं क्यों उसकी अनिच्छा के बावजूद अजय ने उसे अपनी बाँहों में कसकर जकड़ लिया और उसके होंठों को अपने होंठों से बन्द करते हुए उसे कुछ कहने का मौका ही नहीं दिया।

उसकी घुटी हुई आवाज़, शरीर के माध्यम से छटपटाकर कुछ देर प्रतिरोध करने का प्रयास करती रही। मगर फिर प्रतिरोध करने की शक्ति भी शेष न रही।

कुछ पलों बाद सब कुछ शान्त हो जाता, मगर किसी विदेशी फ़िल्म के जाने किस दृश्य का भूत छाया हुआ था अजय के भीतर। उसने छाया को पलटकर उस पर हावी होने की कोशिश की।

"नहीं अजय, इस तरह नहीं।" उसके भीतर का प्रतिरोध एक बार फिर जाग उठा।

मगर अजय था कि कुछ मानने को तैयार ही नहीं था।

कैमरे के फ्लैश की तरह एक पल के भीतर छाया के मन में अपने अबोध बचपन की वह दर्दनाक स्मृति जाग उठी।

महज आठ साल की थी तब वह। घर में बड़े भैया की शादी की धूम मची हुई थी। रिश्तेदारों का मेला लगा हुआ था। उसे यह भीड़-भाड़ बिलकुल पसन्द नहीं थी। वह ज़्यादातर समय कोई-न-कोई किताब लेकर किसी कोने में बैठी हुई होती। उस दोपहर घर की बैठक में हो रहे हो-हल्ले से परेशान होकर वह ऊपरी मंजिल पर अपने कमरे में सिंड्रेला की कहानी की किताब

पढ़ते-पढ़ते सो गई थी। जब तेज दर्द से उसकी आँखें खुलीं तो उसने खुद को पेट के बल लेटे हुए पाया। कोई पीछे से उस पर हावी था। वह चीखना चाहती थी मगर एक सख्त हथेली ने उसके मुँह को कसकर बन्द कर रखा था। पता नहीं कितनी देर तक छटपटाने के बाद वह बेहोश हो गई थी। कुछ देर बाद जब उसे होश आया तो कमरे में कोई नहीं था। उस वक्त तो वह यह भी ठीक से समझ नहीं पाई थी कि उसके साथ हुआ क्या था। बस एक लिजलिजा अहसास था, जिससे उपजा डर उसके भीतर कई दिनों तक बना रहा। शायद उस डर के कारण ही न तो वह किसी को कुछ कह पाई और शादी की भागदौड़ में किसी के पास इतनी फुर्सत नहीं थी कि उसके बिना कुछ कहे, घर के लोग कुछ समझ पाते।

अजय की हरकतों ने एक पल में उसके घाव को कुरेद कर हरा कर दिया था। उसे महसूस हुआ जैसे उसके बचपन की नींदों को डरावना कर देनेवाला वही व्यक्ति एक बार फिर उसके साथ अपनी घिनौनी हरकत दोहराने की कोशिश कर रहा है। घृणा से भरकर अपनी पूरी ताकत लगाकर पलटी थी वह। अजय एक पल को हकबकाया, मगर फिर उसके होंठों को अपने होंठों से कसते हुए उस पर छा गया।

उस पल अजय के प्रति, बल्कि सच कहे तो पूरी पुरुष जाति के प्रति असीम घृणा से भर उठी थी वह। उस पल सचमुच उसका दिल चाहा था कि खून कर डाले वह अजय का।

क्या ठीक उसी पल अजय के बीज ने किया था उसके अपने बीज के साथ उसके गर्भ में प्रवेश, और फिर लिया था अथर्व का आकार?

आश्चर्य से विस्फारित थे नेत्र उसके। विस्मय से भरा था उसका हृदय।

जैसे अँधेरी कन्दराओं से निकालकर जलते सूर्य के समक्ष खड़ा कर दिया था किसी ने उसे।

अचानक विस्फारित नेत्रों को ढक लिया था मेघों ने। वह वर्षा थी या हिमशिखरों से निकल पूरे प्रवाह के साथ बहती गंगा!

“अब क्या होगा बाबा?” इस एक वाक्य के लिए सदियों का साहस जुटाना पड़ा था उसे।

उसके चेहरे पर तेजी से बदलते भावों को देखकर ठाकुर साहब समझ गए थे कि जिस पल की आशंका उनके भीतर है, उसके उत्स तक पहुँच गई थी छाया। अब कुछ और पूछने की ज़रूरत नहीं थी। इस समय सबसे ज़्यादा ज़रूरी छाया को हौसला देना था। इसलिए वह बोले, "होना क्या है पगली, जब एक पल की घृणा यह रूप ले सकती है तो अजय के प्रति लाखों पलों का तुम्हारा प्यार क्या नहीं कर सकता? उस प्यार पर भरोसा करो। सब ठीक होगा।"

वह विश्वास और अविश्वास, उम्मीद और आशंका के दो सिरों के बीच झूलती बड़ी देर तक अनमनी-सी बैठी रही थी कि तभी उसका मोबाइल कुनमुनाया।

दूसरी तरफ सृष्टि थी, खुशी और उत्तेजना से भरे स्वरों में कह रही थी, "माँ, पापा को होश आ गया है।"

सृष्टि के स्वरों के उजाले से उसका हृदय भर गया।

बाक़ी सब तो माया है

बहुत दिन बीत गए हैं ना, तुमसे कोई बात किए।

गहरे कुएँ में से रस्सी के सहारे किसी बाल्टी को खींचते हुए छलक गए पानी से गुज़र गए हैं ये सारे दिन।

वे दिन, जिनसे मेरा खालीपन, मेरा अकेलापन, मेरे जीवन का सूनापन भरा जाना था।

तुमसे फेसबुक के चैटबॉक्स में हुई आख़िरी बात याद करती हूँ।

तुमने लिखा था—पिछले कई दिनों से कोशिश कर रहा हूँ मैं कि तुझसे नार्मली बात करूँ, मगर तू है कि सीधे मुँह बात करने को ही राजी नहीं है। तू यदि मुझसे बात नहीं करना चाहती तो साफ कह दे।

क्या कहती मैं? क्या यह कि तुमसे बात करना मेरे अँधेरे जीवन में रोशनी की आख़िरी किरण है। या फिर यह कि तुमसे बातें करके अपने जीवन में रोशनी की आख़िरी किरण को भी खो रही हूँ मैं। क्या कहती मैं?

मगर सब्र से तुम उतने ही दूर हो, जितना मरुस्थल से पानी। मेरे कुछ कहने के पहले ही चैट बॉक्स में तुम्हारा लिखा उभर आया था—तेरे मौन से तेरा उत्तर पहुँच गया है मुझ तक।

प्रश्नों से जूझने का हौसला नहीं है, मगर उत्तरों तक पहुँचने की कितनी हड़बड़ी रहती है ना तुम्हें। जिस उत्तर तक खुद मैं नहीं पहुँच पाई थी, तुम तक मेरा वह उत्तर पहुँच भी गया था।

मैं तुम्हारे इस उतावलेपन के बारे में सोचने लगी थी। कुछ पल इसी में बीते ही थे कि तुम्हारा नया मैसेज नमूद हुआ—तू जैसा चाहती है, वही हो।

क्या ख़ाक होगा मेरे चाहने से। अब तक भला हुआ ही क्या है मेरे चाहने से? और तुम्हें क्या पता था कि मैं क्या चाहती हूँ? तुम क्यों खुद को हमेशा अन्तर्यामी समझते हो? तुमने तो मान लिया कि मैं तुमसे बात करना नहीं चाहती। मगर क्या तुम्हें कभी यह पता चला कि मैंने कभी तुमसे अबोला नहीं चाहा है?

मैं जानती थी कि अब खुद होकर मुझसे बात नहीं करोगे तुम, एक लम्बे समय तक। मेरे मौन से बुरी तरह तिलमिला जो गए थे। बात-बात में मुझे ईगोइस्टिक होने का ताना मारते हो, मगर उस दिन खुद तुम्हारा ईगो बुरी तरह से हर्ट हो गया था।

मानती हूँ कि तुम्हें तकलीफ होती है। मगर क्या यह सब मैं जान-बूझकर करती हूँ? आख़िर ज़रूरत क्या है हर बात में तुरत-फुरत किसी नतीजे पर पहुँचने की? कुछ स्थितियाँ वक़्त की धूप में पकती हैं। उन्हें पकने के लिए वक़्त देना ही होता है।

मैंने कभी इस बात से इनकार नहीं किया कि तुम जीवन को, उसके उलझाव को समझते हो। मगर एक लड़की का मन जीवन से भी ज़्यादा बड़ी पहेली होता है। मेरे मन को, मेरी उलझनों को, मेरी मजबूरी को और मेरी सोच को समझने में हर बार कोई-न-कोई चूक कर देते हो तुम।

एक समय था जब तुमने, तुम्हारी बातों ने, मेरे प्रति तुम्हारे लगाव ने, तुम मेरे साथ हो, इस अहसास ने मुझे सहेजा था, सँभाला था, मेरे टूटे हुए हौंसलों को नई ताकत देकर फिर से खड़ा किया था। तुम यह क्यों नहीं समझ पाते कि किसी समय अपनी बातों से मुझे पीड़ा के अथाह सागर से बाहर निकालनेवाले तुम, आज खुद मेरी पीड़ा की एक बड़ी वजह बन गए हो।

तुम्हें मुझसे ढेरों शिकायतें हैं। मगर मुझे तुमसे सिर्फ एक ही शिकायत है। यह शिकायत कि इतने समझदार होने के बावजूद तुम कभी मुझे ठीक से समझ नहीं पाए।

तुम्हें हमेशा शिकायत रही है कि तुमने मुझे बेहद प्यार किया, मगर मैंने कभी यह नहीं कहा कि मुझे भी तुमसे प्यार है। न कभी यह कहा कि तुम्हारा प्यार मेरे लिए बहुत महत्त्वपूर्ण है।

यदि तुमने मुझे समझा होता तो क्या यह नहीं समझा होता कि प्यार में एक बार चोट खाने के बाद कितनी बढ़ गई थी अहमियत मेरे लिए प्यार की। पहली बार प्यार में अपना सर्वस्व देने को राजी थी मैं, मगर दूसरी बार मेरी माँग सर्वस्व की थी। क्या तुम दे सकते थे अपना सर्वस्व मेरे प्यार में?

तुमने कभी इस बात को नहीं छुपाया कि अपने परिवार से गहरा लगाव है तुम्हें। एक बार मेरे यह पूछने पर कि तुम मेरे लिए क्या-क्या छोड़ सकते हो; तुमने यह कहा था कि अपने परिवार के प्रति तुम्हारी जिम्मेदारियों को छोड़कर सब कुछ। किशोर होते दो बच्चों के प्रति अपनी जिम्मेदारियों को उनसे दूर रहकर नहीं निभा सकते तुम, इतना तो मैं भी समझती थी। मैं कभी भी तुम्हारी प्राथमिकता नहीं हो सकती थी। और तुम्हारे जीवन में अपना दोयम दर्जा मुझे स्वीकार नहीं था।

तुम चाहो तो इसे मेरा स्वार्थ कह सकते हो। मगर प्यार में एक बार चोट खाने के बाद हर लड़की व्यावहारिक हो जाती है। क्या प्यार करने का मतलब अपने भविष्य से पूरी तरह से मुँह फेर लेना होता है? क्या मुझे यह हक नहीं था कि मैं अपने सुखी जीवन का सपना देखूँ। एक ऐसे जीवन का सपना जिसमें एक घर होता—मेरा अपना, एक साथी होता—सिर्फ मेरा। और वह सब कुछ होता, जिसके मोती हर लड़की बचपन से जीवन की माला में पिरोना चाहती है। तुम मुझे वह जीवन नहीं दे सकते थे। तुम मेरे उस सपने को सच नहीं कर सकते थे। फिर मैं क्यों कह देती कि मैं तुमसे प्यार करती हूँ।

समझदारी के तुम चाहे जितने दावे करो, मगर तुम इतनी सी बात भी ना समझ पाए कि एक लड़की को प्यार की स्वीकृति बाँधती है। एक लड़की के लिए प्यार की स्वीकृति अधिकार और दायित्व दोनों से जुड़ी होती है। मैं तुम्हारे प्रति अपने प्यार को स्वीकार करके क्यों अपने-आप को ऐसे रिश्ते के दायित्वों से बाँध लूँ जिसमें मेरे अधिकार सन्दिग्ध थे। तुम पत्नी-बच्चे होते हुए भी कह सकते थे मुझसे कि मैं तुमसे प्यार करता हूँ। क्योंकि ऐसा कहने के बाद भी तुम्हारा परिवार तुम्हारे पास सलामत था। मगर मैं कैसे कह देती यह बात, जो अपने घर और अपने साथी के सपने से भरी मेरी आँखों को अनिश्चितता के धुँधलके से भर देती?

मुझे इस बात से इनकार नहीं है कि जीवन के इस मोड़ पर मुझे तुम्हारे प्यार की सख्त ज़रूरत है। मेरी माँग सिर्फ इतनी ही तो रही है कि तुम बार-बार इस बात को ना दोहराओ कि तुम मुझसे प्यार करते हो। क्योंकि तुम्हारा बार-बार इस बात को दोहराना इस बात की माँग करता हुआ-सा लगता है कि बदले में मैं भी तुमसे प्यार करूँ। इसकी वजह से लगातार मेरे दिल-दिमाग पर एक दबाव और तनाव बना रहता है।

तुम तो हमेशा यही दावा करते हो ना कि तुम्हारा प्यार सिर्फ देने के लिए है, कुछ चाहने के लिए नहीं। फिर अपने प्यार के लिए मेरी स्वीकृति की मोहर भी क्यों चाहते हो तुम? क्या तुम्हारा मुझे प्यार करना ही पर्याप्त नहीं है? मैं भी तुमसे प्यार करूँ या इस बात को बार-बार अहसान की तरह दोहराऊँ कि तुम मुझसे बहुत प्यार करते हो, यह क्यों इतना ज़रूरी है तुम्हारे लिए?

तुम्हें इधर पिछले कुछ समय से इस बात की बहुत शिकायत रहती है ना कि मैं बात-बात पर गुस्सा करती हूँ, लड़ाई करती हूँ। और वह भी बेवजह। मगर क्या कभी तुमने इस बात को समझने की कोशिश की है कि मैं ऐसा क्यों करती हूँ? तुम्हारी सारी समझदारी मुझे या मेरी बातों को समझने के समय ही क्यों हवा हो जाती है?

तुम कभी यह क्यों नहीं समझ पाते कि मेरा सारा गुस्सा, मेरी सारी चिढ़ इस वजह से है कि तुमने मेरे जीवन का सबसे बड़ा विश्वास, सबसे बड़ा सहारा छीन लिया है। इस बात का विश्वास कि इस दुनिया में कोई शख़्स है ऐसा जो मुझसे बेइन्तहा प्यार करता है, मगर बदले में कुछ भी नहीं चाहता। उसका प्यार दुनिया का सबसे पवित्र, सबसे निश्छल प्यार है। तुम्हें क्या पता कि मैंने कितनी बार भगवान के सामने सिर नवाकर इस बात का शुक्रिया अदा किया था कि चाहे वह खुद नहीं आया मगर उसने अपने ही जैसा एक शख्स मेरे जीवन में भेज दिया था। मगर तुम...तुम्हें कमजोरियों से भरा एक इंसान साबित होने की कितनी हड़बड़ी थी।

तुम हमेशा मुझे ताना देते हो कि मैं भ्रम में घिरी रहती हूँ, सच को स्वीकारने की हिम्मत नहीं है मुझमें। मगर तुम खुद मेरे जीवन में अपनी भूमिका को लेकर कितने भ्रमों से घिरे बैठे हो, क्या तुमने कभी सोचा है?

क्या बनना चाहते थे तुम मेरे? एक दोस्त? एक प्रेमी? एक पति? एक पिता? या कुछ और?

बने तो तुम मेरे प्रेमी ही थे। लेकिन जब अपने जीवन में तुम्हारे इस रूप की किसी भी तरह की भूमिका को मैंने स्पष्ट नकार दिया तो अचानक जैसे बुद्धत्व को प्राप्त हो गए तुम। एक-डेढ़ साल तक के हमारे रिश्ते में हमेशा हमारी उम्र के अन्तर को अनदेखा करनेवाले तुम अचानक यह कहने लगे कि मुझे अपनी बेटी समझ लेने से भी तुम्हें कोई गुरेज नहीं है। मैंने जब इससे भी इनकार किया तो तुम कहने लगे कि तुम्हारा प्यार किसी रिश्ते के नाम का मोहताज नहीं है। मैं जो चाहूँ तुम्हें मान सकती हूँ, तुम्हारे लिए सच सिर्फ इतना है कि तुम मुझसे बेहद प्यार करते हो।

जानते हो, मैंने हमेशा यही चाहा कि मैं तुम्हारी इस बात पर विश्वास कर सकूँ।

तुम नहीं जानते, मगर तुम्हारी बातों ने, तुम्हारे प्यार ने, मुझे सँभालने-सँवारने के लिए किए तुम्हारे प्रयासों ने मेरे भीतर भी यह ख़्वाहिश जगा दी थी कि काश तुम मेरे जीवनसाथी होते। फिर मैं अचानक तुम्हें अपने पिता की जगह कैसे देखने लग जाती? मैं यह कैसे अनदेखा कर देती कि तुम किसी और के जीवनसाथी थे। मुझे नहीं पता कि एक जीवनसाथी के रूप में तुम कितने ईमानदार थे, मगर अपनी पत्नी के प्रति तुम्हारे प्यार से मैं अनजान नहीं थी। तुम चाहे किसी वजह से भटक सकते थे, मगर अलग नहीं हो सकते थे। जीवनसाथी तुम मेरे हो नहीं सकते थे और तुम्हें पिता या भाई जैसे किसी रिश्ते की नज़र से देखना मेरे लिए सम्भव नहीं था। ऐसे में मेरे पास इसके सिवा और कोई चारा ही कहाँ था कि मैं अपने जीवन में तुम्हारी भूमिका सिर्फ और सिर्फ एक दोस्त की ही रहने दूँ। एक ऐसा दोस्त जो मुझे, मेरे मन को, मेरी सोच को और मेरी भावनाओं को समझे और उसी के अनुरूप व्यवहार करे।

यह मेरा स्वार्थ नहीं समझदारी थी।

यही वजह है कि मैंने तुमसे मिलने से हमेशा इनकार किया। तब भी, जब तुम सिर्फ मेरे लिए डेढ़ हज़ार किलोमीटर की दूरी तय करके मेरे शहर तक आए थे।

तुम्हें प्रत्यक्ष देखने की, तुमसे मिलने की, तुम्हें छूने की कितनी चाह थी मेरे भीतर, यह तुम कभी समझ नहीं सकते। और इसी वजह से मैं तुमसे मिलना नहीं चाहती थी। मैं नहीं चाहती थी कि लाख कोशिशों के बाद जो मैंने खुद पर, अपनी भावनाओं पर, अपने दिल पर काबू पाया है, वह तुमसे एक मुलाकात में ही ढह जाए।

मुझसे मिलने पर तुम्हारा व्यवहार संयत होगा, इसका भरोसा चाहे ना हो, पर उम्मीद ज़रूर कर सकती थी मैं। मगर तुम्हें अपने सामने पाकर अपने-आप पर किस तरह काबू रख सकूँगी, इसका मुझे कोई अन्दाज़ा नहीं था। यही वजह थी कि तुम्हारे लाख मिन्नतें करने के बावजूद तुमसे मिली नहीं मैं।

मैं जानती हूँ, बहुत दुखी, बहुत नाराज़ हुए थे तुम। और पहली बार तुमने अपनी नाराज़गी को खुलकर प्रकट भी किया था। इतना कि एकबारगी तो डर ही गई थी मैं कि अपने शहर लौटने के बाद फिर कभी तुम मुझसे बात भी करोगे या नहीं।

क्या-क्या नहीं कहा था मुझे तुमने जाने से पहले। तुम्हें मेरे व्यवहार में क्रूरता, संगदिली और न जाने क्या-क्या दिखाई दे गया था। मगर मुझसे उम्र में बारह साल बड़े, बेहद समझदार और बेहद संवेदनशील होने के बावजूद तुम यह नहीं समझ पाए कि तुमसे मिलने से इनकार की वजह मेरी बेरुखी, मेरी मूर्खता, मेरी संगदिली नहीं बल्कि तुम्हारे लिए मेरा बेइन्तहा प्यार था।

हम दोनों के बीच उम्र तुम्हारी ज़्यादा थी, मगर मुझे लगता है, समझदार मैं कई बार तुमसे ज़्यादा रही।

तुम्हारी ईमानदारी पर मुझे कभी शक नहीं रहा। मेरे जीवन में एक दोस्त के रूप में रहने की तुम्हारी ईमानदार कोशिशों को कभी अनदेखा नहीं किया मैंने। एक दोस्त के रूप में अपनी पत्नी और बच्चों के बीच मेरे अस्तित्व की स्वीकृति के लिए तुमने प्रयास भी किया। और आश्चर्यजनक ढंग से तुम्हारी पत्नी और बच्चों ने तुम्हारे दोस्त के रूप में मुझे स्वीकार भी कर लिया। तुमने इस रिश्ते को सहज-स्वाभाविक रूप देने की जी-जान से कोशिशें कीं। मगर यह सब करते हुए तुमने हमेशा अपनी सोच को प्राथमिकता दी, कभी मेरी भूमिका में उतरकर नहीं सोचा।

तुमने कभी यह नहीं सोचा कि तुम्हारी दोस्त के रूप में मेरा तुम्हारे परिवार द्वारा सहज स्वीकार मुझे कभी सहज नहीं होने देता। तुम्हारी पत्नी का औदार्य मेरे भीतर जाने-अनजाने एक अपराधबोध जगाता था। हमारे बीच डेढ़ हज़ार किलोमीटर की दूरी होने के बावजूद तुम्हारा मुझे इतना अधिक समय और महत्त्व देना कहीं ना कहीं मुझे कचोटता था। मेरे मन में रह-रहकर यह ग्लानि भरता था कि तुम्हारे इस समय और तवज्जो पर मेरा नहीं, तुम्हारी पत्नी का, तुम्हारे परिवार का अधिकार है। और अपने पूरे जीवन में मैंने कभी किसी के अधिकार को छीनने या चुराने की कोशिश नहीं की।

मैंने हमेशा अपना अधिकार पाना चाहा है, किसी और के अधिकार में हिस्सेदारी नहीं चाही। और तुम्हारा मुझे बहुत ज़्यादा समय और महत्त्व देना मेरे भीतर के इस अहसास को और ज़्यादा गहराता जाता था कि तुम पर मेरा कोई अधिकार नहीं है।

तुम्हें मुझसे इस बात की भी बहुत शिकायत रही है कि मैंने हमेशा इस बात की कोशिश की है कि फेसबुक पर या निजी जीवन में भी हम दोनों के कॉमन दोस्त कभी हमारे बीच के रिश्ते को ना जान सकें। फेसबुक पर अपने तमाम दोस्तों से मेरी बेतकल्लुफ बातें और तुम्हें लेकर इतनी अधिक राज़दारी हमेशा तुम्हारे लिए पहेली बनी रही।

मैं मानती हूँ कि तुम्हारे और मेरे रिश्ते को लोगों के सामने आने देने को लेकर मैं हद से ज़्यादा सचेत रही हूँ, सतर्क रही हूँ। मगर इसकी वजह हमेशा यही रही कि ये दुनिया थोड़ा-सा भी धुआँ देखकर आग का ढिंढोरा पीटने लगती है। राई का पर्वत बनाने में इसे ज़रा भी समय नहीं लगता। ऐसा होना न मेरे भविष्य के लिए सही था, ना तुम्हारी अपनी छवि के लिए।

क्या करूँ, तुमसे इस हद तक जुड़ी हुई हूँ मैं कि तुम्हारी स्वच्छ छवि पर एक छोटा-सा दाग भी मंजूर नहीं है मुझे। मेरे प्रति तुम्हारी भावनाओं की, तुम्हारे प्यार की गहराइयों को यह संसार कभी समझ नहीं पाएगा। लोग हमारे इस प्यारे और अनोखे रिश्ते को एक अनैतिक सम्बन्ध साबित करने की कोशिश करेंगे। और इस तरह ना मैं अपना तमाशा बनने देना चाहती हूँ और ना ही तुम्हारा।

इधर मैंने जान-बूझकर तुमसे दूर रहने की कोशिश की है। तुम कभी यह नहीं समझ पाओगे कि ऐसा करते हुए कितनी पीड़ा सही है मैंने। कितनी रातें मेरी आँखों में नींद की जगह आँसू बसे रहे हैं। मगर ऐसा करने के अलावा मेरे पास कोई और विकल्प भी तो नहीं था।

तुम्हारा हद से ज़्यादा मेरे बारे में सोचना, मेरी, मेरे भविष्य की परवाह करना, रात-दिन मेरी चिन्ता में घुलते रहना मेरे भीतर भय जगाता है। ऐसे में तुम्हारी समझदारी पर, तुम्हारे संयम पर शंका होने लगती है मुझे। मैं दिन-रात इस आशंका से घिरी रहती हूँ कि कहीं मेरे प्यार की राह में इतना आगे ना बढ़ जाओ तुम कि फिर लौटना मुश्किल हो जाए।

मैं कभी सख्त नहीं होना चाहती थी। मगर मुझे सख्त दिखने का अभिनय करना पड़ा। मैं, जो रोज घंटों तुम्हारे साथ फ़ोन पर या फेसबुक पर बातें किया करती थी, मुझे कई बार तुमसे झगड़ा करके कई-कई दिनों का अबोला करना पड़ा। मगर यह तुम्हारी जिद है या फिर पागलपन कि तुम ना कुछ समझने को तैयार हो, ना थोड़ा भी बदलने को।

कभी यह भी सोचा करती थी मैं कि एक दोस्त के रूप में ही क्यों ना सही, मगर तुम यदि मेरे साथ हो तो मुझे इस संसार में किसी भी दूसरे व्यक्ति की ज़रूरत नहीं। तब भगवान से भी अक्सर यही प्रार्थना किया करती थी मैं कि यह जीवन तो किसी तरह गुज़ार ही लूँगी मैं, मगर अगले जन्म में वह तुम्हें सिर्फ और सिर्फ मेरा बनाए। मगर तुम तो जैसे सब कुछ इसी जन्म में पा लेने की हड़बड़ी में रहते हो।

तुम्हारे इस उतावलेपन ने, इस अपरिपक्वता ने ही मुझे मजबूर किया कि इस जन्म के लिए भी किसी और साथी की जल्द से जल्द तलाश करूँ मैं। और जब पहली बार इसके संकेत दिए थे मैंने तो कितना बौखला गए थे तुम। मेरे जीवन में किसी दूसरे व्यक्ति की सम्भावना ने कितना बेचैन कर दिया था तुम्हें।

सच कहूँ तो एकबारगी तुम्हारे प्यार पर सवालिया निशान खड़े हो गए थे मेरे मन में। मैं यह सोचने पर मजबूर हो गई थी कि क्या तुम सचमुच यह चाहते हो कि मेरा अपना भी एक सुखी घर-संसार हो या फिर मुझे भावनात्मक रूप से जीवन भर अपने आश्रित रखना चाहते हो तुम?

हालाँकि तुम्हारी बेचैनी, तुम्हारी छटपटाहट खुद मुझे भी स्वीकार नहीं थी। इसीलिए तो अपने जीवन में किसी और व्यक्ति के होने की सारी सम्भावनाओं का गला घोंटने को तैयार हो गई थी मैं तुम्हारे लिए। शायद इसी वजह से तुम भी सँभल गए थे फिर। मगर एक दोस्त का अभिनय करते हुए तुम्हारे भीतर बैठे एक शाश्वत प्रेमी की ईर्ष्या बीच-बीच में तुम्हारे लाख छुपाने के बावजूद उभर ही आती थी।

इसी के बाद तुमसे दूरी बनाना मेरे लिए अनिवार्य हो गया था। मैंने इस बात को अच्छी तरह से समझ लिया था कि दोस्त के रूप में एक-दूसरे के जीवन में अपनी भूमिका का निर्वाह लम्बे समय तक हम दोनों के ही लिए सम्भव नहीं है। इस रिश्ते की जटिलताएँ हम दोनों को कभी चैन से, सुख से जीने नहीं देंगी।

मैं जानती हूँ कि तुम दिल से चाहते हो कि मेरे जीवन को एक दिशा मिले, मगर तुम यह समझने को तैयार ही नहीं हो कि वह दिशा तुम नहीं दे सकते। अपने जीवन में बदलाव मैं भी चाहती हूँ, मगर मैं जो बदलाव चाहती हूँ वह व्यक्ति केन्द्रित बदलाव है। बदलाव के उस केन्द्र में कौन व्यक्ति होगा, यह मैं आज नहीं जानती, मगर इतना ज़रूर जानती हूँ कि तुम वह व्यक्ति नहीं हो।

इसका कारण बहुत सीधा-सा है। आज चाहे तुम्हारे मन और जीवन में मेरी बहुत महत्त्वपूर्ण जगह है मगर तुम्हारे जीवन का केन्द्र मैं नहीं हूँ। और मैं ऐसे किसी भी व्यक्ति को अपने जीवन का केन्द्र नहीं बनाना चाहती, जिसके अपने जीवन का केन्द्र मैं नहीं हो सकती।

अपनी सोच में मैं बिलकुल स्पष्ट हूँ, किसी भी तरह के सन्देह से परे। मैं मीरा, राधा, सीता या सावित्री होने में चाहे विश्वास नहीं रखती, मगर जीवन में कदम से कदम मिलाकर चलनेवाले एक साथी की अनिवार्यता पर मेरा पूरा विश्वास है। मैं भी जीवन में शोहरत और सम्पत्ति की चाह रखती हूँ, मगर यह सब सदा साथ चलनेवाले एक हमसफ़र की कीमत पर नहीं चाहती।

तुम यह समझ पाने में हमेशा नाकाम रहे हो कि मेरे दिल में तुम्हारी चाहे जो जगह हो मगर मेरे जीवन में तुम्हारी भूमिका यही हो सकती है कि जीवन की राह में जब भी चलते-दौड़ते हुए कभी मैं गिर पड़ूँ तो मुझे फिर से

उठ खड़ा करने के लिए बढ़नेवाला हाथ तुम्हारा हो, मगर तुम्हें न मैं अपनी बैसाखियाँ बनाना चाहती हूँ और न यह तय करनेवाला कि मेरी राह कौन सी हो या गति कितनी हो।

यह बात प्रत्यक्ष या अप्रत्यक्ष रूप से मैंने तुम्हें कई बार समझानी चाही, मगर हर बार नाकाम रही। शायद तुम्हारी और मेरी उम्र के बीच का 12 सालों का फासला इसकी सबसे बड़ी वजह है। प्यार को लेकर तुम्हारा नज़रिया अब भी अस्सी के दशक वाला है, कम्प्यूटर युग से पहले वाला। तुम कितना भी आधुनिक होने का दावा करो, मगर प्यार के मामले में या तुम्हारे शब्दों में दोस्ती के मामले में भी तुम इक्कीसवीं सदी की सोच और रफ़्तार से तालमेल बैठाने में नाकामयाब रहे हो।

तुम बार-बार मेरी कमियाँ गिनाते हो, मेरी गलतियाँ बताते हो। बेशक इसके पीछे तुम्हारा उद्‌देश्य यह हो कि मैं अपनी कमियों को दूर करूँ या अपनी गलतियों को सुधारूँ। मगर तुम यह क्यों नहीं समझ पाते कि एक दोस्त के रूप में मुझे किसी निन्दक की ज़रूरत नहीं है। मेरा दोस्त वही हो सकता है जो मेरी हर गलती में मेरा साथ दे। मेरी हर कमी को अनदेखा कर मेरे साथ रहे। मैं जैसी हूँ, ठीक उसी रूप में मुझे स्वीकारे, मुझे सुधारने या बदलने की कोशिशें ना करे। उपदेश देने के लिए मेरे मम्मी-पापा और नज़दीकी रिश्तेदार ही बहुत हैं। उस संख्या में और एक व्यक्ति की बढ़ोतरी करने की मेरी कतई इच्छा नहीं है। मुझे मेरी कमियों और मेरी गलतियों में अपनी कमियों और गलतियों के अक्स देखकर मेरा साथ देनेवाले दोस्त की ज़रूरत है, जो हर स्तर पर मेरे साथ सह-अनुभूति कर पाए। मगर तुम्हारी उम्र और उम्र का बड़प्पन तुम्हें कभी मेरे साथ सह-अनुभूति नहीं करने देता। मेरी हर गलती के समय तुम मेरे साथ नहीं खड़े होते, मुझसे चार कदम आगे खड़े होकर मुझे उपदेश देते नज़र आते हो। यह भूमिका चाहे जिसकी हो, मगर एक दोस्त की तो नहीं है, यह तय है।

तुम मेरे हमसफ़र नहीं हो सकते मगर काश कि एक दोस्त ही बने रहते। इन दो भूमिकाओं से इतर हर रूप में तुम मेरी परेशानियों को और मेरी उलझनों को ही बढ़ाते रहते हो।

पिछले लम्बे समय से तुम्हारी बातों में या तो शिकायतें होती हैं या उपदेश। पक गई हूँ मैं और थक गई हूँ मैं इन सब बातों से।

जिन्हें हम दिल की गहराइयों से चाहते हैं, उनसे जान-बूझकर दूरी बनाना कितना तकलीफदेह होता है, यह मुझसे बेहतर और कौन जान सकता है? तुमसे दूर जाना मेरे लिए अब अनिवार्य हो गया है। किसी को ठीक तरह से देखने के लिए उसका थोड़ी दूर होना ज़रूरी होता है। आँखों में आँखें डालकर हम किसी को ठीक तरह से नहीं देख सकते। अभी तक जीवन में उम्मीदों ने धोखा ही दिया है मुझे, फिर भी यह उम्मीद करना चाहती हूँ कि हमारे बीच की दूरी शायद मुझे ठीक से समझ पाने का मौका दे सके तुम्हें। वैसे भी तुम मेरे अस्तित्व का ही अटूट हिस्सा बन चुके हो, सो ऊपरी तौर पर लाख दूर हो जाऊँ, मन से कहाँ दूर रह पाऊँगी तुमसे।

माफ़ी तुमसे नहीं माँगूँगी मैं। क्योंकि मैं जो भी कर रही हूँ, वह ग़लत नहीं है। और यदि ग़लत होता भी तो भी ऐसी लाख गलतियाँ करने का हक है मुझे। तुमने, तुम्हारे प्यार ने दिया है यह हक मुझे।

पता नहीं, मेरी बातें कभी तुम तक पहुँचेंगी भी या नहीं। पहुँचेंगी भी तो इनमें से कितना तुम सच मानोगे और कितना झूठ, यह भी पता नहीं। तुम चाहे जो मानो, फर्क तो कुछ पड़ता नहीं है। क्योंकि हर सच झूठ की उजली छाया है और हर झूठ पर सच का धुँधला साया है। और बाक़ी...बाक़ी सब तो माया है।

मुकम्मल नहीं, ख़ूबसूरत सफ़र हो

"आपने तो कमाल कर दिया मैम!" अनन्या लगभग दौड़ती हुई मेरे केबिन में घुसी थी। उत्तेजना से उसका चेहरा लाल हो गया था और साँसें बहुत तेज़ चल रही थीं। अपने हाथ का मोबाइल उसने मेरी ओर बढ़ाया हुआ था।

"दो मिनट जरा बैठ जाओ आराम से, फिर बताओ क्या हुआ।"

बैठ तो गई वह तुरन्त मगर दो मिनट आराम के लिए वह राजी नहीं थी।

"अब तक तो सोशल मीडिया से सामग्री लेकर अख़बारों में छपते देखा है मैंने, मगर आपने इस सिलसिले को पूरा उलटा दिया है मैम!" उसके स्वरों की उत्तेजना अभी भी कायम थी, "आज देखिए कितने लोगों ने हमारे #MeToo कॉलम के शॉट्स अपने फेसबुक पर लगाए हैं। वाट्सएप और ट्विटर पर भी इसके पिक्स बड़ी तेजी से वायरल हो रहे हैं।"

"चलो अच्छा है, इसके बहाने ये कहानियाँ उन लोगों तक भी पहुँच रही हैं, जिन तक हमारा अख़बार नहीं पहुँचता।" अनन्या की बातों से उसकी तरह मैं उत्तेजना से बिलकुल नहीं भर उठी, मगर एक सन्तुष्टि का अहसास ज़रूर हुआ मुझे।

"हाँ मैम, और जानती हैं मेरे इनबॉक्स में ऐसी कहानियों की बाढ़ आ गई है। उनमें से कितनों ने तो बाकायदा अपना और कल्प्रिट का नाम भी लिखा है साफ़-साफ़। आपने ऐसी कहानियों को इस कॉलम में जगह देने का निर्णय लिया, यह वास्तव में बहुत दूरदर्शी कदम था। कितनी लड़कियों को, औरतों को और तो और पुरुषों को भी इससे हौसला मिला अपने बुरे अनुभवों को व्यक्त करने का।"

"मिनिस्टर के रिज़ाइन के बाद इन कहानियों का काउंट बहुत फास्ट ग्रो किया है।"

"अच्छा...!" मुझे आश्चर्य हुआ। मिनिस्टर एक प्रख्यात पूर्व सम्पादक थे। उनके खिलाफ यौन-दुराचार के आरोप लगानेवाली सहकर्मियों की संख्या दिन पर दिन बढ़ती जा रही थी।

"यह तो अच्छा है मैम कि इस न्यूज़पेपर की एडिटर आप हैं। इस वजह से हम बिलकुल सेफ फील करते हैं। अगर कोई मेल एडिटर होता तो शायद हमें भी इसी तरह का एक्सपिरियेंस होता।"

"ऐसा नहीं है अनन्या। सारे पुरुष खराब ही होते हैं, ऐसा भी नहीं है।"

"मैम, मेरे इनबॉक्स में इस तरह के इंसिडेंट्स की जितनी ज़्यादा मेल्स आ रही हैं, उससे तो लगता है कि इस सोसाइटी में हर तरफ भेड़िये ही भेड़िये भरे पड़े हैं।" कुछ पलों को रुकी अनन्या और फिर अचानक उसने पूछा, "एक बात बताइए मैम, आपको तो बहुत साल हो गए हैं इस फील्ड में। आपको कभी ऐसा एक्सपिरियेंस नहीं हुआ?"

"मेरे साथ...?" अनन्या के सवाल ने चौंकाया था मुझे। पुरानी यादों की अनगिनत लहरें उमड़ने लगीं मेरे भीतर। अनन्या के सवाल का कोई जवाब दिए बिना टाल दिया उस वक्त मैंने उसे। मगर मेरी आँखों के सामने उस दिन के चित्र दौड़ने लगे, जब मैं पहली बार मेरठ से दिल्ली आई थी।

2

"हम्म...तो तुम हो काव्या!" सागर सर ने एक गहरी निगाह से मुझे ऊपर से नीचे तक देखा।

उनके इस देखने ने मुझे थोड़ा-सा असहज कर दिया। यूँ तो किसी जवान लड़की को पहली नज़र में ही ऊपर से नीचे तक स्कैन करने की पुरुषों की आदत की आदी हूँ मैं। इस बात की भी कि चेहरे से नीचे तक फिसलनेवाली उनकी निगाहों के स्कैनर के पड़ाव कौन-कौन से होते हैं और उन पड़ावों पर उस स्कैनर की लाइट कैसे अचानक तेज़ हो जाती है। वैसे ही जैसे वोल्टेज बढ़ने पर किसी बल्ब की रोशनी तेज़ हो जाती है। इन निगाहों से सोलह-सत्रह साल की उम्र में बहुत असहज होती थी मैं, मगर पिछले तीन-चार सालों से

इनसे प्रभावित होना छोड़ दिया है मैंने। अपने जेहन से इन निगाहों को ठीक वैसे ही झटक दिया करती हूँ मैं, जैसे कोई अपने लिबास पर चढ़ी धूल झाड़ दिया करता है।

लेकिन इतना तो मुझे भी ध्यान में आया कि सागर सर की निगाह ठीक-ठीक वैसी नहीं थी, जिनकी मैं आदी थी। यह तो नहीं कह सकती मैं कि उसमें पुरुषी फितरत का पूरी तरह से अभाव था, मगर सिर्फ शरीर की रेंज से भी परे कुछ देख पाने की कुव्वत थी उस निगाह में। क्या-क्या देखा होगा इन निगाहों ने भला? मैंने सोचा।

सामान्य चेहरा मगर आकर्षक देहयष्टि, आँखों में प्रतिभा का तेज, अस्थिर चित्त, कपड़ों को लेकर कैजुअल अप्रोच, नाजुक-सुन्दर होंठ और...। बहुत बाद में सागर सर ने एक दिन बताया था मुझे कि उस दिन एक निगाह में क्या-क्या देखा था उन्होंने। और के बाद का शब्द उन्होंने तब बोलकर नहीं, इशारे से बताया था। उनकी उस सकुचाहट ने मुझे एक साथ गुदगुदाया भी था और शरमाया भी था।

मगर यह तो बहुत बाद की बात है। उस समय तो उन्होंने एक पूरी निगाह से मुझे देखा और फिर अपना ध्यान दूसरी तरफ करते हुए बोले, "बैठो।"

उस मध्यम आकार के क्यूबिक में सागर सर की टेबुल के सामने दो कुर्सियाँ रखी हुई थीं, उन्हीं में से एक को सरकाकर बैठ गई थी मैं।

टेबुल पर कम्प्यूटर की स्क्रीन, पेपरवेट के नीचे दबे हुए कुछ काग़ज़, पानी से भरा एक गिलास और अलग-अलग रंगों के कुछ पेन रखे हुए थे। पास में रखी एक साइड टेबुल पर ढेर सारी किताबें रखी हुई थीं। कुछ अंग्रेज़ी की, मगर ज़्यादातर हिन्दी किताबें। कुछ पल मुझे उन किताबों के नाम पढ़ने में लगे। फिक्शन, ग़ज़ल, यात्रा वृत्तान्त, आत्मकथा और अध्यात्म—ये पाँच प्रकार वहाँ प्रॉमिनेंट थे। उन किताबों ने मुझे सागर सर की ओर एक बार फिर ध्यान से देखने के लिए मजबूर किया।

यहाँ आने से पहले ही सागर सर के बारे में अपने कार्यालय में जो जानकारियाँ हासिल की थीं मैंने, उनके मुताबिक सागर सर शायद देश के तमाम अख़बारों में कार्यरत बेहतरीन फीचर एडिटरों में से एक थे। अपने

काम के प्रति हद से ज़्यादा समर्पित मगर उतने ही ज़्यादा मूडी भी। आमतौर पर धीमे स्वरों में बात करनेवाले मगर परले दर्जे के स्पष्टवादी। इसी साल फरवरी में उम्र के 40 बरस पूरे किए थे। यह यदि मुझे पता ना होता तो उन्हें देखने के बाद मैं कसम खा के कह सकती थी कि उनकी उम्र बत्तीस-तैंतीस से ज़्यादा नहीं। हद से हद पैंतीस। सिर के बाल छोटे, करीने से कटे हुए। बहुत ध्यान से देखने पर कहीं-कहीं चाँदी की चमक कौंध जाती थी। हल्की दाढ़ी, मगर पूरी काली। डेनिम की जींस और खादी की आधी बाजुओं वाला शर्ट। चेहरे और अवतार से तो पत्रकार से ज़्यादा कवि और बुद्धिजीवी टाइप के लग रहे थे।

"तुम्हारे लेख पढ़े हैं मैंने। अच्छा लिखती हो। तुम्हारी नज़र साफ है। सोच सन्तुलित। किसी मुद्दे का विश्लेषण भी अच्छा कर लेती हो।" कम्प्यूटर पर ही नज़रें गड़ाए हुए कहा सागर सर ने।

मैं एक पल को खुशी से उछल पड़ी थी। उस खुशी की उत्तेजना शायद मेरे स्वरों में भी छलक आई थी, "आपने पढ़े हैं मेरे लेख, सर?"

सागर सर ने कम्प्यूटर से निगाह हटाकर मेरी ओर इस तरह देखा जैसे कोई बचकानी बात करनेवाले किसी बच्चे की तरफ देखता हो। फिर मुस्कराकर बोले, "अख़बार का फीचर सम्पादक हूँ मैं। अख़बार में छपनेवाला हर लेख कम-से-कम एक बार तो मेरी निगाहों से गुज़रता ही है। मगर वर्तनी की बहुत गलतियाँ करती हो तुम। भाषा को भी थोड़ा माँजने की ज़रूरत है।"

झेंप गई थी मैं। अपने बचकाने सवाल की वजह से भी और अपनी भाषाई कमियों की वजह से भी।

"पर मेरठ से दिल्ली आकर अच्छा किया तुमने। वहाँ तुम्हारी पूरी प्रतिभा दो कौड़ी की खबरें बनाने में खर्च हो जाती। यहाँ तुम्हारे लिए सीखने और आगे बढ़ने—दोनों का अच्छा स्कोप है।"

मैं मन ही मन मुस्कराई। सीखने और आगे बढ़ने की चाहत ही तो खींच लाई थी मुझे दिल्ली तक। इस अख़बार के मेरठ संस्करण में रिपोर्टर की नौकरी करते हुए दो साल हो गए थे मुझे। पत्रकार होना शुरू से मेरा सपना था। यही वजह थी कि पत्रकारिता की डिग्री करने के दौरान ही मैंने इस अख़बार

में रिपोर्टर के रूप में काम शुरू कर दिया था। हालाँकि मेरी रुचि शुरू से रिपोर्टिंग से ज़्यादा सम्पादन में थी, मगर सम्पादकीय विभाग में कोई जगह खाली ना होने के कारण दो साल तक मजबूरी में मुझे रिपोर्टिंग ही सँभालनी पड़ी। मगर इस कमी को मैंने विभिन्न विषयों पर लेख लिखकर पूरा करने की कोशिश की। अख़बार के स्थानीय सम्पादक भी मुझे इसके लिए बहुत प्रोत्साहित करते थे। सारे लेख अख़बार के दिल्ली कार्यालय को भेजने होते थे, जहाँ से मुख्य संस्करण प्रकाशित होता था। मेरे भेजे लेखों में से ज़्यादातर को अख़बार के फीचर पृष्ठों में नियमित रूप से जगह मिलती रही। इसी बीच जब दिल्ली कार्यालय के फीचर विभाग में एक जगह खाली हुई तो मेरे स्थानीय सम्पादक ने मैंनेजमेंट से मेरे नाम की सिफारिश की। सागर सर की सहमति के बाद मैनेजमेंट ने मुझे दिल्ली कार्यालय ज्वाइन करने का ऑफर दिया और मैंने इस मौके को लपकने में देर नहीं लगाई।

आज मेरा दिल्ली कार्यालय में पहला दिन था। सागर सर मेरे इमीडिएट बॉस थे। फीचर विभाग में उनके अलावा एक सब एडिटर थे। इसके अलावा एक ग्राफिक आर्टिस्ट और एक कम्पोजिटर।

फीचर विभाग की जो संरचना थी उसमें दो क्यूबिक थे। एक मध्यम आकार का, जिसमें सागर सर बैठते थे। एक थोड़ा छोटा, जिसमें ग्राफिक आर्टिस्ट शिशिर दत्ता बैठते थे। क्यूबिक के सामने चार टेबुल थे, जिनमें से एक पर सब एडिटर सुबोध कुमार बैठते थे और दूसरे टेबुल पर कम्पोजिटर दिनेश यादव। एक टेबुल अब मेरे नाम था, जो सागर सर के क्यूबिक के ठीक सामने था। कोने के चौथे टेबुल पर लेखों की फाइलों का ढेर लगा हुआ था।

3

सागर सर के काम करने का अन्दाज़ बहुत अलग था। बहुत कुछ अपारम्परिक। बनी हुई लीक को तोड़ना उनका शगल नहीं, उनकी आदत में शुमार था। हर बार कुछ नया, कुछ अलग सोचना और करना उन्हें भाता था। वे खुद हर बार अपने लिए नई चुनौतियाँ खड़ी करते थे और खुद हर बार उन

चुनौतियों का पूरे जोश-खरोश से सामना किया करते थे। कभी यह भी होता कि किसी स्टोरी के पीछे पूरा दिन ऑफिस ही नहीं आते और कभी यह होता कि एक सुबह ऑफिस आने के बाद काम में इस तरह डूबे हैं कि फिर अगले दिन ही घर पहुँचते। यूँ तो ऑफिस में आने-जाने का समय दर्ज करने के लिए पंचिंग मशीन लगी हुई थी, मगर सागर सर के कार्ड की तरफ कभी ध्यान नहीं दिया जाता था। कई बार तो अपनी धुन में वह कार्ड पंच करना ही भूल जाते थे।

कहते हैं कि शुरू में एडमिन ऑफिसर ने इस बात पर आपत्ति जताई थी। मगर सागर सर ने मैनेजिंग एडिटर को साफ कह दिया कि उनके काम की गुणवत्ता पर ही ध्यान दिया जाए तो बेहतर। वैसे भी यदि ऑफिस में उनकी अनियत उपस्थिति की ही गिनती की जाए तो वह पूरे ऑफिस के औसत से ज़्यादा ही निकलेगी, कम नहीं। यूँ भी सागर सर को बहुत मनुहार कर इस अख़बार में लाया गया था। उनके जाने का जोखिम नहीं उठाया जा सकता था। सो एडमिन ऑफिसर को समझा दिया गया।

खुद मेरे काम के मामले में उनका तरीका बहुत अलग था। मुझे लगा था कि मुझे लेख लिखने या उनको एडिट करने का काम सौंपा जाएगा। मगर शुरू का एक महीना मुझे फीचर विभाग के ग्राफिक आर्टिस्ट शिशिर दत्ता जी के साथ बैठाया गया। फीचर पेज का लेआउट कैसे बनाया जाता है, उसके लिए सामग्री के अनुरूप तसवीरें कैसे खोजी जाती हैं, लेखों के शीर्षकों की लेटरिंग किस तरह कराई जाए कि वे उभरकर और सुन्दर दिखें, उनका रंग और प्लेसमेंट कैसा हो। यही सब मेरे शुरुआती प्रशिक्षण का हिस्सा था। उस एक माह के दौरान सागर सर हर शाम मेरा काम खत्म होने के बाद मुझे बुलाते और यह पूछते कि उस दिन मैंने क्या नया सीखा। मेरे बताने के बाद सन्तुष्टि से सर हिलाते और अपने काम में लग जाते, जो मेरे लिए जाने का इशारा होता। हाँ, कभी-कभी ज़रूर उन्हें कुछ बताने जैसा लगता तो बताते। उस एक महीने के दौरान मेरी ज़्यादातर बातें शिशिर दत्ता जी से ही हुईं। दुबले-पतले, छोटे कद के शिशिर दा एक हँसमुख व्यक्ति थे। हर बात बहुत प्यार से समझाते। इस वजह से मेरा वह समय मजेदार बीता।

एक माह बाद एक दिन सागर सर ने मुझे बुलाकर मेरे हाथ में कुछ लेख, एक कहानी, कुछ कविताएँ और कुछ अन्य सामग्री थमाई और कहा कि इस सारी सामग्री के हिसाब से 'झरोखा' का लेआउट मैं तैयार करूँ। मैं समझ गई कि इतने दिनों के प्रशिक्षण के बाद यह मेरा पहला बड़ा इम्तिहान है। 'झरोखा' हमारे अख़बार का रविवारीय परिशिष्ट था और खूब चर्चित था। राजनीति हो, साहित्य हो, संस्कृति हो, खेल हो, समाजकार्य हो या कोई और विषय, हर बार उसमें बहुत विचारोत्तेजक लेख छपा करते थे। उनकी समाज में चर्चा होती थी। 'झरोखा' दरअसल सागर सर का बहुत बड़ा वीक पॉइंट था। उसके लिए वे दिन-रात मेहनत करते थे।

मुझे दो दिन लगे। जब मैं एक रफ लेआउट बनाकर सागर सर के पास ले गई तो उन्होंने बड़े ध्यान से पूरा लेआउट देखा। इसके बाद उसे टेबुल पर फैलाकर हाथ में पेंसिल ली और फिर पूरे एक घंटे तक उस लेआउट पर उनका लेक्चर-डेमांस्ट्रेशन चलता रहा। इस एक घंटे के दौरान मैं जैसे आँखें और कान—बस शरीर के इन दो हिस्सों में सिमट गई थी। मेरी आँखें कभी उस लेआउट पर पेंसिल चलाती सागर सर की उँगलियों पर टिकी रहतीं और कभी तल्लीन होकर बोलते उनके चेहरे पर। मेरे कान उनकी आवाज़ मंत्रमुग्ध हो सुन रहे थे। सच कहूँ तो पिछले एक महीने में मैंने जितना सीखा था, उससे कहीं ज़्यादा मुझे उस एक घंटे में सीखने को मिला था।

इसके बाद मुझे पहले छोटे-छोटे फिलर तैयार करने का काम दिया गया, जिनका उपयोग सम्पादकीय पृष्ठ पर या फीचर परिशिष्ट में होता था। कुछ दिनों बाद झरोखा का प्रारम्भिक लेआउट तैयार करने की जिम्मेदारी भी मुझे सौंप दी गई। मेरे द्वारा तैयार लेआउट में सागर सर अपने हिसाब से करेक्शन करते। तीन-चार सप्ताह में उनके द्वारा किए जानेवाले करेक्शनों को देखकर मोटे तौर पर मुझे सागर सर की सोच और रुचि का अन्दाज़ा लग गया था। इसका नतीजा यह हुआ कि मैं उसी हिसाब से लेआउट तैयार करने की कोशिश करने लगी और सागर सर के करेक्शन लगातार कम होते गए। सागर सर ने इस बदलाव को जल्द ही नोटिस किया। उन्होंने कुछ कहा नहीं सीधे तौर पर, मगर मैं इतना समझ ही गई थी कि इससे वह खुश हुए थे।

पत्रकारिता के क्षेत्र में जो सपना लेकर मैं आई थी, सागर सर उसके मूर्तिमन्त आदर्श थे। जैसे-जैसे समय गुजरता गया, मेरी यह धारणा और-और दृढ़ होती गई कि मुझे अन्ततः सागर सर जैसा ही बनना है। मैं उनकी हर बात को, हर काम को बहुत बारीकी से देखती और समझने की कोशिश करती थी। और यथासम्भव उसे अपने भीतर उतारने की कोशिश भी करती थी। उनकी काम के प्रति दीवानगी ने मुझे भी अपने आगोश में ले लिया था। हालाँकि सागर सर ने मुझे कभी रात आठ बजे के बाद ऑफिस में नहीं रुकने दिया, मगर ऐसा कई बार होता कि मैं सुबह आठ बजे ही ऑफिस पहुँच जाती और फिर जब रात आठ बजे सागर सर जबरन मुझे उठाकर घर जाने को कहते, तभी रवाना होती। कई बार ऐसा होता कि मैं सुबह से किसी काम में लगी रहती तो खाना खा लेने का ध्यान भी नहीं रहता। जिस दिन 'झरोखा' को फाइनल करके प्रिंट के लिए देना होता, उस दिन तो निश्चित रूप से ऐसा होता ही था। ऐसे में जब सागर सर का इस बात पर ध्यान जाता तो फिर वे मुझे अख़बार की कैंटीन में नहीं जाने देते। अपने साथ बैठा लेते और अपने लंच में से जबरन मुझे भी खिलाते। सच कहूँ तो ऐसे समय मैं संकोच से भर उठती थी और बार-बार इस बात का यह कहते हुए प्रतिरोध करने की कोशिश करती थी कि मेरी वजह से सागर सर को भूखा रह जाना पड़ता है। इसका परिणाम यह हुआ कि हर शुक्रवार को सागर सर याद से मेरे लिए भी अतिरिक्त खाना लेकर आने लगे। मैंने कई बार इसके लिए उन्हें ना कहा, मगर उन्होंने कभी सुना नहीं। इसके कारण एक ओर जहाँ मेरा संकोच गहरा जाता, वहीं यह बात मुझे कहीं सुकून भरी गुदगुदाहट भी देती थी कि सागर सर मेरा कितना ध्यान रखते हैं।

4

उस दिन जब मैं ऑफिस पहुँची तो देखा, सागर सर पहले से ही अपनी जगह पर विराजित थे। हालाँकि इधर पिछले कुछ समय से, जब से सागर सर की बहुत सारी जिम्मेदारियाँ मैं सँभालने लगी थी, ऐसा बहुत कम होता था। मैं

अपना बैग टेबुल पर रखकर बैठने ही जा रही थी कि सागर सर ने आवाज़ लगाई। मैं सर के टेबुल के सामने जा खड़ी हुई।

"अरे बैठो, तुमसे कुछ ज़रूरी बात करनी है।" सर ने मेरी नमस्ते का जवाब देते हुए एक निगाह मुझ पर डाली और फिर कम्प्यूटर के की-बोर्ड पर उँगलियाँ चलाने लगे। थोड़ी देर बाद उन्होंने कम्प्यूटर स्क्रीन से निगाह और की-बोर्ड से अपनी उँगलियाँ हटाईं। टेबुल पर रखे गिलास से पानी के दो घूँट पिए और इंटरकॉम का रिसीवर उठाते हुए मुझसे पूछा, "चाय पियोगी?"

"नहीं, कॉफ़ी।" मुझे चाय पीना आमतौर पर पसन्द नहीं था।

"अरे देवी, सुनो एक मेरी चाय भेज दो और एक कॉफी भी।" उन्होंने कैंटीन के मैनेजर देवीप्रसाद को आर्डर दिया।

सागर सर की चाय स्पेशल होती थी। वे बिना दूध की चाय पीते थे। वह भी काँच के गिलास में। कत्थई रंग का वह पेय पारदर्शी ना हो तो वापस कर देते। साफ पानी में चाय पत्ती और चीनी। साथ में आधा कटा नीबू और थोड़ा नमक होता है, जिसे वे अपने हाथ से मिलाते।

मुझे दिल्ली आए छह महीने हो गए थे। इतनी अवधि में सर के आग्रह पर मैंने सिर्फ एक बार उनकी वाली चाय पीकर देखी थी। मुझे बहुत अच्छी नहीं लगी। कॉफ़ी का स्वाद मुझे ज़्यादा पसन्द था। चाय कभी-कभार पी लेती, मगर दूध वाली।

"अच्छा सुनो, मैं चार दिन के लिए बाहर जा रहा हूँ। कविता की एक्जिबिशन है मुम्बई में। पहली बार उसकी पेंटिंग्स की एक्जीबिशन जहाँगीर आर्ट गैलरी में लग रही है, इसलिए बहुत एक्साइटेड है। उसकी जिद है कि मुझे भी उसके साथ जाना चाहिए।"

"जी, यह तो बहुत अच्छी बात है।" मैंने खुशी जताई। सागर सर ने बताया था कि उनकी पत्नी कविता एक बहुत अच्छी चित्रकार है। देश में कई जगहों पर उनके चित्रों की प्रदर्शनी लग चुकी है। देश के उभरते हुए चित्रकारों में उनका नाम शुमार किया जाता है।

"हम्म...और दूसरी अच्छी बात यह है कि इस बार 'झरोखा' का पूरा काम तुम्हें देखना है, समझीं" सागर सर ने मुस्कराते हुए कहा।

मैं चौंकी। यह ऐसी बात थी, जिसके इस समय होने की मैंने सपने में भी ना तो उम्मीद की थी और ना ही कल्पना।

"क्या है ना कि कुछ सामग्री तो पहले से तैयार है। सभी स्थायी स्तम्भ कम्पोज हो चुके हैं। बस लीड स्टोरी और एक-दो लेख बाक़ी हैं। मैंने कहा हुआ है। आज-कल में आ जाएँगे। वैसे भी आज सोमवार है। तुम्हारे पास शुक्रवार शाम तक का समय है। मुझे उम्मीद है, तुम सब सँभाल लोगी।" मेरी आँखों में आँखें डालकर बोले सागर सर।

"मैं...मैं कैसे कर पाऊँगी सर यह। मैं तो अभी बहुत नई हूँ। आप... आप सुबोध जी को कहिए ना। मैं उनकी पूरी मदद करूँगी।" मैंने हड़बड़ाते हुए प्रतिरोध किया।

"एक बात बताओ...।" सर का स्वर अचानक गम्भीर हो गया था। "तुम क्या खुद को मुझसे ज़्यादा बुद्धिमान मानती हो?"

इस सवाल से मैं सन्न रह गई। हड़बड़ाकर बोली, "क्या...क्या बात कर रहे हैं सर! भला मैं ऐसा सोच भी कैसे सकती हूँ?"

"मगर मेरे निर्णय पर अविश्वास जताकर और मुझे दूसरी व्यवस्था का सुझाव देकर तो तुम यही साबित कर रही हो ना।" चाय आ चुकी थी। उसमें नीबू निचोड़ते हुए सर ने कहा।

मैं स्तब्ध, मौन बैठी रही।

"देखो काव्या, यदि मुझे यह विश्वास ना होता कि तुम यह जिम्मेदारी उठा पाओगी तो क्या मैं भूलकर भी तुमसे इसका आग्रह करता?" चाय का घूँट भरते हुए सर ने पूछा। उनका चेहरा गम्भीर था।

मैंने इनकार में सिर हिलाया।

"एक तो कविता ने अचानक यह जिद पकड़ ली है कि मुझे भी उसके साथ जाना चाहिए। मुझे पहले पता होता तो मैं उस हिसाब से कुछ तैयारी करके रखता। एक-आध बार पहले भी ऐसी स्थिति आई है। मगर तब मैंने बाहर होने के बावजूद लीड स्टोरी तैयार करके भेजी थी।"

"तो इस बार भी वैसा ही कीजिए ना सर।" मेरे स्वरों में चिरौरी थी।

"नहीं, इस बार मैं वैसा नहीं करनेवाला। और इसकी दो वजहें हैं।" सागर सर के स्वरों में थोड़ा आग्रह था और थोड़ा रहस्य।

"कौन-सी दो वजहें सर? " इसके सिवा कोई और प्रश्न बनता ही नहीं था।

"एक तो मुझे पता है कि तुम यह कर लोगी। और दूसरे मैं चाहता हूँ कि तुम ऐसा करो।" सागर सर मुस्कराए।

"पर सर...।" मैं अभी भी असमंजस में थी।

सागर सर ने चाय का आख़िरी घूँट पीकर गिलास टेबुल पर रखा। टेबुल के पीछे से अपनी रिवाल्विंग चेयर सरकाकर टेबुल की बाईं ओर लेकर आए और बोले, "सुनो, अपने हाथ आगे बढ़ाओ।"

मैं कुछ समझ ही नहीं पाई। अचरज से उन्हें देखती रही।

"अरे, अपने हाथ आगे करो।" सर थोड़ा और आगे सरककर बोले।

मैंने यंत्रवत अपने दोनों हाथ आगे बढ़ा दिए। उन्होंने मेरी दोनों हथेलियों को ऊपर की ओर करके हाथ अपनी गोद में रखे। मैं थोड़ा आगे झुक गई। उन्होंने अपनी हथेलियों से मेरी हथेलियों को ढका और बोले, "अब अपनी आँखें बन्द करो और अपना पूरा ध्यान अपनी हथेलियों पर केन्द्रित कर लो।"

मैं समझ नहीं पा रही थी कि सर आख़िर करना क्या चाहते हैं। अब तक सर का जैसा व्यवहार रहा था मेरे साथ, उसकी वजह से उनके बारे में किसी तरह की कोई आशंका नहीं थी मेरे मन में। असमंजस को परे रखकर मैंने उनके आदेश का पालन किया। कुछ क्षण किंकर्तव्यविमूढ़ रहने के बाद मैंने अपनी हथेलियों पर ध्यान केन्द्रित किया।

सागर सर की हथेलियों का स्पर्श बहुत मुलायम, बहुत कोमल था। चन्द सेकंडों में मुझे लगा जैसे उनकी हथेलियों से ऊष्मा की एक लहर निकलकर मेरी हथेलियों के माध्यम से मेरे शरीर में प्रवेश कर रही है। सर्दियों की सुबह की कुँवारी धूप के बुलबुले मेरी देह में फूट रहे थे। मेरी पूरी देह एकबारगी काँप उठी। कुछ समय तक यह सिलसिला यूँ ही जारी रहा, फिर धीरे-धीरे उस ऊष्मा की तीव्रता में वृद्धि होने लगी। वह ऊष्मा मेरी नसों के माध्यम से पूरे शरीर में प्रवाहित हो रही थी। ऊर्जा का एक विस्मयकारी नर्तन अपनी नसों में मैं महसूस कर रही थी। कुछ देर बाद मेरे लिए स्थिर बैठे रह पाना

मुश्किल हो गया। जब भी मैं अपनी हथेलियों पर सागर सर के स्पर्श पर ध्यान केन्द्रित करने की कोशिश करती, एक सौम्य करंट-सा मुझे लगता। आख़िरकार मैंने घबराकर आँखें खोल दीं।

सागर सर की आँखें अब भी बन्द थीं। उनके चेहरे पर एक मासूम मुस्कराहट थी। समन्दर के किनारे अपने पाँव पर रेत थापकर घरौंदा बनाने में तन्मय किसी छोटे बच्चे की-सी मासूम मुस्कराहट। साथ में एक अलग किस्म का तेज और शान्ति भी। मैं मंत्रमुग्ध-सी उन्हें देखती रही। मैं अजीब सी दुविधापूर्ण मनःस्थिति में थी। एक ओर हथेलियों से शरीर में प्रवाहित होती ऊष्मा मुझे बेचैन कर रही थी और मैं अपनी हथेलियाँ हटा लेना चाहती थी, वहीं सागर सर को देखते हुए मुझे लग रहा था कि मैं अनन्त काल तक उन्हें इसी तरह देखती रहूँ। ये पल ऐसे ही स्थिर हो जाएँ जैसे किसी विशाल जल प्रपात से एक विशाल धारा नीचे गिरे और धरती को छूते ही स्थिर हो जाए। और मैं अपलक उस धारा की हज़ारों लड़ियों की माला को जी भर के देखूँ, उनके साथ खेलूँ, उनमें भीगूँ और फिर उनसे अछूती परे होकर फिर उन्हें अपलक देखूँ। मगर न उस धारा का प्रवाह ठहरता है कभी, न समय की धारा का।

कुछ क्षणों बाद सागर सर ने आँखें खोल दीं। हल्के-से मेरी हथेलियों को थपथपाया और कुर्सी सरकाकर अपनी जगह पर लौट गए। अन्तरिक्ष के कैनवास पर तारों के विस्फोटों का सिलसिला मानो अचानक थम गया था। आकाश ने एक बार फिर अपनी बेदाग नीली चादर ओढ़ ली थी। पृथ्वी सहित सारे ग्रह जो अब तक अविकल उन विस्फोटों की आतिशबाजी को स्थिर होकर साँस रोके देख रहे थे, फिर अपनी-अपनी गति के रथ पर सवार होकर चल पड़े थे।

मैंने सिर उठाकर सागर सर को देखा, वे मेरी ओर ही देख रहे थे। मैंने न जाने क्यों नज़रें झुका लीं।

"अब बताओ, तुम यह जिम्मेदारी पूरी कर पाओगी या नहीं?" उनका सवाल फिर एक बार सामने आ गया था।

"एक बात पूछूँ सर?" बहुत हिचकिचाते हुए मैंने यह सवाल किया था।

"हाँ-हाँ, क्यों नहीं।" उन्होंने मुस्कराते हुए कहा।

उसके बाद अगले कुछ क्षणों में कई बार मैंने कुछ पूछने के लिए मुँह खोला और फिर बिना एक शब्द भी बोले बन्द कर लिया। उन कुछ क्षणों में सही शब्दों के चुनाव में असफल रहने के चलते सकुचाकर ना जाने कितनी बार पलकें झपकाईं।

"यह क्या किया था आपने?" आख़िरकार थूक निगलते हुए पूछ ही लिया मैंने।

"अरे ये...पता है, जब मैं छोटा था और किसी भी काम को करने के लिए यह कहकर मना करता था कि मैं छोटा हूँ, यह नहीं कर पाऊँगा तो मेरी माँ ऐसा ही किया करती थी। वह मेरी हथेलियों को अपनी गोद में लेकर अपनी हथेलियों से ढकती थी और मुझे आँखें बन्द करके इसे महसूस करने के लिए कहती थी। मुझे ऐसा महसूस होता था जैसे उन हथेलियों के माध्यम से ढेर सारी ऊर्जा मेरे शरीर में भर गई है। वह ऊर्जा मेरे भीतर की पूरी नकारात्मकता को, अस्वीकार को धो देती थी। फिर मैं किसी काम के लिए ना नहीं कहता था।

"ओह...।" मैं सिर्फ इतना ही कह पाई। मेरे चारों ओर पसरे हुए गुलाबी बुलबुले अचानक एक साथ फूट गए थे। अब उनका कहीं नामोनिशान नहीं था।

"अच्छा, तुम बताओ, तुम्हें कैसा लगा?" सागर सर ने उत्सुक होकर पूछा।

"मुझे...।" कुछ पल मैं सोच में पड़ गई। "आपकी हथेलियों से ढेर सारी ऊष्मा बहती हुई महसूस हुई मुझे भी। मगर पता नहीं क्यों, जब भी मैं आपकी हथेलियों पर ध्यान केन्द्रित करती थी, मुझे एक करंट-सा लगता था।"

"क्या!" सागर सर कुछ देर तक मुझे आश्चर्यचकित होकर देखते रहे। उनकी हलकी भूरी आँखों के रंग मानो इस बीच कई बार बदले। फिर उन्होंने एक गहरी साँस ली और पूछा, "अच्छा अब यह बताओ कि तुम इस बार झरोखा सँभालोगी या नहीं?"

मैं कुछ पल सोचती रही। इस बीच मेरी निगाहें लगातार सागर सर के चेहरे पर टिकी रहीं। वह उत्सुकता से मेरे उत्तर की प्रतीक्षा कर रहे थे। उनके चेहरे पर वैसे ही भाव थे, जैसे किसी स्पर्धा के परिणाम घोषित होते समय किसी स्पर्धक के चेहरे पर होते हैं।

कुछ क्षण बाद एक निश्चय मेरे चेहरे पर उभरा। मैंने पूरे विश्वास से भरकर कहा, "हाँ सँभाल लूँगी।"

सागर सर की आँखें चमक उठीं। बोले, "चिन्ता ना करो, मैं इस बीच फ़ोन पर तुमसे सम्पर्क में रहूँगा।"

मैंने दृढ़तापूर्वक कहा, "आप चिन्ता ना करें सर। आपके लिए सुविधाजनक रहे तो ठीक है। वरना यदि आप फ़ोन ना भी करेंगे तो भी मैं सब ठीक से कर लूँगी।"

सागर सर हँसकर तुरन्त बोले, "इतना भी अच्छे से मत कर लेना कि मैं जब लौटूँ तो मैनेजमेंट मुझे बुलाकर कहे कि अब हमें आपकी ज़रूरत नहीं है।"

इस बात पर मैं पहले झेंपी और फिर सागर सर के साथ खिलखिलाकर हँस पड़ी।

5

आमतौर पर पिता लगभग हर बेटी के पहले हीरो होते हैं। मेरे भी थे। मुझे तो दिखते भी वे किसी हीरो की तरह ही थे। लम्बा अंडाकार चेहरा, चौड़ा माथा, छोटी मगर पानीदार आँखें, करीने से तराशी हुई मूँछें और होंठों से कुछ दूर गाल पर बाईं ओर एक छोटा-सा मस्सा जो किसी बड़े तिल की तरह लगता था। अपने बिजनेस के सिलसिले में उन्हें कई-कई दिन बाहर रहना पड़ता था। मगर जब भी लौटते अपनी अनुपस्थिति की पूरी कसर निकालने के लिए हमेशा तत्पर। मेरे साथ बेहद बातूनी। हर समय उनके पास सुनाने के लिए ढेर कहानियाँ होती थीं। गीतों और कविताओं के चहेते। माँ कहती हैं कि बचपन से लोरी से ज़्यादा उन्होंने मुझे कविताएँ और गीत ही सुनाए हैं। खासकर हरिवंशराय बच्चन का गीत—'इस पार प्रिये मधु है तुम हो, उस पार ना जाने क्या होगा' उन्हें बेहद प्रिय था। इस गीत को सस्वर जब गाते थे तो सारी दुनिया मानो ठहर जाती थी मेरे लिए। उनके भीतर उस पार का यह डर था या आकर्षण पता नहीं। शायद आकर्षण ही होगा, तभी तो बहुत जल्दी हो गई थी उन्हें उस पार जाने की। मेरा तेरहवाँ जन्मदिन बहुत धूमधाम

से मनाया था उन्होंने। कहते थे, मेरी बेटी बड़ी हो गई है। अब उसकी उम्र के आँकड़े के साथ टीन लग गया है। इतना महत्त्वपूर्ण मौका क्या बिना धूमधाम के जाने दूँगा मैं। तमाम रिश्तेदार, दोस्त, परिचितों के जमावड़े के बीच मैं उस दिन दुनिया की सबसे खुश और सबसे भाग्यशाली लड़की थी।

उस दिन देर रात जब पार्टी की सारी धूमधाम खत्म हो गई और थक के चूर होकर मैं सोने जा रही थी तब पापा आए थे मेरे पास। मेरे माथे को चूमकर बोले, "गिफ्ट का तो ढेर लगा है मन्नू तुम्हारे पास। बहुत कीमती भी हैं उसमें कई गिफ्ट। मगर आज मैं तुम्हें बहुत अलग और बहुत खास गिफ्ट देनेवाला हूँ।"

मेरी नींद भरी आँखों में उत्सुकता तैर गई थी।

"आज तक तुमसे सम्बन्धित किसी भी निर्णय का दायित्व मैंने या तुम्हारी माँ ने सँभाला हुआ था। तुम्हारे लिए हमारे चुनावों ने या हमारी पसन्द ने चाहे-अनचाहे कई बार तुम्हें निराश या उदास भी किया है। मगर आज मैं तुम्हारे जीवन से सम्बन्धित हर निर्णय को लेने का अधिकार तुम्हें सौंपता हूँ।"

मैंने कुछ असमंजस और कुछ अचरज से उनकी ओर देखा।

"इसका मतलब यह नहीं है कि तुम्हारे अच्छे-बुरे की ओर हमारी दृष्टि नहीं रहेगी। या किसी भी मामले में हमारी राय या सलाह तुम्हें उपलब्ध नहीं होगी। मगर किसी भी मामले में आख़िरी निर्णय तुम्हारा होगा। यदि तुम्हारे निर्णय से हमारी सहमति नहीं होगी तब भी हम अपनी राय तुम पर थोपेंगे नहीं।"

"मगर मैं जानती हूँ पापा कि आप मुझे बहुत प्यार करते हैं और जो भी निर्णय लेते हैं वह मेरे भले के लिए ही लेते हैं; इसलिए मुझे ऐसे किसी अधिकार की ज़रूरत नहीं है। मुझे नहीं बनना है अभी बड़ा। और सच कहूँ तो इतना बड़ा कभी भी नहीं बनना है कि आपकी सहमति के बिना मुझे कोई निर्णय लेना पड़े।" पापा के गले में बाँहें डालते हुए कहा मैंने।

पापा ने मुझे अपने सीने से भींच लिया और बड़ी देर तक मेरी पीठ सहलाते रहे। फिर बोले, "अब दी हुई चीज़ तो वापस नहीं लूँगा मैं। पर चलो, कुछ समय के लिए एक डील करते हैं कि तुम्हारे जीवन से सम्बन्धित हर निर्णय हम दोनों मिलकर किया करेंगे।"

मैंने कोई उत्तर नहीं दिया। बस पापा की गरदन को चूम लिया। पापा की बाँहों में कब मुझे नींद आई, पता ही नहीं चला।

इसके ठीक एक सप्ताह बाद अचानक चले गए थे वे उस पार। फिर कभी लौट के ना आने के लिए। पहली बार अपना वादा तोड़ा था उन्होंने और वादे के बावजूद सारे निर्णय लेने का भार मुझ अकेली पर डालकर खुद चले गए थे।

इसके बाद महीनों तक अकसर रात को आँसुओं में डूबी हुई मैं इस बात पर विचार किया करती थी कि आख़िर उस दिन क्या किसी अन्तर्बोध से प्रेरित होकर उन्होंने मुझे अपने जीवन से जुड़े सब निर्णय लेने का अधिकार देने की बात कही थी। क्या उन्हें कहीं इस बात का अहसास था कि इसके बाद अपने जीवन से जुड़े सारे निर्णय मुझे ही लेने होंगे। मैं कभी किसी नतीजे तक नहीं पहुँची। मगर हर बार मैं खूब रो-रोकर पापा से शिकायत किया करती थी कि जब उन्होंने मिलकर निर्णय लेने की डील की थी तो उसे इतनी जल्दी तोड़ क्यों दिया था।

मेरा जीवन इसके बाद बहुत तेजी से बदला।

मम्मी की उम्र बहुत ज़्यादा नहीं थी, इसलिए एक साल बाद सारे रिश्तेदारों ने मनुहार करके उनकी दूसरी शादी करा दी थी। माँ के नए पति बुरे नहीं थे मगर मेरे लिए पापा की जगह किसी और को देना सम्भव नहीं था। मैंने निर्णय लिया कि मैं आगे की पढ़ाई होस्टल में रहकर करूँगी।

इसके बाद जीवन में एक अजीब-सा सन्नाटा आ गया था। मेरे चारों ओर बड़े पैमाने पर शोर था। स्कूल हो या होस्टल, लड़कियों की चहचहाहट से गुलजार रहता था। मगर मैं कभी उस कोलाहल का हिस्सा नहीं हो पाई। स्कूल की पढ़ाई के बाद जो समय मिलता, वह किताबों के साथ गुजरता। किताबों के साथ रहना मेरे लिए पापा के साथ रहना था। कोई कविता पढ़ती तो यह कल्पना करती कि पापा मुझे अपनी गोदी में लिए कविता गाते हुए टहल रहे हैं। उनकी सस्वर आवाज़ देर तक मेरे कानों में गूँजती रहती। कोई कहानी पढ़ती तो पापा से जिद करती कि अब वो अपनी स्टाइल में मुझे कहानी सुनाएँ। पापा हर बार मेरी जिद पूरी करते। मैं अपनी कॉट पर बैठी

उन्हें मंत्रमुग्ध-सी देखती रहती और वे होस्टल के मेरे कमरे में घूम-घूमकर मुझे कहानी सुनाते। हर पात्र के संवाद के साथ उनकी आवाज़ बदल जाती। प्रसंगानुरूप उनके स्वर के उतार-चढ़ाव में एक रूहानी कशिश होती।

पहले दो-तीन साल मैं साल में एक बार मम्मी के पास जाती। मगर कुछ ही दिनों में ऊबकर लौट आती। उसके बाद यह जाना भी बहुत अनियमित हो गया। पापा ने मुझे जो अपने जीवन का हर निर्णय लेने का अधिकार दिया था, मैंने आनेवाले सालों में उसका पूरी तरह से उपयोग किया। मैंने अपने जीवन का हर निर्णय खुद लिया। शुरू में मम्मी इस बात से दुखी हुईं, मगर बाद में वे अपने नए परिवार और संसार में व्यस्त हो गईं। मेरे लिए तो उनका प्रेम कम होने का प्रश्न ही नहीं था। उनके प्रति भी मेरे मन का प्रेम कभी कम नहीं हुआ। बस मैं उनके नए परिवेश में अपने आप को कभी फिट नहीं कर पाती थी। मेरी इस असहजता का उन्हें जल्द ही अहसास हो गया। इसके बाद उन्होंने भी मुझसे मेरे मन के खिलाफ कुछ करने की कभी अपेक्षा नहीं की। हर रविवार फ़ोन करके वे आज भी मेरी खोज-खबर लेती रहती हैं।

6

दिल्ली आने के बाद वह पहला दिन था जब मैं ऑफिस नहीं गई थी। बीती रात जब ऑफिस से लौट रही थी तो तेज़ बारिश शुरू हो गई। दिल्ली में आने के बाद यह पहली बारिश थी। मैंने घर से बहुत पहले ही ऑटो छोड़ दिया और बारिश में भीगते हुए पैदल घर की ओर चल पड़ी। हालाँकि मौसम में अच्छी खासी ठंडक हो गई थी। कुछ ही देर में पूरी तरह से भीगने के कारण मेरे शरीर में कँपकँपी छूटने लगी थी मगर मैं इससे घबराकर बारिश की बूँदों से भीगने के अपने आनन्द को छोड़ नहीं सकती थी। घर पहुँचने की कोई हड़बड़ी करने की जगह मैं बहुत धीरे-धीरे अपने कदम बढ़ा रही थी।

जिस जगह मैं रह रही थी, चार मंजिला मकान था वह। ग्राउंड फ्लोर पर मकान मालिक, पहले और दूसरे फ्लोर पर किरायेदार। तीसरे फ्लोर पर

सिर्फ एक कमरा, एक किचन और टॉयलेट-बाथ। बाक़ी सारी खुली छत। वही मेरा आशियाना था। घर पहुँची तो मारे छींकों के बुरा हाल था। बारिश की बूँदों ने शरीर की गर्मी ही नहीं, ताकत भी जैसे छीन ली थी। किसी तरह चाय बनाई और आधी चाय पीकर ही निढाल होकर बिस्तर पर गिर गई। आधी रात को नींद खुली तो बदन बुरी तरह से टूट रहा था। तेज भूख भी लगी हुई थी। बड़ी हिम्मत जुटाकर मैगी बनाई और खाने के बाद बर्तन वैसे ही छोड़कर फिर बिस्तर पर जा गिरी।

अगली सुबह नींद खुली तो बदन भट्टी की तरह तप रहा था। उठने की कोशिश की मगर लड़खड़ाकर फिर वहीं गिर पड़ी। इसके बाद जैसे होश ही नहीं रहा। किसी के हिलाने से आँख खुली तो देखा, सागर सर मुझे जगाने की कोशिश कर रहे थे। मुझे आश्चर्य हुआ। मैंने ध्यान से उन्हें देखने की कोशिश की। क्या सचमुच सागर सर मेरे सामने थे या फिर मैं कोई सपना देख रही थी। मैंने खुद को पिंच करके देखना चाहा मगर हाथ थे कि उठने का नाम ही नहीं ले रहे थे। मैंने अपनी आँखें सागर सर के चेहरे पर जमानी चाही मगर अचानक मेरी आँखों के सामने तेज़ रोशनी के दो गोले चमकने लगे। कुछ पल तो उस चमकती रोशनी में मुझे कुछ भी नज़र नहीं आया। कुछ देर बाद जब आँखें उस रोशनी की अभ्यस्त हुईं तो देखा सामने सफेद बादलों का सैलाब आया हुआ था। रोशनी के दोनों गोले मेरे आगे-आगे बढ़ने लगे। तेजी से घूमते हुए वे उस सैलाब को काटते हुए जगह बना रहे थे। मैं उनकी बनाई पगडंडी पर दौड़ने लगी। सफेद बादलों की जमीन, सफेद बादलों की ही दीवार और सफेद बादलों की ही छत। फिर पगडंडी ऊपर की ओर उठने लगी। थोड़ी ही देर में मैं सफेद बादलों के उस सैलाब के ऊपर थी। हवा में तैरती हुई। मुझे अपने से कुछ दूरी पर सागर सर जाते हुए दिखाई दिए। मैं आवाज़ लगाते हुए उनके पीछे दौड़ी। मेरी आवाज़ से चौंककर सागर सर ने पीछे मुड़कर देखा। सागर सर के चेहरे पर बुद्ध की तरह शान्ति छाई हुई थी। उन्होंने मेरी तरफ हाथ बढ़ाया। निशिगन्धा की महक का एक तेज़ झोंका मेरे करीब आया। उस महक के रुपहले तेज ने मुझे चारों ओर से घेर लिया। मेरे पाँवों के नीचे उस महक के दो चक्के चलने लगे थे। मैं

उन चक्कों पर सवार तेजी से सागर सर की ओर बढ़ी। सागर सर ने अपनी बाँहों को फैलाया और मुझे अपनी गोद में उठा लिया। मैं एक नीली पारदर्शी नाव में सवार थी जो उस दूधिया सागर के ऊपर तैर रही थी। सागर सर के हाथ चप्पुओं की जगह उस नाव को आगे धकेल रहे थे। मगर उनका चेहरा मुझे दिखाई नहीं दे रहा था। फिर एक हाथ नाव की बगल से निकल कर ऊपर उठा। उस पर से पानी की हरी बूँदें नीचे टपक रही थीं। सागर सर ने वह हाथ मेरे चेहरे पर फेरा। जलते तवे पर जैसे पानी की बूँदें छनक गई थीं। अचानक नीली हवा चलने लगी। उसने सारे वातावरण को एक अजीब सी ठंडक से भर दिया था।

मैं कमल के एक विशाल पत्ते पर लेटी किसी सरोवर में तैर रही थी। मेरे पास ही एक विशाल कमल-पत्र पर सागर सर आँखें बन्द किए हुए बैठे थे। किसी योगी-सा वेश था उनका। सिर पर घनी जटाएँ। दोनों कमल-पत्र एक-दूसरे से सटे हुए थे। उस सरोवर के किनारे पर बर्फ से ढके पहाड़ों पर रुपहली रोशनी फैली हुई थी। मेरा मन अचानक श्रद्धा से लबालब भरकर छलकने लगा। मैं उठ बैठी। मैंने हाथ बढ़ाकर एक कमल का पुष्प तोड़ा और उसे सागर सर के शीश पर रख दिया। सिर पर रखते ही जैसे कमल के पुष्प में एक विस्फोट हुआ। सागर सर की जटाएँ अचानक खुल गईं और ऊपर आकाश की ओर उठ गईं। जटाएँ आकाश में तेजी से उठती जा रही थीं। इतनी तेजी से कि मेरे लिए अपनी आँखों को उन पर टिकाए रखना मुश्किल हो रहा था। ऊपर उठते हुए वे जटाएँ चाँद तक जा पहुँची थीं। उन्होंने कुछ ही क्षणों में चाँद को ढक लिया। जैसे ही चाँद उन जटाओं की ओट में हुआ, जटाओं के बीच असंख्य तारे जगमगाने लगे। किसी आकाशगंगा की तरह से लगने लगी थीं जटाएँ। मैंने सागर सर की ओर देखा। सागर सर का पूरा शरीर तेज-पुंजों में बदल गया था। वे तेजकण यदि किसी मानव शरीर की धुँधली-सी आकृति ना बना रहे होते तो शायद मैं जान ही नहीं पाती कि सागर सर सामने बैठे हैं। मैं उन तेज कणों में सागर सर का चेहरा खोजने लगी। चेहरे के आकार में चमकते तेजकणों में मुझे सागर सर का चेहरा नहीं दिख रहा था। मैंने अपनी दृष्टि को उस आकार

पर केन्द्रित किया मगर मेरी लाख कोशिशों के बाद भी मुझे स्पष्ट रूप से चेहरा नहीं दिखाई दिया। मेरी आँखें नींद से बोझिल होने लगीं।

7

नींद खुली तो मैं किसी अनजान जगह पर थी। सुरुचिपूर्ण ढंग से सजा हुआ कमरा। एक ओर की दीवार पर तीन पेंटिंग्स लगी हुई थीं। एक किसी स्त्री का पोर्ट्रेट और दो लैंडस्केप्स। कमरे के एक ओर एक बड़ी बुकशेल्फ थी, जिसमें करीने से किताबें सजी हुई थीं। उसके ठीक सामने की दीवार से लगा ठीक बीचोबीच एक डबल बेड था, जिस पर मैं लेटी हुई थी। उसके दोनों ओर दो साइड टेबुल थे। एक पर एक कलात्मक नाइटलैम्प रखा हुआ था और दूसरे पर पानी से भरा काँच का एक जग और एक गिलास। साथ में कुछ दवाएँ रखी हुई दिख रही थीं। मैंने दिमाग पर बहुत जोर डालने की कोशिश की, मगर मुझे कुछ भी याद नहीं आया कि यह जगह कौन सी थी और मैं यहाँ कैसे पहुँची। मुझे तो यह भी याद नहीं आया कि यहाँ पहुँचने के पहले मैं कहाँ थी और मेरे साथ क्या हुआ था।

कुछ भी जानने-समझने के लिए पहले उठना ज़रूरी है, मैंने सोचा। शरीर पूरी तरह से शक्तिहीन महसूस हो रहा था। मैंने अपनी पूरी ताकत और हौसले को समेट-सहेजकर उठने की कोशिश की।

"अरे...अरे...उठो मत, लेटी रहो ऐसे ही।" एक मुलायम स्त्री आवाज़ उभरी।

मैंने आवाज़ की दिशा में चेहरा घुमाया तो देखा सामने दरवाज़े से हाथ में फलों की तश्तरी लिए हुए एक स्त्री प्रवेश कर रही थी, जिसे जाहिर है, मैं जानती नहीं थी। मगर उसके चेहरे पर ऐसे भाव थे जैसे वह मेरी बहुत पुरानी परिचित हो। मैंने गौर से देखा। उम्र तीस-पैंतीस के बीच थी कुछ। छरहरा बदन। कुछ साँवला-सा रंग। तीखे नयन-नक्श। लम्बी नोकदार नाक। होंठ जैसे करीने से छाँटे हुए। बदन पर कॉटन का कुर्ता और सलवार। हाथों में सोने की दो चूड़ियाँ, गले में एक चाँदी की मोटी-सी चेन। शायद अभी कुछ

देर पहले ही नहाई थीं, इसलिए गीले बाल कन्धों पर बिखरे हुए थे। कुल मिलाकर प्रभावी व्यक्तित्व, सादगीपूर्ण किन्तु अभिजात।

उन्होंने साइड टेबुल पर फलों की तश्तरी रखी और पास रखा एक स्टूल पलँग के पास खिसकाकर बैठ गईं।

"मैं कविता...हम पहली बार मिल रहे हैं मगर तुम्हारे बारे में बहुत सुन रखा था मैंने।" मुस्कराकर उन्होंने कहा।

कविता...कविता...कहीं सुना हुआ-सा नाम लग रहा है। मैंने दिमाग़ पर जोर डालते हुए सोचा। लेकिन जानकारी का कोई सिरा हाथ में नहीं आ रहा था।

"सागर अभी कुछ देर पहले ही सोने गया है। शाम को तुम्हारे घर से ले आया था तुम्हें। बुरी तरह से तप रही थीं तुम बुखार में। डॉक्टर आकर देख गए थे। बुखार कम नहीं हो रहा था इसलिए रातभर तुम्हारे सिरहाने बैठकर ठंडे पानी की पट्टियाँ बदलता रहा था वह। अभी कुछ देर पहले ही मैंने भेजा उसे सोने के लिए। एक-आध घंटा सो लेगा तो कुछ काम कर पाएगा ऑफिस में।" एक स्नेहिल मुस्कान लगातार उनके चेहरे पर बनी हुई थी।

ओह...तो ये हैं कविता...सागर सर की पत्नी...मतलब मैं सागर सर के घर में हूँ। अचानक सारे उलझे हुए सिरे एक साथ सुलझ गए थे।

"मुझे तो कुछ पता ही नहीं कि कब सागर सर मेरे यहाँ पहुँचे और कब मुझे यहाँ लेकर आए।" मैं पीछे सरककर थोड़ा-सा उठी। कविता ने तुरन्त मेरी पीठ के पीछे एक तकिया लगाया।

"तुम्हें कैसे पता चलता। तुम तो बेहोश-सी पड़ी थीं। तुम कल ऑफिस नहीं पहुँचीं और कोई फ़ोन भी नहीं किया। सागर ने तुम्हारे मोबाइल पर कॉल किया तो वह स्विचऑफ था। इसलिए ऑफिस से तुम्हारा एड्रेस लेकर वह शाम को तुम्हारे घर पहुँचा। वहाँ देखा तो तुम लगभग बेहोश पड़ी थी। अब यहाँ दिल्ली में तुम्हारी देखभाल करनेवाला है ही कौन, इसलिए वह तुम्हें यहाँ ले आया।"

"मेरी वजह से सागर सर को और आपको नाहक परेशानी हुई।" मैंने कुछ सकुचाकर कहा।

"बीमार हो, वरना इस बात पर एक थप्पड़ लगाती तुम्हें। अरे तुम कोई पराई हो क्या। यह ठीक है कि हम इससे पहले कभी मिले नहीं। कोई संयोग ही

नहीं बन पाया ऐसा। मगर तुमसे जरा भी अपरिचित नहीं हूँ मैं। सागर अकसर तुम्हारी बातें करता है। तुम्हारी मेहनत, तुम्हारी लगन, तुम्हारी प्रतिभा की बहुत तारीफ़ करता है। और मेरे बारे में भी कुछ ना कुछ तो बताया ही होगा तुम्हें उसने।" कविता की बातों में या स्वर में कहीं भी औपचारिकता नहीं थी।

"हाँ, थोड़ा-बहुत तो बताया है सर ने।" मैंने कहा।

"थोड़ा ही बताया होगा। मैं जानती हूँ। ऑफिस में उसे सिवाय अख़बार के कुछ सूझता नहीं है। कई बार तो वह यह भी भूल जाता है कि उसकी शादी हो चुकी है और उसका एक घर भी है, जहाँ उसकी बीवी रहती है।" कविता खिलखिलाई। चमेली के फूल झरे जैसे।

"वैसे उसे दोष देने का अधिकार मुझे है नहीं। जब मैं किसी पेंटिंग को पूरा करने के जुनून में डूबी हुई होती हूँ तो मेरा भी यही हाल रहता है। मुझे भी तब न घर का कोई होश रहता है और न ही सागर का। फिर अकसर अपनी एग्जीबिशन के सिलसिले में बाहर भी रहती हूँ मैं। मगर वह कभी कोई शिकायत नहीं करता।"

"आप क्या कह कर पुकारती हैं सर को?" जिस तरह से कविता सागर सर का उल्लेख कर रही थीं, शायद उसी से प्रेरित होकर यह सवाल आया था मेरे मन में।

"मैं...सागर ही कहती हूँ उसे...क्यों तुम्हें क्या लगा कि मैं उसे ऐ जी, ओ जी, सुनो जी जैसे सम्बोधनों से पुकारती हूँ?" कविता जोरों से हँसी।

मैं झेंप गई। "नहीं...आप जिस तरह से उनका उल्लेख कर रही हैं, वह मेरे लिए नया है।"

"ओह...हाँ, कई लोगों के लिए नया होता है। मगर सागर मेरा अच्छा मित्र है। पति होने के पहले से। और हमारे बीच औपचारिक सम्बोधन की दीवार बहुत पहले ही टूट गई थी, शादी से बहुत पहले। तो शादी के बाद भी सब कुछ उसी तरह रहा। पति होने का मतलब यह थोड़े ही होता है कि कोई मित्र ही ना रहे।"

"अच्छा...आपकी पहली मुलाकात कहाँ हुई थी?" ना जाने क्यों मेरे भीतर अचानक उन दोनों की पहली मुलाकात को लेकर उत्सुकता जाग उठी थी।

"पेंटिंग एग्जीबिशन में ही मिले थे पहली बार हम। एक पहली बार उसमें यह भी था कि वह चार नए चित्रकारों की पेंटिंग्स की एग्जीबिशन थी, चारों पहली बार ऐसी किसी एग्जीबिशन का हिस्सा बने थे और मैं उनमें से एक थी।" कविता ने बताया।

"ओह...मतलब सागर सर की भी पेंटिंग में रुचि है।" यह मेरे लिए नई जानकारी थी।

"अरे वह बहुत अच्छा आर्ट क्रिटिक है। इधर उसने इस फील्ड को थोड़ा नज़रअन्दाज़ किया हुआ है वरना आर्ट सर्कल में एक क्रिटिक के रूप में उसकी अच्छी-खासी इज्जत रही है लम्बे समय तक।" कविता ने इस बीच बातें करते हुए एक सेब छील कर उसके टुकड़े कर दिए थे। उन्होंने वह प्लेट मेरी ओर बढ़ाई।

मैं थोड़ा सकुचाई। इस पर उन्होंने सेब का एक टुकड़ा उठाकर मेरे मुँह में भर दिया। मैं अरे...अरे ही करती रह गई।

"देखो, फिलहाल तुम मेरी कस्टडी में हो। और अगले दो-चार दिन तो तुम्हारी रिहाई की कोई गुंजाइश दिखती नहीं है। इसलिए इतना समझ लो कि तुम्हें सिर झुकाकर मेरी हर बात माननी पड़ेगी। बहुत सख्त जेलर हूँ मैं। अपनी आज्ञा की जरा भी अवहेलना बर्दाश्त नहीं कर सकती।" कविता ने झूठ-मूठ का गुस्सा ओढ़ा चेहरे पर।

"लगता है, अंग्रेज़ों के जमाने की जेलर हैं आप।" मैं मुस्करा दी। साथ में वह भी।

"तो पेंटिंग्स ने मिलाया आपको।" मैंने बात का टूटा हुआ सिरा फिर से थामा।

"हाँ, हम अकसर किसी-न-किसी एग्जीबिशन में टकरा जाते थे। कभी-कभी उनमें मेरी भी पेंटिंग्स हुआ करती थीं। उसे मेरी पेंटिंग्स पसन्द आती थीं। और फिर धीरे-धीरे मैं भी पसन्द आने लगी।" कविता ने मुस्कराकर कहा।

"और आपको कब पसन्द आए वो?" मेरी उत्सुकता इस कहानी में बढ़ने लगी थी।

"तुम जिस तरह से पूछ रही हो, उस तरह से तो बहुत बाद में। दरअसल मैं बहुत आत्मकेन्द्रित और महत्त्वाकांक्षी रही हूँ। एक लम्बे समय तक मैं सिर्फ

अपनी पेंटिंग्स की दुनिया में ही खोई रही थी। प्यार या शादी जैसे खयाल भी मुझे छूते नहीं थे। लेकिन सागर की दोस्ती मुझे पसन्द थी। उसे किसी की निजता को ठेस लगाए बिना उसकी ज़िन्दगी का हिस्सा बनना आता है।"

"तो फिर पहल किसने की?" मुझे बहुत कुछ जानना था उनके बारे में।

"मैं तो उसके बारे में इस तरह से सोचती ही नहीं थी, सो पहल करने का तो प्रश्न ही नहीं उठता। जाहिर है, उसने ही पहल की थी।" कविता ने शरारत से कहा।

"और आपने क्या कहा तब?"

"पागल हो गया है क्या बे!"

मेरे चेहरे पर कुछ असमंजस के भाव उभरे।

"ठीक यही वाक्य कहा था मैंने उसे।" कविता ने खिलखिलाते हुए कहा। "उस समय तो मैंने उसकी बात को हवा में उड़ा दिया था। मगर वह अपनी बात पर टिका रहा। तब मैंने शर्तों की एक लम्बी फेहरिस्त उसको थमा दी।"

"अच्छा...कौन-सी शर्तें?" यह कहानी मेरी सुनी-पढ़ी प्रेम कहानियों से बहुत अलग लग रही थी।

"उसमें सबसे पहली शर्त तो यह थी कि वह शादी के बाद भी पति के किसी भी तरह के अधिकार का दावा नहीं करेगा। मुझसे खाना पकाने या घर को साफ रखने की उम्मीद नहीं करेगा। मेरे कहीं भी आने-जाने पर किसी तरह की रोक-टोक नहीं करेगा। मैं जब पेंटिंग बनाऊँगी या किसी भी वजह से अकेली रहना चाहूँगी तो वह मेरे अकेलेपन में किसी तरह की दखलअन्दाजी नहीं करेगा। मेरी मर्जी के खिलाफ़ मुझसे किसी भी प्रकार के शारीरिक सम्बन्ध का आग्रह नहीं करेगा। और मुझसे बच्चा पैदा करने का आग्रह नहीं करेगा।"

"बाप रे!" मेरे मुँह से निकला। "और उन्होंने आपकी शर्तें मान लीं?"

"तो और क्या करता? उसे मुझसे शादी जो करनी थी। सच तो यह है कि उस समय उसने मेरी सारी शर्तें मानी ही नहीं, बल्कि उसे पिछले सात सालों में पूरी तरह से निभाया भी है। इनमें से बस एक ही शर्त ऐसी थी, जिस पर उसने कहा कि इस बारे में हमें चर्चा करनी चाहिए।"

"कौन-सी शर्त थी वह?" मेरी उत्सुकता चरम पर थी।

"उसे बच्चों से बहुत प्यार है। वह चाहता था कि चाहे जब भी हो, मगर हमारा एक बच्चा ज़रूर रहे।"

"फिर आप इससे सहमत हुईं?"

"मैंने उससे साफ कहा कि अगले दस-पन्द्रह साल मेरे करियर की दृष्टि से, मेरी ऊर्जा और मेरी सृजनात्मकता की दृष्टि से महत्त्वपूर्ण हैं, इसलिए तब तक तो मैं बच्चे के बारे में किसी भी तरह से सोच ही नहीं सकती।"

"लेकिन क्या तब तक इसके लिए देर नहीं हो जाएगी?" मुझे पता था कि इस समय सागर सर की उम्र चालीस के करीब थी और कविता शायद उनसे पाँच ही साल छोटी थीं।

"हाँ, मैं जानती हूँ कि 42-45 की उम्र में तो मेनोपॉज़ करीब आ जाता है। उस उम्र में बच्चा पैदा करना उतना आसान नहीं होता। मगर बात बच्चे की थी। वह हमारे द्वारा ही पैदा किया हुआ हो, यह कहाँ ज़रूरी था? हम दोनों में से किसी का भी यह आग्रह नहीं था। इसलिए यह तय हुआ कि जीवन में जब भी कभी हम दोनों को यह महसूस होगा कि अब हम बच्चे को सँभाल सकते हैं, हम कोई बच्चा अडॉप्ट कर लेंगे।" कविता ने बहुत सहजता से कहा।

मैं आश्चर्य से उनकी ओर देखती ही रह गई।

"लेकिन हर स्त्री का यह सपना होता है कि वह माँ बने। आपने नहीं देखा कभी यह सपना?" न चाहते हुए भी मैं यह सवाल करने से अपने-आप को रोक नहीं सकी। हालाँकि मुझे लगा कि शायद यह सवाल करके मैंने गलती की है। मगर कविता के चेहरे की सहजता ज्यों की त्यों बनी रही।

"यह सपना हर स्त्री का है, यह किसने भरा हमारे मन में, क्या कभी सोचा है तुमने? क्या सम्पूर्ण स्त्री जन्म की सार्थकता सिर्फ इसी एक उपलब्धि में है? और फिर जिन्हें किसी वजह से बच्चे ना हो सकते हों, क्या उन स्त्रियों का जन्म पूरी तरह से निरर्थक है? क्यों एक स्त्री शादी करने को, बच्चे पैदा करने को और एक पतिव्रता नारी बनकर घर सँभालने को ही अपने जन्म और जीवन का कुल हासिल समझे? मेरे जन्म का, मेरे जीवन का उद्द्देश्य क्या है, लक्ष्य क्या है और सार्थकता किसमें है, यह मेरे लिए भी बहुत बड़ा, बल्कि सबसे महत्त्वपूर्ण सवाल रहा है सालों से। मगर इसका वह जवाब मैं

मान्य नहीं कर सकती, जो सदियों से हर माँ-बाप और समाज लड़कियों के मन में भरने की कोशिश करता रहा है। बच्चे पैदा करना और एक पतिव्रता पत्नी बनकर चूल्हे-चौके तक सीमित रहकर अपनी जीवन की सार्थकता खोजना मेरी राह नहीं। जिन्हें इसमें अपने जीवन की सार्थकता लगती है, उन्हें किसी भी तरह से हेय दृष्टि से नहीं देखती हूँ मैं। मगर मुझे पता है कि मैं इसके लिए नहीं जन्मी। कैनवास, ब्रश और रंग मेरी राह हैं, मेरे साधन हैं, अपने-आप की खोज के। इस खोज की यात्रा में मेरी निजता में हस्तक्षेप किए बिना, मुझ पर अपने विचार या इच्छाएँ लादे बिना साथ चलनेवाला हमसफ़र मुझे मिला इसलिए मैंने शादी की, वरना मेरे लिए यह कतई ज़रूरी नहीं थी। घर, परिवार या पति से ज़्यादा ज़रूरी और महत्त्वपूर्ण मेरे लिए मेरी कला है। यह कला या तो मेरे पिछले किसी जन्म की साधना का फल है या फिर ईश्वर की कृपा। और कला कोई भी हो, पूरा समर्पण चाहती है। अपना कुछ भी बचाने की छोटी-सी चाह रखे बिना अपना सब कुछ झोंक देने की माँग करती है। यह मेरा सत्व है। जब तक मैं इसे पूरा का पूरा अपने आप को नहीं दूँगी, मैं खुद अपना साक्षात्कार नहीं कर पाऊँगी। यह एक ऐसा लक्ष्य है, एक ऐसी चाह है जिसके सामने घर-परिवार-बच्चे जैसी हर चाह दोयम है।"

मैं मुँह फाड़े बस कविता की ओर देखती रही।

"मेरी बातों को तुम कितना समझ पा रही हो, मुझे नहीं पता। मैं शायद अभी तुम्हें ठीक से समझा भी नहीं पाऊँगी अपना पक्ष या अपनी सोच। मगर मेरे लिए इस कला को साधना भी ठीक इश्क़ की तरह है...जो इक आग का दरिया है और डूबकर जाना है।" कविता मुस्कराई।

मैंने सिर्फ उनकी दोनों हथेलियों को थामा और भींचकर अपने सीने से लगा लिया।

8

मुझे ठीक होने में तीन दिन लगे। तीन दिनों में मैं उठकर चलने की स्थिति में आ गई थी। मगर डॉक्टरों ने मुझे चार दिन और ऑफिस ना जाने की

हिदायत दी। और इनमें से तीन दिन मुझे कविता दी ने घर नहीं जाने दिया। जिस दिन मैं ऑफिस जानेवाली थी, उसके एक दिन पहले शाम को कविता दी खुद मुझे घर पहुँचाने आईं। घर की साफ-सफाई की और फिर पास के बाज़ार जाकर ज़रूरत का ढेर सारा सामान भी ले आईं, ताकि मुझे अगले कुछ दिन कोई परेशानी ना उठानी पड़े।

कविता दी ने पहले ही दिन मुझे अपनी बातों से बहुत सहज कर दिया था। इतना कि मैंने सीधे उनसे ही पूछ लिया कि मैं उन्हें क्या कहकर पुकारूँ। उन्होंने मुस्कराकर कहा, "कितना तो प्यारा नाम है कविता। तुम्हारे अपने नाम का सहोदर-सा। कविता कहकर ही पुकारो।"

"क्या बात करती हैं आप, कितनी बड़ी हैं मुझसे उम्र में। आपका नाम लेकर कैसे पुकार सकती हूँ मैं?" मैंने तुरन्त विरोध प्रकट किया था।

"कितनी बड़ी हूँ? ज़्यादा से ज़्यादा दस साल। इससे क्या होता है। कला जगत के मेरे कई दोस्त मुझसे पन्द्रह या बीस साल बड़े हैं। मगर मैं उन्हें उनके नाम से ही पुकारती हूँ।" उन्होंने कहा।

"मगर मैं आपको आपके नाम से नहीं पुकार सकती।" मैंने दृढ़ता से मना किया।

"तो फिर क्या आंटी कहने का इरादा है?" उन्होंने खिलखिलाकर पूछा।

मैं भी जोरों से हँस पड़ी, कहा, "नहीं, अभी बस दीदी से काम चला लेती हूँ।"

इस सम्बोधन से खुश नहीं थीं वह, मगर आख़िर में मेरी जिद मान ली उन्होंने।

उन छह दिनों में, जब मैं उनके घर रही, कविता दी मुश्कि'ल से तीन-चार बार घर से बाहर गईं। यदि वे कुछ काम ना कर रही होतीं तो ज़्यादातर समय मेरे पास आकर बैठ जातीं। हम बातें करते रहते। ढेर सारी। दुनिया-जहान की। जब उन्हें लगता कि मुझे कुछ आराम करना चाहिए तो मुझे जबरदस्ती लेटाकर वे कुछ देर के लिए अपने कमरे में चली जातीं। फिर लौटकर मेरे पास बैठी कोई किताब या पत्रिका पढ़ती रहतीं। सागर सर से मुलाकात दिन में बस दो बार ही होती। एक तो सुबह ऑफिस जाने से पहले वह आकर मेरी खोज-खबर लेते। फिर रात को जब ऑफिस से लौटते तो फ्रेश होकर

मेरे कमरे में आ जाते। फिर देर तक हम तीनों बातें करते रहते। ज़्यादातर रात का खाना भी वहीं खा लिया जाता।

सागर सर और कविता दी के व्यवहार में इतना अपनत्व और सहजता थी कि मुझे यह महसूस ही नहीं हुआ कि मैं किसी और के घर में हूँ। सालों से होस्टल में रहने की आदत थी। उन छह दिनों में सालों बाद मुझे ऐसा महसूस हुआ कि मैं घर में हूँ।

कविता दी अपनी शर्तों पर जीनेवाली महिला थीं। आकाश में उड़नेवाला स्वच्छन्द परिन्दा। जो उड़ान भरता तो फिर ना दिन देखता, ना रात, ना ही दूरी। जब तक पंखों में ताकत होती और मन में हौसला, उसकी उड़ान जारी रहती। और अपने मन की उड़ान को पूरी करने के बाद वह लौटकर जिस पेड़ पर आता, वह सागर सर थे। वह परिन्दा उस पेड़ से बँधा नहीं था। न ही उस पेड़ ने कभी किसी भी तरह के प्रलोभन से उसे अपने से बाँधे रखने की कोशिश की। फिर भी वह परिन्दा लौटकर उसी पेड़ पर आता था, क्योंकि उस पेड़ पर लौटना उसे भाता था। क्योंकि उस पेड़ पर लौटकर भी उसे वही सुकून और वही आनन्द मिलता था, जो अपनी उड़ान में मिलता था।

उन छह दिनों में कविता दी के सामने मैंने अपनी पूरी जीवन-कथा कह दी। मगर दूसरी ओर कविता दी ने अपने-आप के बारे में बहुत कम बताया। अपनी निजी बातों को सहजता से किसी के भी सामने व्यक्त करना उनके स्वभाव में नहीं था। मगर इसके विपरीत वह अपनी सोच में जितनी स्पष्ट थीं, उतनी ही स्पष्टता से उसको अभिव्यक्त भी कर देती थीं। इस मामले में उनके भीतर किसी भी तरह का संकोच नहीं था। पेंटिंग उनकी बातों का मूल और मुख्य विषय था। इस विषय के इर्द-गिर्द बातें बुनना शुरू करतीं वह एक बार तो फिर सारी दुनिया ही उसकी जद में आ जाती। पेंटिंग के बाद उनका पसन्दीदा विषय सागर सर थे। सागर सर के बारे में बोलते हुए उनकी आँखों में एक अलग ही चमक आ जाती और बातों में एक अलग-सा उत्साह। उनके बारे में बिन थके, बिन रुके वह घंटों बातें कर सकती थीं।

"जानती हो काव्या, यह प्यार जो है ना, वह कबीर की उलटबाँसियों की तरह होता है। इस पर हमारी दुनिया के सामान्य व्यावहारिक नियम लागू नहीं

होते। अब मुझे ही लो, सागर ने कभी मुझे बाँधने की कोशिश नहीं की। पुरुषों की फितरत होती है, शादी से पहले वे तमाम तरह के वादे करते हैं, कसमें खाते हैं। तब उनसे ज़्यादा समर्पित और अहंशून्य कोई दूसरा नहीं होता। मगर एक बार शादी हो जाए तो फिर सारे वादे, सारी कसमें हवा हो जाती हैं। उनका पुरुषी अहंकार अपने स्वाभाविक रूप में जागृत हो जाता है। इसलिए शादी से पहले इस बात का वचन लेने के बावजूद कि वह मेरी निजता में किसी प्रकार का हस्तक्षेप नहीं करेगा या मुझ पर किसी तरह का कोई बन्धन रखने की कोशिश नहीं करेगा, यह आशंका मेरे मन में थी कि क्या सागर अपने इस वचन को पूरा कर सकेगा? कहीं ऐसा तो नहीं होगा कि एक बार मुझे शादी के बन्धन में बाँध लेने के बाद सागर का वह रूप सामने आएगा, जो अब तक अनजान था? मगर सच तो यह है कि सागर ने मेरी उम्मीदों से बहुत ज़्यादा इस वचन को निभाया है।" कहते हुए कविता दी के चेहरे पर असीम सन्तोष के भाव थे।

"मुझे नहीं पता कि दुनिया में किसी और स्त्री को ऐसा पति मिला है या नहीं, मगर मुझे इस बात में कोई सन्देह नहीं कि मैं दुनिया की उन दुर्लभ स्त्रियों में से एक हूँ, जो अपने जीवनसाथी के समक्ष अपने मन को पूरी तरह से खोलकर रख सकती हैं, बिना किसी डर या दुविधा के। गलत समझ लिए जाने की किसी भी तरह की आशंका के बगैर। सागर के सामने मैं हमेशा वही होती हूँ, जो मैं हूँ।"

मेरी आँखों में प्रश्नचिह्न थे।

"अरे ऐसे अजूबे की तरह क्या देख रही हो? इस बात को इस तरह से समझो कि यदि कल को किसी पर मेरा क्रश हो जाए तो इस बात को सागर से कहने में मुझे जरा भी संकोच नहीं होगा। हालाँकि इस बात को सागर से कहना है या नहीं कहना है, यह पूरी तरह से मेरी इच्छा पर निर्भर है। मुझे ऐसी हर बात उसे बतानी ही चाहिए, यह ज़रूरी नहीं है। मगर यदि मैंने उसे यह बताया तो मैं जानती हूँ कि वह इसका कोई इश्यू नहीं बनाएगा, इसे बहुत सामान्य ढंग से लेगा।"

"क्या सचमुच ऐसा हो सकता है?" मेरी आँखों का आश्चर्य मेरे स्वर में भी उतर आया था।

"मेरे साथ तो यकीनन ऐसा ही होता है।" कविता दी मुस्कराईं। "पता है, एक बार दिल्ली में सुजीथ नाम के एक नए आर्टिस्ट की एग्जीबिशन लगी थी। उसकी पेंटिंग देखकर मैं इतनी मंत्रमुग्ध हुई थी कि उससे मिले बिना रह नहीं सकी। और मिलते ही सबसे पहले मैंने क्या किया था जानती हो?"

कविता दी के स्वरों में नाटकीयता आ गई थी। मेरी आँखों में उत्सुकता की एक लहर दौड़ गई थी।

"मैंने उसे बाँहों में भरकर चूम लिया था। उसने भी यह उम्मीद नहीं की थी कि कोई इस तरह का व्यवहार भी कर सकता है। मगर उससे मिलकर मुझे जो लगा, मैंने वही किया। घर आकर मैंने सारा किस्सा सागर को बताया। जानती हो सागर ने क्या कहा? वह बोला कि दरअसल मुझे पहले सुजीथ से पूछ लेना चाहिए था कि क्या मैं उसे चूम सकती हूँ? आख़िर यह उसका अधिकार था कि वह अपने साथ ऐसा किया जाना पसन्द करता है या नहीं। मुझे भी सागर की बात ठीक जान पड़ी और मैंने अगले दिन जाकर बाकायदा सुजीथ से इस बात के लिए माफी माँगी।"

"और वह क्या बोला?"

"वह एक दिन पहले के मुकाबले ज़्यादा संकोच से भर उठा। फिर जब मैंने उसे सारा किस्सा सुनाया तो वह समय निकालकर मेरे साथ घर आया, खास तौर पर सागर से मिलने के लिए। अब वह हम दोनों का ही अच्छा दोस्त है।"

"आप किसी व्यक्ति को इतनी सहजता से किस कर सकती हैं?" मेरे मुँह से पहले सवाल निकला और फिर मुझे महसूस हुआ कि शायद मैंने गलत प्रश्न पूछ लिया है।

"अरे, इसका यह मतलब नहीं है कि मैं किसी को भी किस करती फिरूँ। मगर यदि कभी मुझे किसी के लिए ऐसा लगे और उसे भी इसमें कोई आपत्ति ना हो तो फिर दिक़्क़त क्या है? किस करना भी अपने भावों की अभिव्यक्ति का ही एक प्रकार है, मुस्कराने, हाथ मिलाने जैसा। बस भावनाओं की सघनता इसमें ज़्यादा होती है।" कविता दी ने बहुत सहजता से मेरे असहज प्रश्न का उत्तर दिया था।

"पता है, मैं उस समय पन्द्रह साल की थी जब मेरी एक सहेली ने मुझे बता'या कि आज उसने अपने बॉयफ्रेंड को किस किया है। मैंने अपनी सहज जिज्ञासा में उससे पूछ लिया कि कैसा लगता है किस करके। उस पर वह हँसकर बोली कि खुद करके देख लेना, पता चल जाएगा। बस वह दिन था, जब मैंने तय कर लिया था कि मैं किसी भी ज्ञान के लिए दूसरों के अनुभवों पर निर्भर नहीं रहूँगी। मुझे जो जानना होगा, खुद करूँगी और जान लूँगी।"

"बाप रे, आप तो बहुत खतरनाक व्यक्ति हैं दी।" मैंने हँसते हुए कहा।

"क्यों, क्या तुमने कभी किसी को किस नहीं किया अब तक?" कविता दी ने शरारत से पूछा।

एकबारगी मेरा पूरा चेहरा लाल हो उठा। फिर सामान्य होते हुए मैंने कहा, "ना दी, मैंने खुद कभी नहीं किया ऐसा। हाँ, एक बार स्कूल में एक लड़के ने ऐसा करने की कोशिश की थी और अपने गाल पर एक झन्नाटेदार तमाचा खाया था। उसके बाद किसी ने इतनी हिम्मत नहीं की।"

"लो, तब तो मुझसे ज़्यादा खतरनाक तुम हो।" कविता दी हँसी।

9

जीवन कई बार किसी चौराहे पर आकर ठिठक जाता है। मगर कई बार ऐसा भी होता है कि जीवन में जिस राह पर आप आगे बढ़ रहे होते हैं उसी दिशा से मदहोश करनेवाली सुगन्ध की कोई लहर उठती है। आप उस लहर के पीछे मंत्रमुग्ध से चल देते हैं। इसके बाद राह में अनेक दोराहे, तिराहे या चौराहे आते हैं, जहाँ से आप जीवन की दिशा बदलकर कोई और डगर पकड़ सकते हैं, मगर ऐसी किसी सम्भावना की ओर आपका ध्यान तक नहीं जाता। वह सुगन्ध आपको एक ऐसे घने जंगल में ले जाती है जो आकर्षित भी करता है और डराता भी है। मगर उस सुगन्ध का मोह आपके मन-मस्तिष्क पर इस कदर छाया होता है कि डर को आप अनदेखा करते हैं। अपने अचेतन विवेक की इस चेतावनी को भी अनदेखा करते हैं कि शायद यह सुगन्ध आपको किसी भीषण खतरे के आगोश में ले जाकर खड़ा कर सकती है।

मन पर उस सुगन्ध की ऐसी परत चढ़ी हुई होती है जो किसी चेतावनी, किसी आशंका को दर्ज ही नहीं करती।

कई बार यह भी होता है कि जिसे आप अपने अचेतन के विवेक का नाम देते हैं, वह दरअसल सदियों से की जा रही आपके मन की कंडीशनिंग का परिणाम होता है। जो केवल उसी तरीके से सोचता है, जिसका आपको अभ्यास रहा है। यह अभ्यास आपकी समझ को एक चश्मा देता है। आप ही नहीं, आपके दायरे के अधिकांश लोग उस चश्मे के माध्यम से दिखनेवाले दृश्य को ही सच मानते और समझते हैं। फिर किसी दिन आपकी आँखों से वह चश्मा हटता है और आपको लगता है कि चश्मे या बगैर चश्मे से देखे हुए दृश्य ही नहीं, सच दरअसल कई बार वह भी होता है, जहाँ तक आपकी दृष्टि पहुँच ही नहीं पाती।

दिल्ली आए हुए मुझे कोई एक साल होने आया था। इस पूरी अवधि के दौरान यदि किसी एक व्यक्ति का मुझ पर बेतहाशा प्रभाव था तो वह निश्चित ही सागर सर थे। अपने एकान्तप्रिय स्वभाव के कारण ऑफिस से बाहर मेरे परिचय की दुनिया बेहद सीमित थी। यहाँ तक कि मैं जिस मकान में रहती थी, वहाँ के मकान मालिक या दो किरायेदारों से भी मेरा परिचय सिर्फ हाय-हैलो या मुस्कराहटों के आदान-प्रदान तक ही सीमित था। ऑफिस के भीतर भी अपने विभाग के कुल जमा चार लोगों के अलावा मेरा सम्पर्क सबसे ज़्यादा यदि किसी से था तो वह कैंटीन वाला देवीप्रसाद था।

मगर इन तमाम लोगों के मुकाबले उन दिनों यदि मेरी पूरी दिनचर्या किसी एक व्यक्ति के इर्द-गिर्द सिमटी हुई थी तो वह निश्चित रूप से सागर सर थे। उनकी विद्वत्ता, उनका परिश्रम, उनकी सौजन्यता, उनकी लगन, उनकी प्रतिभा—सबका मुझ पर नशे की तरह असर था। दरअसल उन्हें लेकर मैं अपने भीतर वैसा ही किशोरवयीन आकर्षण अनुभव करती थी, जैसा उस उम्र में कोई छात्र अपनी किसी युवा शिक्षिका के प्रति महसूस करता हो। मगर इसके बावजूद उनके और मेरे बीच में एक हल्की-सी मगर अनुल्लंघनीय दूरी थी, जो लगातार बरकरार रही। मगर मेरी अप्रत्याशित बीमारी ने, और उसके बाद उनके घर मेरे छह दिनों के निवास ने सब कुछ सिरे से बदल दिया।

एक बड़ा परिवर्तन तो यह हुआ कि उनके अलावा लगभग उनके ही समान महत्त्व रखनेवाली एक और व्यक्ति मेरे जीवन में आ गया—कविता दी। कविता दी ने अपने सहज व्यवहार और अपनत्व से, अपने स्पष्ट विचार और बातों से इतनी तेजी से मेरे जीवन में अपनी जगह निर्माण की कि मैं स्वयं भी आश्चर्यचकित रह गई। इसी वजह से मैं बहुत जल्द ही सागर सर और कविता दी के जीवन का, और घर का भी मानो एक अभिन्न हिस्सा हो गई। बहुत कम समय में कविता दी ने मेरे जीवन को इस कदर व्याप लिया कि वह मेरी अभिभावक, मेरी बड़ी बहन, मेरी सबसे निकटस्थ मित्र—सब कुछ बन गईं।

उनका घर मेरी अपनी रहने की जगह से ज़्यादा मेरा अपना घर बन गया था। किसी दिन उनका फ़ोन आता, ऑफिस से यहीं चली आ। कई बार सागर सर साथ होते, कई बार वह किसी काम से ऑफिस में ही रुके हुए होते और मैं उनके घर चली जाती। फिर बिना खाना खाए लौटने का तो सवाल ही नहीं होता। रात को सागर सर और कविता दी मुझे छोड़ने मेरे घर तक आते। कई बार ऐसा भी होता कि कविता दी आग्रह करके मुझे वहीं रोक लेतीं। फिर सागर सर गेस्ट रूम में जाकर सोते और मैं कविता दी के साथ देर रात तक गप्प लड़ाने के बाद उनके बेड पर ही सो जाती। कुछ समय बाद तो ऐसा हुआ कि साप्ताहिक अवकाश वाला दिन मैं कविता दी के साथ ही बिताने लगी। शुरू के कुछ समय तक अलग साप्ताहिक अवकाश के कारण सागर सर उस दौरान ऑफिस में रहते थे। मगर बाद में हम दोनों का साप्ताहिक अवकाश एक ही दिन हो गया। मगर इससे मेरे उनके यहाँ जाने पर कोई फर्क नहीं पड़ा। साप्ताहिक अवकाश के दिन ज़्यादातर समय सागर सर अपने कमरे में किताबों के बीच खोए रहते या फिर अपने ब्लॉग पर कोई नया लेख डालते। कभी वह हम दोनों के साथ बातचीत में शामिल हो जाते। कभी हम तीनों कोई मूवी देखने या कहीं घूमने निकल जाते।

कविता दी के साथ मेरी निकटता जहाँ परवान चढ़ रही थी वहीं बहुत ख़ामोशी से सागर सर मेरे मन में अपनी एक अलग जगह बनाते जा रहे थे।

कविता दी की बातों ने सागर सर के प्रति मेरी भक्ति को और दृढ़ कर दिया था। मेरे साथ उनके व्यवहार में परले दर्जे की सहजता थी। मगर जितना उनका व्यक्तित्व मेरे मन को व्यापने लगा था, मैं उनके साथ के सहज पलों में भी कुछ गुलाबी-से अहसास खोजने लगी थी। और यह सब बहुत नामालूम तरीके से हो रहा था।

किसी दिन कविता दी कुछ सामान लेने के लिए हम दोनों को बाज़ार भेज देतीं। कभी हम तीनों कहीं घूमने के लिए निकले होते। ऐसे समय में कई बार रास्ता पार करते समय सागर सर मेरा हाथ थाम लेते। ऐसे समय में मैं जैसे सारी दुनिया से परे हो जाती। जब तक वह मेरा हाथ थामे रहते, मेरे हाथों के जरिये एक अजीब सी झनझनाहट मेरे पूरे बदन में दौड़ती रहती। उनके हाथ छोड़ देने के बाद भी एक अदृश्य हथेली मेरे हाथ को थामे रहती।

ऑफिस में मेरी बैठने की जगह सागर सर के ठीक सामने थी। ऐसा कई बार होता कि सागर सर कम्प्यूटर पर किसी काम में गुम रहते और मैं बड़ी देर तक एकटक उन्हें देखते रहती। काम में डूबे हुए सागर सर किसी ध्यानमग्न तपस्वी की तरह तन्मय और निर्लिप्त दिखाई देते। घर पर कई बार ऐसा होता कि वह किसी मुद्दे पर अपनी राय दे रहे होते और मैं मंत्रमुग्ध उन्हें देखती-सुनती रहती।

ऐसा नहीं है कि ऐसे समय मेरे अचेतन में बैठा कोई मुझे लगातार चेतावनी ना देता था। मगर कई बार हम जान-बूझकर उन चेतावनियों को अनदेखी-अनसुनी करते रहते हैं। और यह इतनी बार होता है कि फिर हमारा ध्यान भी उन चेतावनियों की तरफ नहीं जाता। कितनी अजीब बात है ना, बिलकुल विरोधाभासी भी कि अध्यात्म पथ पर चलनेवाले भूत या भविष्य की स्मृति या कल्पना से परे सिर्फ उपस्थित क्षणों को जीने को प्रधानता देते हैं और उसी की साधना करते हैं। आसान नहीं होता यह। मोह से परे होना पड़ता है पूरी तरह से इसके लिए। और इसके विपरीत मोह में सरापा डूबा हुआ व्यक्ति भी कई बार भूत या भविष्य की कल्पना या चिन्ता से परे सिर्फ वर्तमान के अपने मोहपूर्ण क्षणों को पूरी शिद्दत के साथ जी रहा होता है।

मैं एक अन्धी गली की ओर बेतहाशा दौड़ रही थी। अचेतन की चेतावनियों की सारी बेड़ियाँ तोड़ कर। बिना यह जाने या सोचे कि इस दौड़ का अन्त क्या होगा। भला होगा या बुरा होगा। एक तरफ मैं भविष्य की परवाह किए बिना मोह के उन तत्क्षणों को जी रही थी, दूसरी ओर मेरी कल्पनाओं ने एक नई दुनिया की रचना शुरू कर दी थी। एक ऐसी दुनिया जिसमें कभी मैं सागर सर के हाथ में हाथ डालकर पेड़ों से घिरी हुई और ढेरों फूलों से ढकी हुई किसी पगडंडी पर चल रही होती। कभी किसी नदी किनारे पानी में पाँव डालकर उनसे सटकर बैठी हुई होती। कभी अपनी गोद में रखे उनके चेहरे पर अपने बालों को फैलाए झुक रही होती। कभी उनके सीने से लगी मीठी नींद सो रही होती।

लेकिन ये सारी तसवीरें बड़े दिनों तक श्वेत-श्याम रहीं। मैं लाख मोह में डूबी हुई थी, मगर अपने अहसासों के एकतरफा होने की अनुभूति के चलते इनमें कभी रंग नहीं भर पाती थी। मगर फिर कुछ ऐसा हुआ कि मेरी कल्पनाओं के ब्रश के सिरों को रंग आ-आकर छूने लगे।

उस दिन मैं ऑफिस से निकल ही रही थी कि कविता दी का फ़ोन आया। बोलीं कि उन्होंने नई मूवी के तीन टिकट ऑनलाइन बुक कर लिए हैं। ऑफिस से सीधे मैं सागर सर के साथ थियेटर पर पहुँच जाऊँ। कविता दी भी अपनी एक ज़रूरी मीटिंग निपटाकर सीधे थियेटर पर पहुँच जाएँगी। सागर सर और मैंने थियेटर पहुँचकर टिकट कलेक्ट कर लिए। मूवी शुरू हो गई, मगर कविता दी नहीं पहुँचीं। जब सागर सर ने उन्हें फ़ोन किया तो उन्होंने कहा कि उनकी मीटिंग कुछ लम्बी खींच गई है, इसलिए सागर सर और मैं मूवी देख लूँ। यदि मीटिंग जल्दी निपट गई तो वे थियेटर पहुँच जाएँगी वरना फिर मूवी के बाद वह पास ही के एक मशहूर रेस्तराँ में मिलेंगी, जहाँ हम अकसर जाया करते थे।

मूवी के दौरान किसी समय मैंने सीट के हत्थे पर अपना हाथ रखा तो मुझे एक झटका-सा लगा क्योंकि वहाँ सागर सर ने पहले से ही अपना हाथ रखा हुआ था। होना तो यह चाहिए था कि उसी क्षण मैं अपना हाथ हटा लेती, मगर उस त्वरित प्रतिक्रिया पर न जाने कैसे मेरा मोह हावी हो गया।

मैंने अपना हाथ वैसे ही रहने दिया और स्क्रीन पर अपनी नज़रें जमा लीं। हालाँकि मेरा सारा ध्यान सागर सर की प्रतिक्रिया पर था। सागर सर ने उम्मीद के मुताबिक चौंककर मेरी ओर देखा। मैंने ऐसे जताया जैसे मेरा ध्यान उस ओर गया ही नहीं। कुछ पल सागर सर मेरी तरफ देखते रहे, फिर उन्होंने भी अपना चेहरा स्क्रीन की ओर कर लिया। मुझे लगा था कि शायद वह अपना हाथ हटा लेंगे मगर उन्होंने अपना हाथ मेरी हथेली के नीचे ख़ामोशी से निस्पन्द रहने दिया।

उसके बाद मूवी में क्या हुआ, मुझे कुछ पता नहीं था। मेरी आँखें चाहे स्क्रीन को देख रही थीं मगर मैं वहाँ कहीं नहीं थी। अपनी कल्पनाओं में सागर सर एक पेड़ थे और मैं किसी लता में तब्दील होकर उनके चारों ओर लिपटी हुई थी।

मूवी खत्म होने के बाद हॉल से बाहर निकलते हुए पहली बार मैंने खुद सागर सर की बाँह थाम ली। सागर सर ने फिर मेरी ओर देखा मगर मैं उनकी बाँह थामे पूरी स्वाभाविकता से आगे बढ़ती रही।

इसके बाद कुछ भी सामान्य नहीं रहा।

दुस्साहस के दीर्घकालीन फल चाहे जितने पीड़ादायी होते हों, ऐसे मामलों में, ऐसे रिश्तों में, मगर उनकी तात्कालिक मधुरता की कोई तुलना नहीं हो सकती। मैं उस मधुरता से अपने मन-प्राण को ओत-प्रोत कर लेना चाहती थी। जिस अन्धी गली में मैं बेहिचक और बेतहाशा दौड़ रही थी, उसके प्रवेश द्वार पर सागर सर कुछ हिचकिचाते हुए, कुछ असमंजस में खड़े हुए मुझे दिखाई दे रहे थे। मेरे श्वेत-श्याम सपनों में किसी एक अन्य रंग के प्रवेश की मानो यह शुरुआत थी।

कई बार होने और न होने के बीच की चौखट पर खड़े-खड़े आप सालों गुजार देते हैं। इस दुविधा में कि होने की ओर जाना चाहिए या नहीं? उस ओर कोई आपका स्वागत करनेवाला है या नहीं? लेकिन एक बार यदि किसी तरह इस दुविधा पर काबू पा लिया जाए तो फिर उस होने के इर्द-गिर्द घटनाएँ इस तरह से घटने लगती हैं कि कुछ ही दिनों में आपको यह आश्चर्य होने लगता है कि जिस होने के अस्तित्व को लेकर आप असमंजस में थे,

वह असमंजस तो पिछली सदी की बात हो गया है। समय को जैसे पंख लग गए थे। सब कुछ इतनी तेजी से बदल रहा था कि खुद मुझे उस पर आश्चर्य हो रहा था। मैं एक ऐसे नशे में थी, जिससे उबरने की कोई मेरी कोई इच्छा नहीं थी। इस नशे में मेरे हाथों ने कब सागर सर का हाथ थामा और फिर कब मेरे होंठों ने उनके होंठों को छुआ, मुझे पता ही नहीं चला। मैं उनके सीने से लगकर उनके दिल की धड़कनें गिनने लगी थी।

हमारे बीच किसी नई कोंपल-सा फूटा जो नाता था, वह अक्षरश: शब्दों से परे था। उसके बारे में न मैंने कभी कोई बात की, न सागर सर ने कभी कुछ कहा। मगर फिर भी कुछ था जो हमारे बीच इस तरह से उग आया था और जगमगाने लगता था जैसे सूरज के डूबने के बाद चन्द्रमा नीले आसमान पर उग आता है। मैं यह महसूस कर रही थी कि कोई संकोच है जो सागर सर को ऐसे पलों में पूरी तरह से सामान्य नहीं रहने देता है। फिर भी मेरे लिए इतना ही पर्याप्त था कि उनके बोल इनकारी नहीं थे।

इस बीच एक बात और हुई कि जैसे-जैसे मैं प्रेम के इस वर्जित प्रदेश में भीतर पैठती गई, कविता दी से मेरा मिलना कम होने लगा। उनके समक्ष एक अपराधबोध हमेशा मुझ पर हावी होने लगता था, जिसे अन्यथा मैं बड़े प्रयत्नों से अपने से वैसे ही दूर रखती थी, जैसे छाता सिर पर ताने कोई बारिश से बचने की कोशिश करता हो। हालाँकि होता बस इतना भर है कि वह बारिश आपका सिर गीला नहीं करती है। मगर वह आपकी आँखों से कभी ओझल नहीं होती।

10

और फिर वह दिन आया जिसने मेरे जीवन की सारी धारा को ही किसी और दिशा में मोड़ दिया। उस दिन की शुरुआत कितनी मनमोहक, कितनी स्वप्निल, कितनी रोमहर्षक थी।

कविता दी उसी सुबह किसी सेमिनार के सिलसिले में दो दिनों के लिए शहर से बाहर गई थीं। यह पहली बार था जब मैं कविता दी की अनुपस्थिति

में उनके घर में थी। ऑफिस से घर लौटते समय हम खाना एक रेस्तराँ से ले आए थे, जिसे खाने की हमें कोई जल्दी नहीं थी। सागर सर बेड पर तकिये से पीठ टिकाए बैठे थे और मैं पास ही एक कुर्सी पर बैठी थी। उस दिन पहली बार हम दोनों ने बड़ी देर तक एक-दूसरे को अपने अब तक के जीवन की कई कहानियाँ सुनाईं। बातों ही बातों में, बातों के बीच में, बातों में गुम मैं कब सागर सर के करीब जा बैठी, खुद मुझे ही पता नहीं चला। कुछ ही देर में मैं उनके सीने से लगी हुई थी और धीरे-धीरे मन और बदन की कई गाँठें खुलने लगी थीं।

उस दौरान मैं लगभग मौन ही रही थी। मेरे मन के भाव या तो मेरे शरीर की सिहरन, कँपकँपी या मेरे होंठों और बाँहों की जकड़न से अभिव्यक्त हो रहे थे या फिर मेरी आँखों की भंगिमाओं से। उस दौरान जब मेरी छाती पर दुबके दो खरगोश अनावृत हुए तो सागर सर स्तब्ध होकर बड़ी देर तक उन्हें देखते रहे। फिर बड़ी कोमलता से उनको अपनी हथेलियों से ढककर आँखें बन्द किए बहुत समय तक न जाने किस भाव में गुम रहे।

"किस सोच में गुम हैं आप?" मैंने पूछा था।

"यह महसूस कर रहा हूँ कि किसी पुरुष के सामने पहली बार अनावृत किसी कुँवारी लड़की के स्तनों से पवित्र और कुछ नहीं होता। उन्हें इस तरह से छूना चाहिए जैसे भक्तिभाव से भरकर पूजा कर रहा हो कोई।" किसी अलौकिक भावना के समुद्र में गुम होकर बुदबुदाए थे सागर सर।

उसके बाद हम एक-दूसरे के शरीरों पर लगे तमाम वर्जित फलों को चखते रहे। शरीर के तमाम आवरणों को हमने किसी अपवित्र वस्तु की तरह अपने से दूर कर दिया था। कभी मैं नदी बन जाती, जिसकी धारा में तैरते आगे बढ़ते सागर सर। कभी वह नदी बन जाते और मैं बेभान उसमें आगे बढ़ने के लिए हाथ-पैर चलाती। उस समय सारा संसार अस्तित्वहीन हो गया था। उन कुछ मिनटों में हमने ब्रह्मांड की ना जाने कितनी आकाशगंगाओं को पार किया था। ना जाने कितने तारों को हथेलियों में मसलकर एक-दूसरे की देह पर मला था।

आनन्द की एक श्वेत धारा में तैरते-उतराते हम नदी के अन्तिम छोर तक पहुँच गए थे, जिसके आगे आनन्द अमृत का सागर लहलहा रहा था।

अचानक सागर सर सिहरे और उठ बैठे। मैंने उन्हें अपनी ओर खींचते हुए पूछा, "क्या हुआ?"

"कुछ नहीं। पर अब हमें ठहरना चाहिए।"

अमृत गंगा से निकालकर मुझे अचानक जैसे किसी ने संशय की जलती लपटों के बीच खड़ा कर दिया था।

सागर सर ने अपनी हथेलियों के बीच मेरे चेहरे को थामा और मेरे माथे पर एक दीर्घ चुम्बन अंकित करने के बाद बोले, "तुम्हारा और मेरा यह जो भी रिश्ता है, यह इतना सुन्दर, इतना पवित्र और इतना मनोहारी है, जिसकी मैंने कभी कल्पना भी नहीं की थी। इसे यदि इसी स्वरूप में रखना है तो इससे आगे बढ़ना अनुचित होगा।"

मैं हज़ारों हज़ार सवालों से भरी निगाहों से उनकी ओर ताक रही थी। जीवन के पहले सहवास के द्वार पर जाकर इस तरह अचानक ठहर जाना। मेरे भीतर की आकाशगंगाओं में लगातार विस्फोट हो रहा था। उन विस्फोटों की लपटों से मेरा तन, मेरा मन, मेरी आँखें सब कुछ झुलस रहे थे। मगर सागर सर के चेहरे पर ना कोई तनाव था, ना बेचैनी, ना असमंजस...थी तो बस शान्ति। और उस क्षण वह शान्ति मेरे भीतर की अग्नि को और अधिक भड़का रही थी।

"इससे आगे सिर्फ स्खलन है काव्या! मैं हमेशा इस रिश्ते के शिखर को अनुभव करना चाहता हूँ, इसके स्खलन को नहीं। जानती हो, स्त्री हमेशा एक चुनौती की तरह होती है किसी भी पुरुष के लिए। स्त्री का मन एक ऐसी पहेली है, जिसे कोई भी पुरुष लाख कोशिश कर ले, कभी सुलझा नहीं सकता। ऐसे में स्त्री का शरीर ही एकमात्र ऐसी चुनौती होती है, जिसे पार करना चाहता है पुरुष। और इस बिन्दु को पार करके वह फिर कभी पहले जैसा नहीं रह जाता। यह स्त्री और पुरुष की मूल जड़न-घड़न का भेद है। स्त्री इस बिन्दु को पार करके अकसर किसी पुरुष से पहले की तुलना में और अधिक जुड़ जाती है। मगर पुरुष इस बिन्दु के बाद अपनी ऊर्जा, अपनी ऊष्मा खो देता है। शिखर को पार करने के बाद का खालीपन भर जाता है उसके भीतर। उसके बाद बस उतरना होता है। उसके बाद स्त्री का शरीर

एक ऐसे राज्य की तरह हो जाता है, जिसे जीता जा चुका है। भावनाओं की भूलभुलैया या विकल्पहीनता के चलते चाहे वह बार-बार लौट आए शरीर के इस मोहजाल में, मगर वह फिर कभी वही नहीं रहता, जो इस बिन्दु को पार करने के पहले था।"

"मगर..." मैंने कुछ कहना चाहा।

"एक बात और है काव्या...", सागर सर ने बीच में ही रोका मुझे, "हमारे बीच उम्र के इतने अन्तर के बावजूद अपने आज में मुझे इस तरह से शामिल करके तुमने मेरा मान बढ़ाया है। मैं अनुग्रहीत हूँ इसके लिए। मगर मैं तुम्हारा भविष्य नहीं हूँ। हो भी नहीं सकता। तुम्हारा भविष्य किसी और के साथ जुड़ा होगा। और जिसके साथ तुम्हारा भविष्य जुड़ा होगा, शरीर से जुड़े आनन्द का वह अन्तिम मुकाम तुम्हें उसके साथ तय करना चाहिए।"

"लेकिन मेरी निगाहों को तो आपके सिवा कुछ और दिखता ही नहीं है अब।"

"बहुत मूल्यवान है यह भावना। बहुत प्यारी। बहुत कोमल। मगर मैं इसका अधिकारी नहीं हूँ। आज चाहे किसी संगम में मिलती दो धाराओं की तरह एक हो गए हैं हम, मगर आगे चलकर ये दो धाराएँ फिर अलग होंगी, क्योंकि इनकी नियति अलग-अलग है। तुम्हारा जीवन मुझसे परे भी बहुत कुछ है, और तुम्हें आगे चलकर मुझसे परे देखना ही होगा।"

"यह आप कैसे कह सकते हैं?" मैंने प्रतिकार किया।

"यदि गम्भीरता से अपने भीतर झाँकोगी तो तुम भी इस नतीजे पर पहुँच सकती हो। मगर मैं जानता हूँ कि इस क्षण यह सम्भव नहीं होगा। मैं, जिसे जीवन का इतना अनुभव है, वह भी जब एक मदहोशी में बहकर कुछ समय के लिए इस वास्तविकता को भूल बैठा था तो तुम तो अभी बहुत छोटी हो।"

"कहना क्या चाहते हैं आप?" मेरे स्वर में कुछ रोष उभर आया था।

"मुझे आश्चर्य हो रहा है अपने-आप पर कि मैं कैसे इस रिश्ते में इतने आगे तक बढ़ गया। मेरे प्रति तुम्हारा आकर्षण जितना स्वाभाविक है, तुम्हारे लिए मेरा आकर्षण उतना स्वाभाविक नहीं है। पर शायद जीवन का कोई

गहरा अभाव था, जिसकी पूर्ति तुमने मेरे जीवन में आकर कर दी थी। कुछ परिस्थितियों से अपनी जद्दोजहद के कारण और कुछ अपने स्वभाव के कारण अपनी किशोरावस्था को, और युवावस्था के शुरुआती दौर को मैं उस तरह से जी नहीं पाया था जैसे जीना चाहता था। कविता मेरे जीवन में आई तब तक 30 साल का हो गया था मैं। मगर तब भी प्रेमी मैं बना था, वह नहीं। मैं जितना भावुक था, वह उतनी ही व्यावहारिक। यहाँ तक कि शादी के बाद भी उसके व्यवहार में एक प्रकार का बड़प्पन हमेशा बना रहा। बहुत संयत, बहुत शान्त। इसके कारण मेरे भीतर जो एक किशोरवयीन भावुक प्रेमी था, वह मुरझा गया था, दब गया था मन के भीतर की गहराइयों में कहीं। तुमने आकर उसे फिर पल्लवित, फिर जागृत कर दिया।"

"तो क्या आपको अफसोस है इस बात का?" मेरे स्वर में गहरी पीड़ा थी।

"कतई नहीं। एक पल को भी मुझे इसके लिए कोई अफसोस नहीं है। मैं केवल इतना चाहता हूँ कि आनेवाले समय में तुम्हें भी इन पलों को लेकर कोई अफसोस न हो। यकीन मानो, मेरी दृष्टि में तुम्हारा मेरे जीवन में आना मेरे लिए ईश्वर की सबसे बड़ी नेमत है। तुम्हारा और मेरा रिश्ता ताउम्र मेरे लिए बहुत प्यारा, बहुत कीमती बना रहेगा। यह कभी सूखा हुआ वह फूल नहीं होगा, जो किसी किताब में सालों दबा रह जाता है। यह मेरे लिए मेरे आँगन में खिला हुआ ऐसा पौधा रहेगा जो मेरे जीवन के आख़िरी लम्हे तक मुझे सुगन्धित करता रहेगा।"

"तो फिर अचानक यह परदादारी का ख्याल कैसे आया आपके भीतर?" मैंने पूछा।

"परदादारी कहाँ है इसमें कुछ भी? एक स्त्री और एक पुरुष एक-दूसरे को जितना खुला देख सकते हैं, उतना हम इस वक्त एक-दूजे के सामने हैं। एक स्त्री और एक पुरुष एक-दूसरे के जितना अधिकतम निकट आ सकते हैं, उतना निकट हम हैं। इस समय ना मेरे तन पर कोई आवरण है और न मन पर। बात केवल उन चन्द पलों की है, जिसके बाद सारा आवेश, सारा आवेग खत्म हो जाता है। फिर बचती है थकान और विरक्ति। चाहे वह कुछ घंटों या कुछ मिनटों की ही क्यों ना हो। मैं नहीं चाहता कि इस प्यारे से रिश्ते

में कभी वह मुकाम आए। एक स्त्री और एक पुरुष के शरीर के बीच का जो केलि-व्यापार होता है, उसमें सारा आनन्द, सारी उत्तेजना, सारा उत्साह तो उन चन्द पलों के पहले का होता है। वास्तव में, एक-दूसरे के साथ होना, बिना किसी आवरण के इतने पास होना, अपने ऊर्जावान भावों को शरीर के रोम-रोम से एक-दूसरे के रोम-रोम तक सम्प्रेषित करना, इससे अधिक सुन्दर इस पूरे संसार में दूसरा कुछ भी नहीं है।

आज इस क्षण तुम्हें एक पल को एक झटका-सा लगा है, क्योंकि इस पल मैं तुम्हारी सोच या तुम्हारी आकलन शक्ति से परे की बात कह रहा हूँ या व्यवहार कर रहा हूँ। मगर कुछ सालों बाद, जब तुम अपने किसी साथी के साथ उन चन्द पलों के भी पार जाओगी तो तुम इस बात को महसूस करोगी कि मेरे कहने में कितनी सच्चाई है, कितना गहरा अर्थ है।" सागर सर ने मेरे हाथ को अपनी दोनों हथेलियों में भरकर चूम लिया था।

मैं अब भी प्रश्नांकित चेहरा लिए उन्हें देख रही थी।

"बहुत ज़्यादा मत सोचो तुम इस बारे में। बस इतना समझ लो कि अपनी परिस्थितियों के चलते मैं खुद को पूरा तुम्हें नहीं दे सकता, तो पूरा तुम्हें लेना भी मेरे लिए ठीक नहीं है। कल जब तुम अपने जीवन के किसी नए अध्याय को शुरू करो तो कहीं एक पल को भी तुम्हारे मन में मेरे लिए यह भाव न हो कि मैंने अपनी किसी आकांक्षा की पूर्ति के लिए तुम्हें यूज कर लिया।"

सच कहूँ तो मुझे कुछ भी समझ में नहीं आया था। सागर सर की बातें मेरे लिए एक ऐसी भाषा में कही गई बातें थीं जिनसे मेरा कोई परिचय नहीं था। मेरे मन में उलझनों की कई सारी डोरियाँ एक-दूसरे में गुत्थमगुत्था हुई पड़ी थीं। मैं यही समझ नहीं पा रही थी कि अब मैं क्या कहूँ, क्या करूँ या क्या प्रतिक्रिया व्यक्त करूँ।

सागर सर ने मेरे चेहरे के भावों को, मेरी उलझनों को शायद समझ लिया था। मुझे उससे बचाने के लिए ही उन्होंने मुझे अपने आगोश में लिया और मुझ पर फिर एक बार चुम्बनों की बौछार कर दी। मैं दिग्भ्रमित-सी कुछ देर तक किसी तरह की कोई प्रतिक्रिया व्यक्त नहीं कर पाई मगर फिर मैंने बलपूर्वक खुद को सागर सर की गिरफ़्त से मुक्त किया और छिटककर खड़ी हो गई।

11

जीवन अधूरे क्षणों का समुच्चय होता है।

कुछ बातें अपने अधूरेपन में ही सम्पूर्ण होती हैं। कुछ अपनी सम्पूर्णता में भी अधूरी रह जाती हैं।

सागर सर यकीनन वैचारिक रूप से बहुत परिपक्व थे, बहुत संवेदनशील भी थे, मुझे लेकर शायद ज़रूरत से ज़्यादा प्रोटेक्टिव थे...मगर फिर भी एक स्त्री को समझने में कहीं चूक कर बैठे थे। प्रणय के सर्वोच्च क्षणों के अपने पहले ही अनुभव का वह अधूरापन फिर ताउम्र पूरा नहीं हुआ। सागर सर के प्रति मेरी भावनाएँ उम्र का क्षणिक आवेग नहीं थीं। मुझे निजता के उन सर्वोच्च क्षणों को जीने के लिए किसी और की चाहत या प्रतीक्षा नहीं थी। मैं उस समय सागर सर से यह सब कह नहीं पाई। उस समय तो छले जाने की एक दुर्दम्य भावना से भरी हुई थी मैं।

उस घटना के बाद मेरे जीवन में कुछ भी सहज-सामान्य नहीं रह गया था। मैं बार-बार उस रात को, उस रात की घटनाओं को, उस रात को सागर सर की कही हुई बातों को याद करती। सागर सर जिस शिखर पर बने रहने की बात कर रहे थे उस रात, मुझे तो लगता था कि उन्होंने ही मुझे उस शिखर से नीचे धकेल दिया था। और जैसे-जैसे दिन बीत रहे थे, मैं अपने-आप को और-और नीचे लुढ़कता अनुभव कर रही थी। यह सब कुछ मेरे लिए बहुत पीड़ादाई था और मेरी विडम्बना यह थी कि मैं इस बारे में किसी से बात भी नहीं कर सकती थी। पिछले लम्बे समय से मेरा जीवन केवल दो ही व्यक्तियों के आसपास सिमटा हुआ था। सागर सर और कविता दी। और मैं दोनों से इस बारे में कुछ कह नहीं सकती थी। मैं अचानक बहुत ख़ामोश हो गई थी। मैं देख रही थी कि मेरी चुप्पी ने सागर सर को बहुत व्यथित कर दिया था। उन्होंने कई बार मुझसे बात करने की कोशिश की, मगर मैं किसी भी तरह की बात करने की मानसिकता में नहीं थी। कविता दी ने भी शुरू में कई बार मुझे कॉल किया, मगर मैंने हर बार कोई-न-कोई बहाना बनाकर उनसे मिलना टाल दिया।

फिर मैं न उस अख़बार में ठहर सकी ज़्यादा दिन और न दिल्ली में।

अपने जीवन के पहले प्यार के पूरे और अधूरे क्षणों की स्मृतियों के साथ मैं मुम्बई चली आई। हालाँकि बाद में मैंने इस बात के लिए बहुत अफसोस किया। मेरे मुम्बई आने के दो माह बाद सागर सर और कविता दी मुम्बई आने के लिए ही निकले थे जब एयरपोर्ट जाते समय उनकी टैक्सी का भयानक एक्सीडेंट हुआ और दोनों किसी और सफ़र पर निकल गए, फिर कभी न लौटने के लिए।

मेरे कोमल मन पर यह दूसरा बड़ा आघात था, जिसका घाव बहुत समय तक टीस देता रहा। सागर सर के न रहने के बाद मैंने उस दिन के बारे में कई-कई बार सोचा। उस समय मेरे मन में उठे एक सवाल का जवाब मैं आज तक नहीं दे पाई कि यदि सागर सर उस दिन, उस पल ठहरे नहीं होते, तो क्या फिर मैं उन्हें कभी छोड़कर रहने के बारे में सोच भी पाती? यह तो तय था कि सागर सर कविता दी को कभी नहीं छोड़ते, तब क्या होता हमारे रिश्ते का हश्र? शायद सागर सर को प्रणय के उन चरम क्षणों के ठीक पहले इस बात का इलहाम हो गया था। पर मुझे यह भी लगता है कि चाहे उन्होंने मुझे समझाने या बहलाने के लिए जितना भी वाक्जाल रचा हो, सच शायद यह था कि वे स्वयं इस ख़याल से घबरा गए थे कि इसके बाद कविता दी का सामना वह किस तरह से कर पाएँगे?

वजह चाहे जो भी रही हो, आज मेरे भीतर सागर सर के प्रति किसी तरह की शिकायत का कोई नामोनिशान नहीं है। अगर कुछ है तो मन में बसा हुआ एक चेहरा है, जो सालों पहले इस दुनिया से लुप्त हो गया था और ठहरा हुआ एक पल है, जो अन्तिम समय तक मेरे संग रहेगा।

कुछ बातें अधूरी रह गईं, वो अधूरी ही रह जाएँगी, मगर इस अधूरेपन में ही मेरी पूर्णता है। मेरा सफ़र अपनी सम्पूर्ण सम्भावनाओं में मुकम्मल चाहे ना हुआ हो, मगर अधूरेपन की ख़ूबसूरती से भरा हुआ है। कोई इस ख़ूबसूरती की बात पूछे तो शायद मैं भी मी टू कह पाऊँ।

वस्ल की कोख में खिलता है फूल हिज्र का

जाने कहाँ छुपा रखा था दिन ने वह सिन्दूरी गुलाल, जो उसने जाते-जाते शाम के चेहरे पर मल दिया था। क्षितिज के आईने में जब अपना अक्स देखने लगी शाम तो उसके चेहरे के साथ-साथ क्षितिज भी सिन्दूरी दिखाई देने लगा था। शायद आईने के भीतर उसके प्रतिबिम्ब का कुछ रंग बिखर गया होगा। थोड़ी जल्दी में थी शाम, इसलिए अधिक देर तक अपने ही अक्स को मोहित हो देखने की जगह शरारती सूरज ने जो दिन भर की अपनी ऊधम-मस्ती में सब दूर किरणें बिखेर दी थीं, उन्हें बुहारने में लग गई। उस समय वह जो गीत गुनगुना रही थी उसमें अपने घर लौटते पक्षियों की आकुल चहचहाहट शामिल थी। अपने बछड़ों के पास लौटने की अधीरता में दौड़ रही गायों के गले में बँधी घंटियाँ उसके गीत में संगीत के रंग भर रही थीं। खूब दौड़-भाग और शरारतों से थके-हारे सूरज ने ऊँघना शुरू कर दिया था। शाम को पता था कि थोड़ी ही देर में रात आ जाएगी और थककर पस्त हुए सूरज को अँधेरे की गर्द चादर ओढ़ा देगी।

पूरब की ओर मुँह किए खड़े हुए उस कलेक्टर बँगले के ठीक पीछे चल रहे सृष्टि के इस क्रीड़ा-कौतुक को कुछ देर तक मुग्ध भाव से देख रहा था शंकर, जब सिक्योरिटी गार्ड की आवाज़ से उसकी तन्द्रा टूटी। इस बार गार्ड की आवाज़ में कुछ अदब था—आपको भीतर बुलाया है।

विशाल लॉन के दूसरे छोर पर ब्रिटिशकालीन बँगला पूरी शान से खड़ा हुआ था। पत्थरों के बीच चूने की चिनाई वाले दो मंजिले उस बँगले की छत पर गेरुआ मंगलौरी कवेलू लगे हुए थे। सौ साल तो हो गए होंगे उस बँगले को बने, मगर उसकी शानौशोकत में अब भी कोई दाग नहीं लगा था।

बँगले के भीतरी प्रवेश द्वार पर एक नौकर खड़ा था, जो उसे आदर के साथ भीतर बैठक में ले गया। उसे वहाँ रखे एक सोफे पर बैठाकर वह बोला, "साहब को अचानक किसी मीटिंग के लिए ऑफिस जाना पड़ा। वह कुछ ही देर में लौट आएँगे। आप तब तक बैठिए। मैं मेमसाहब को खबर कर देता हूँ।" इतना कहकर वह भीतर चला गया।

कलेक्टर साहब यानी नरेश से शंकर की मुलाकात हुए अभी बस दो ही दिन हुए थे। कम बारिश वाले इस जिले में नरेश ने कम लागत वाले छोटे बाँधों का एक नया पैटर्न लागू किया था, जो जल-संवर्धन के साथ-साथ सिंचाई की क्षमता बढ़ाने में भी कारगर साबित हुआ था। राज्य के सूचना व जनसम्पर्क विभाग को उस पर एक डाक्यूमेंट्री बनानी थी। इसी सिलसिले में शंकर यहाँ आया था। दो ही दिन में उसकी और नरेश की पटरी इस कदर बैठी मानो वे जमाने से बिछुड़े हुए पुराने पक्के यार हों। कल उसे वापस मुम्बई जाना था। नरेश ने आग्रह नहीं किया था, एक तरह से उसे आदेश दिया था कि रात को उसके घर खाने पर आना ही होगा। इसके बिना उसकी मुम्बई वापसी किसी हालत में सम्भव नहीं होनी थी।

नरेश की बातों से उसकी कलाप्रियता का तो उसे अन्दाज़ा हो ही गया था। यह बैठक उसकी ही पुष्टि कर रही थी। सामने कुमार गन्धर्व का एक बड़ा-सा तैलचित्र लगा हुआ था। उसके ठीक नीचे एक कलात्मक मेज पर काँच की पेटी में रुद्रवीणा का मिनिएचर रखा हुआ था। दीवार के दोनों कोनों में सुन्दर नक्काशी वाले शोकेस रखे हुए थे, जिनमें कई तरह की एंटीक वस्तुएँ दिखाई दे रही थीं। बगल की दोनों दीवारों पर वान गॉग की पेंटिंग्स सुन्दर फ्रेम्स में लगी हुई थीं। वह कुछ देर तक ध्यान से देखते हुए यह समझने की कोशिश करता रहा कि यह प्रिंट है या फिर कैनवास पर बनी हुई प्रतिकृति।

वह जिस जगह बैठा था, कमरे की चौथी, मगर मुख्य दीवार उसके ठीक पीछे थी। अन्दर आते समय उसने उस पर ध्यान नहीं दिया था। उसने पीछे गरदन घुमाकर देखा। उस दीवार पर नरेश की अपनी पत्नी और बेटी के साथ की एक बड़ी सी तसवीर लगी हुई थी। उस तसवीर

को देखते ही शंकर की आँखें फैल गईं। नरेश के साथ उस तसवीर में सुमन थी। मुस्कराते हुए।

2

सुमन उसकी क्लास की ही नहीं, कॉलेज की सबसे धाकड़ लड़की थी।

ऐसी लड़की जो तब के समय में क्या और अब के समय में क्या, किसी भी समय में अपवादों में ही शुमार की जा सकती थी। सुमन एक ऐसे गैंग की लीडर थी, जिसमें लड़कियाँ कम और लड़के ज़्यादा थे। उनके साथ हुड़दंग करना, छुपकर सिगरेट के सुट्टे मारना, साइकिल पर दूर-दूर तक भटकना, बात-बात में गालियों की बौछार करना, क्लास में कोई भी टीचर हो, दबंगई से कभी भी आना और जाना जैसी बातें उसके लिए सहज-सामान्य थीं। उस जमाने में जब कि किसी के पास स्कूटर होना भी लक्जरी वाली बात थी, एक कार उसे नियमित रूप से कॉलेज छोड़ने और लेने आया करती थी।

दूसरी ओर वह किसी गैंग का हिस्सा नहीं था। लोगों से ज़्यादा उसकी किताबों से दोस्ती थी। वह हमेशा खादी का कुर्ता और पायजामा पहना करता था। पैदल कॉलेज आया-जाया करता था। शाम को एक स्थानीय मराठी अख़बार के सम्पादकीय विभाग में काम करता था। तत्कालीन विषयों पर लेख लिखा करता था।

सुमन के पिता शहर के एक बड़े व्यापारी थे। जबकि उसके पिता बीड़ शहर के तहसील कार्यालय में चपरासी थे। बेहद आदर्शवादी। ईमानदार इतने कि अपनी टुटपुँजिया तनख़्वाह के अलावा ऊपर का एक भी पैसा अपने घर में लाना पाप समझते थे। उनका बचपन बीड़ जिले के ही एक छोटे से गाँव नायगाँव के महार टोले में बहुत मुश्किलों के बीच गुजरा था। वह तो उनकी माँ की जिद थी कि किसी तरह उन्होंने मैट्रिक पास किया और सरकारी दफ़्तर में चपरासी लग गए। उन दिनों थोड़ी भी पढ़ाई हो तो सरकारी नौकरी लग जाना इतना मुश्किल नहीं हुआ करता था। उनके गाँव के महार टोले के कई बच्चे शहर के उनके डेढ़ कमरे के सरकारी क्वार्टर में रहकर पढ़ चुके थे।

उसके पिता का दिल और घर का दरवाज़ा हमेशा उनके लिए खुला रहता था। यह बात और है कि इसकी वजह से उनके अपने घर का बजट पूरी तरह से गड़बड़ाया रहता था। खुद उसे ज़रूरत की अनेक चीज़ों से इसीलिए वंचित रहना पड़ता था कि पिता का आधे से ज़्यादा वेतन दूसरे बच्चों की फीस भरने या किताबें खरीदने या उनके खाने की व्यवस्था करने में खर्च हो जाता था।

शुरू में एक बार उसने अपने पिता की इस दयानतदारी का विरोध किया था। इस पर उन्होंने जवाब दिया था, "मैं स्वार्थी नहीं हो सकता रे शंकरा! आज मैं यहाँ हूँ तो उसके पीछे कितने लोगों की मदद है, यह मैं ही जानता हूँ। बाबासाहेब ने यही तो कहा था ना कि एक-दूसरे की मदद करो और सबके लिए शिक्षा के द्वार खोल दो। यह शिक्षा ही तो शेरनी का वह दूध है, जिसे जो पीएगा, दहाड़ना सीखेगा। जानता है, मैं गाँव के उस भेदभाव वाले नरक से इसलिए बाहर निकल पाया कि मुझे शिक्षा की लाठी ने सहारा दिया। अब क्या यह मेरा कर्तव्य नहीं कि मैं दूसरों को उस नरक से निकालने में मदद करूँ?" इसके बाद उसने कभी अपने पिता से इस मामले में कोई शिकायत नहीं की थी।

उसके पिता खादी के सिवा कोई दूसरा कपड़ा नहीं पहनते थे। इसलिए सरकार से जो खाकी कपड़ा वर्दी के लिए मिलता था, बचपन में उसकी निकर शंकर साल भर पहनता था। बच्चे उसे इन खाकी निकरों की वजह से बहुत चिढ़ाते थे। शायद यही वजह थी, उसे खाकी रंग से ही नफरत हो गई थी। थोड़ा बड़ा होते ही उसने भी जिद में सिर्फ खादी का कुर्ता-पजामा पहनना शुरू कर दिया। और एक तरह से यह उसके व्यक्तित्व और पहचान का अभिन्न अंग हो गया था। इसके अलावा पिता से उसने विरासत में जो लिया था, वह था किताबें पढ़ने का शौक। हिन्दी-मराठी का कोई नामी साहित्यकार ऐसा नहीं था, जिसकी किताबें उसके पिता ने पढ़ी हुई न हों। सरकारी लाइब्रेरी से हर दूसरे दिन उसके घर में कोई किताब आया करती थी, और पिता की अनुपस्थिति में उन किताबों का पारायण वह खुद किया करता था।

कुल मिलाकर वह और सुमन दो बिलकुल विपरीत ध्रुवों की तरह थे, जिनके बीच कोई समानता नहीं थी, सिवाय इसके कि दोनों की ऊँचाई पाँच

फुट सात इंच थी। एक ऐसा कद जो लड़कियों में सामान्य से अधिक माना जाता था मगर लड़कों में औसत। मगर जीवन किसी तयशुदा हिसाब से कब चलता है? विपरीत स्वभावों का सम्मिलन कभी-कभी नेह के फूलों के लिए पोषक खाद का काम भी कर जाता है।

3

उनकी पहली मुलाकात बड़े अजीब ढंग से हुई थी।

बारहवीं करने के बाद वह बी.ए. करने के लिए औरंगाबाद आ गया था। औरंगाबाद में कॉलेज तो कई थे। खासकर बाबासाहेब द्वारा शुरू किया गया मिलिन्द कॉलेज भी था वहाँ, जो उसके लिए हमेशा ही एक आकर्षण का केन्द्र रहा था। मगर उसने इसके बावजूद सरस्वती भुवन कॉलेज में एडमिशन लिया था। इसकी सबसे बड़ी वजह थे वर्मा सर। वह सरस्वती भुवन कॉलेज के हिन्दी विभाग के प्रमुख थे। उसने बी.ए. में इतिहास, राजनीति विज्ञान, दर्शनशास्त्र के साथ-साथ हिन्दी साहित्य विषय भी लिया था। और हिन्दी साहित्य के लिए पूरे मराठवाड़ा में वर्मा सर से बेहतर कोई और शिक्षक नहीं था। पूरे मराठवाड़ा में उनके नाम की धूम थी।

कॉलेज का नया सत्र शुरू हुए अभी कुछ ही दिन बीते थे। अपनी क्लास में अभी किसी से उसकी दोस्ती नहीं हुई थी। उसने महसूस किया था कि उसकी वेशभूषा के चलते उसे देखकर उसकी क्लास के विद्यार्थियों की निगाहें अकसर उपहासात्मक हो जाया करती थीं। हालाँकि अब तक किसी ने उससे कुछ कहा नहीं था।

उस दिन जब उसने क्लास में प्रवेश किया तो देखा शिक्षक की डेस्क पर एक लड़की बैठी है। छरहरा शरीर, औसत से कुछ लम्बा कद, रंग न पूरी तरह से गोरा था और न ही साँवला, उसे चम्पई कहा जा सकता था। जैसे दूध में किसी ने थोड़ी-सी हल्दी मिला दी हो। नाक छुरी की तरह एकदम सीधी और नीचे से नुकीली। लड़कों की तरह उसने बेलबॉटम और शर्ट पहना हुआ था। यह उसके लिए कुछ आश्चर्यजनक था।

जैसे ही वह अन्दर घुसा, वह जोर से बोली—"लो आ गए, रामप्रसाद दशरथप्रसाद शर्मा जी।" सारी क्लास उसकी बात पर ठहाके मारकर हँस पड़ी। उसे समझने में देर नहीं लगी कि यह उसकी ओर इशारा करके कहा गया था। फ़िल्में देखने का उसे शौक था, और वह जानता था कि कुछ ही दिन पहले रिलीज हुई 'गोलमाल' फ़िल्म में अमोल पालेकर ने जो भूमिका निभाई थी, उसमें सीधे-सादे युवक के किरदार का नाम रामप्रसाद शर्मा था। उसके भीतर गुस्से की एक तेज लहर जागी।

वह अभी कोई करारा जवाब सोच ही रहा था कि दो बातें एक साथ हुईं। उसने अपने कन्धे पर किसी के हाथ का स्पर्श महसूस किया और वह लड़की हड़बड़ाकर डेस्क से उतरकर अपनी सीट की ओर दौड़ी। उसने मुड़कर देखा, वर्मा सर थे। उसके कन्धे पर ही हाथ रखे आगे बढ़ते हुए उन्होंने कहा, "पता है, स्वतंत्रता की लड़ाई में खादी को गांधीजी ने एक हथियार बनाया था। एक ओर उन्होंने इसके जरिए भारतवासियों को स्वावलम्बन का पाठ पढ़ाया और दूसरी ओर अंग्रेज़ों के आर्थिक सम्बन्धों पर भी करारी चोट की। मुझे बहुत खुशी हुई कि आज के फैशन के इस दौर में भी तुमने विचारपूर्वक पहनने के लिए खादी का चुनाव किया है। वास्तव में दूसरों को भी तुमसे प्रेरणा लेनी चाहिए।"

इसके बाद अगले आधे घंटे तक उन्होंने गांधीजी द्वारा चरखे की पुनर्खोज, सूतकताई, कपड़े की बुनाई, खादी की स्वतंत्रता आन्दोलन में भूमिका, खादी के कपड़ों की विशेषता जैसे विषयों पर विस्तार से बात की। यह वर्मा सर की विशेषता थी। वह कभी किताबी विषयों से बँधे नहीं रहते थे। उनके पास दुनिया भर के विषयों की अथाह जानकारी हुआ करती थी। पढ़ाते हुए वह साहित्य से इतर अनेक विषयों की जानकारी देते हुए फिर साहित्य पर लौट आते थे। उनकी क्लास हमेशा भरी रहती थी। यहाँ तक कि जिन विद्यार्थियों का विषय हिन्दी साहित्य नहीं होता था, उनमें से भी कई सिर्फ वर्मा सर का लेक्चर सुनने के लिए हिन्दी की क्लास में आकर बैठते थे। और जब वर्मा सर अपनी धीर-गम्भीर आवाज़ में बोलते थे, पूरी क्लास में उनकी आवाज़ के सिवा पिनड्रॉप साइलेंस हुआ करता था।

उसने कनखियों से सुमन की ओर देखा। वह सिर झुकाए चुपचाप वर्मा सर का लेक्चर सुन रही थी। उस दिन दो बातें हुईं। एक तो अपने कपड़ों को लेकर उसके भीतर जो थोड़ा-सा संकोच था, वह पूरी तरह से दूर हो गया और दूसरे उस दिन के बाद किसी ने भी कभी उसका मज़ाक़ नहीं बनाया।

4

वैसे तो लेक्चर खत्म होते ही वह कॉलेज से भाग निकलता था। यदि कभी रुकता भी तो सिर्फ लाइब्रेरी में कोई किताब पढ़ने के लिए। इस बीच क्लास के कुछ छात्रों से उसका अच्छा परिचय हो गया था और उनके माध्यम से सुमन के बारे में भी वह बहुत कुछ जान गया था। उसके मन में अब भी उस दिन की घटना को लेकर सुमन के प्रति थोड़ी नाराजगी थी। यही वजह थी कि ज़्यादातर वह सुमन को देखकर भी अनदेखा कर देता था।

उस दिन वह अपनी क्लास से बाहर निकल ही रहा था कि सामने से उसे सुमन आती हुई दिखाई दी। वह उससे नज़रें बचाकर निकल जाना चाहता था, मगर सुमन ने उसे रोक लिया। उसने प्रश्नवाचक निगाहों से सुमन की ओर देखा।

"तुझे साइकिल चलानी आती है?" सुमन ने बिना किसी आगे-पीछे के सन्दर्भ के उससे पूछा।

"क्यों रामप्रसाद दशरथप्रसाद शर्मा साइकिल चलाना भी नहीं जान सकता?" उसके स्वर में कुछ व्यंग्य और कुछ तल्खी थी।

"ओहो, शंकर बाबा अभी तक उस दिन की बात पर नाराज़ हैं। अरे जाने दे यार, गलती हो गई थी। अब भूल भी जा उस बात को।" सुमन के स्वरों में मनुहार थी। उसे भला लगा।

बदले में वह सिर्फ मुस्करा दिया।

"यूनिवर्सिटी कैम्पस चलेगा? वहाँ की हरियाली बड़ी अच्छी है। तूने वहाँ का सोनेरी महल देखा है कभी? मुझे बहुत पसन्द है वह जगह।" सुमन ने अचानक बिना किसी भूमिका के पूछ लिया। उस समय उसकी आँखों में कई सितारे जगमगा रहे थे।

"नहीं, मैं नहीं गया कभी यूनिवर्सिटी। और अभी जा भी नहीं सकता। मुझे कुछ काम है।" उसने अपने एक छोटे से वाक्य की झाड़ू से उन जगमग सितारों को बुहार दिया था। वैसे सच तो यह था कि सुमन के इस प्रस्ताव से उसके भीतर भी कई तरह के बुलबुले उठे थे। आख़िर पहली बार कोई लड़की खुद उसे अपने साथ किसी जगह जाने का निमंत्रण दे रही थी।

"क्या काम है?" सुमन इस तरह से उसे छोड़ने के मूड में नहीं थी।

एक पल को उसने सोचा कि उसे सुमन को इस बारे में कुछ बताना चाहिए या नहीं, मगर फिर वह बोला, "एक मीटिंग में जाना है मुझे।"

"किस बात की मीटिंग है?" सुमन को हर बात की तफसील चाहिए थी। वह अभी भी हार मानने को तैयार नहीं थी।

"मराठवाड़ा यूनिवर्सिटी को बाबासाहेब आम्बेडकर का नाम देने की माँग को लेकर है यह मीटिंग।" उसने बहुत संक्षिप्त में बताया।

"ओह...अच्छा। चल ठीक है, मैं भी चलती हूँ तेरे साथ उस मीटिंग में।" सुमन ने निर्णय लेने में जरा भी देर नहीं लगाई थी।

वह कुछ देर तक ध्यान से सुमन की ओर देखता रहा। उसे बिलकुल भी नहीं लगा था कि इस तरह के मुद्दों में सुमन की किसी तरह की कोई रुचि हो भी सकती है। मगर सुमन के चेहरे पर परिहास का कोई चिह्न नहीं था।

"तू क्या करेगी उस मीटिंग में?" उसने पूछा।

"वही जो तू करेगा।" सुमन का जवाब सीधा और सपाट था।

"तुझे पता है न कि मैं दलित हूँ?" अचानक उसने पूछा।

"नहीं पता था, अब पता चल गया। तो?" सुमन ने बहुत बेपरवाही से इस बात को लिया। वह अपने कहे की उसके चेहरे पर होनेवाली प्रतिक्रिया देखना चाहता था, मगर वहाँ उसे कुछ भी अस्वाभाविक नज़र नहीं आया।

"विद्यापीठ को बाबासाहेब का नाम देना मेरे लिए भावनात्मक मुद्दा है। वह हमारे समाज के लिए किसी देवता से कम नहीं हैं। पर तेरे लिए...?" उसका वाक्य अधूरा था, मगर प्रश्न पूरा था।

"हाँ, यह तो सच है कि तेरी तरह मेरे लिए यह कोई भावनात्मक मुद्दा नहीं है। पर मेरे लिए तो इतना ही काफी है कि यह मुद्दा ठीक है। मुझे यह

माँग उचित लगती है।" सुमन ने एक पल ठहरकर उसकी ओर देखा और फिर पूछा, "अब तेरा समाधान हो गया या कोई और जिरह करनी बाक़ी है?"

वह थोड़ा-सा झेंप गया। दरअसल उसे सुमन से इस तरह के जवाब की उम्मीद नहीं थी। वह तो उसे एक अमीर बाप की बिगड़ी हुई औलाद के रूप में ही देखता और समझता रहा था। उसे अपने-आप पर शर्म आई कि इतनी जल्दबाजी में उसे किसी के भी बारे में कोई राय नहीं बनानी चाहिए।

वह न जाने क्यों कुछ उत्साह से भर उठा और बोला, "ठीक है फिर, चल।"

वह आगे बढ़ा तो सुमन ने उसके साथ चलते हुए उसका हाथ थाम लिया। एक पल को वह चौंका। उसने घबराकर इधर-उधर देखा। कोई उन्हें ऐसे देख लेता तो हंगामा हो जाता। कुछ पलों तक सुमन ने उसके हाथ को थामे रखा। इस दौरान सुमन की नर्म-गुनगुनी हथेली उसकी हथेली को कसते हुए उसी में घुलने लगी थी। कुछ पल एक अज्ञात भय उस पर हावी रहा, मगर फिर एक अजीब सी गुदगुदाती अनुभूति ने उसे अपने कब्जे में ले लिया। उसे यह बोध भी नहीं रहा कि किसने किसकी हथेली को पकड़ा हुआ है। उसके लिए यह भेद करना भी असम्भव हो गया कि वहाँ दो हथेलियाँ थीं या दोनों मिलकर एक हथेली में तब्दील हो गई थीं। इसलिए कुछ पलों बाद जब सुमन ने उसका हाथ छोड़ दिया तो उसे इसका पता ही नहीं चला। एक अलग ही तरंग में डूबता-उतराता वह बैठक में पहुँचा था।

उस बैठक में अनेक विद्यार्थी और युवक संगठन के प्रतिनिधि जमा हुए थे। सबकी इस बात पर आम सहमति थी कि मराठवाड़ा विद्यापीठ को बाबासाहेब का नाम दिया जाना चाहिए। इसके लिए आन्दोलन करने का निश्चय किया गया। तय किया गया कि उसी दिन आन्दोलन का श्रीगणेश करते हुए शहर के मुख्य व्यापारी भाग गुलमंडी पर धरना दिया जाए। अगले दिन मराठवाड़ा विद्यापीठ की कार्यकारिणी की बैठक होनेवाली थी। इसलिए यह भी तय किया गया कि शहर के सभी कॉलेज बन्द रखकर एक मोर्चा निकाला जाए और विद्यापीठ की कार्यकारिणी की बैठक के पहले ही कुलगुरु को विद्यापीठ के नाम परिवर्तन की माँग के सन्दर्भ में एक ज्ञापन दिया जाए।

शाम को जब सब लोग गुलमंडी पर धरने के लिए जमा हुए तो उसके साथ सुमन भी थी। धरना खत्म होने के बाद दोनों देर तक गुलमंडी के आसपास की छोटी-छोटी गलियों में घूमते रहे।

5

रात में एक बैठक और हुई। इस बैठक में मराठवाड़ा विद्यापीठ की कार्यकारिणी को दिए जानेवाले ज्ञापन का मसौदा तैयार किया जाना था। शंकर भी इस बैठक में शामिल था। बैठक हंगामेदार रही। ज्ञापन के मसौदे पर कोई विवाद या असहमति नहीं थी। विवाद था, ज्ञापन के अन्त में दिए जानेवाले नाम पर। अधिकांश संगठनों का मानना था कि सुबह ही गठित हुई नामान्तरण विद्यार्थी कृति समिति के नाम से ही यह ज्ञापन दिया जाना चाहिए। मगर दलित टाइगर के प्रमुख गंगाधर का मानना था कि यह मुद्‌दा मुख्य रूप से दलित अस्मिता से जुड़ा हुआ है इसलिए पहले नाम दलित टाइगर का आना चाहिए, इसके बाद चाहे विद्यार्थी कृति समिति का नाम लिखा जाए। अन्य संगठन दलित टाइगर का नाम अलग से दिए जाने के लिए राजी नहीं थे। उनका कहना था कि बाबासाहेब का नाम विद्यापीठ को दिए जाने का समर्थन जब किसी जाति या वर्ग से इतर सभी वर्गों के विद्यार्थियों द्वारा किया जा रहा है और इसके लिए सबने मिलकर एक कृति समिति तैयार की है तो न सिर्फ ज्ञापन इसी नाम से दिया जाना चाहिए बल्कि इसके लिए भविष्य में होनेवाले सभी आन्दोलन भी इसी एक संगठन के बैनर तले होने चाहिए।

शंकर की सहमति इस बात के लिए थी। वह समझ नहीं पा रहा था कि गंगाधर अपने अलग अस्तित्व को लेकर इतना आग्रही क्यों था। उसने बैठक में यह कहा भी कि आज तक बाबासाहेब को सिर्फ दलितों के नेता के रूप में ही इस देश में पहचाना जाता रहा है। आज यदि सब मिलकर उनके नाम के लिए लड़ने को इकट्‌ठा हो रहे हैं तो इस एकता का स्वागत किया जाना चाहिए। मगर अन्त तक गंगाधर इस बात के लिए तैयार नहीं हुआ। अन्त में यह तय किया गया कि विद्यापीठ तक निकाले जानेवाले मोर्चे में सभी लोग

शामिल होंगे मगर कुलगुरु को दो अलग-अलग ज्ञापन दिए जाएँगे। एक विद्यार्थी कृति समिति के नाम से और दूसरा दलित टाइगर द्वारा अलग से।

बैठक के बाद शंकर ने गंगाधर से उसकी इस आग्रही भूमिका के बारे में अकेले में पूछा। गंगाधर का कहना था, "बाबासाहेब के बाद दलित समाज राजनीतिक रूप से कमजोर हुआ है। आज संयोग से दलित समाज को एक बार फिर इस मुद्दे के माध्यम से एकजुट करने का और राजनीतिक रूप से मजबूत करने का मौका हम लोगों को मिला है। याद है ना, पूना पैक्ट के बाद किस तरह से कांग्रेस के सवर्णवादी मानसिकता वाले नेताओं ने दलितों के भीतर से ही जयचन्दों को खड़ा करके दलित एकता को खंडित कर दिया था। स्वतंत्रता के बाद उन्होंने तो बाबासाहेब को भी चुनाव में जीत हासिल नहीं करने दी थी। तुम इस मसले को सिर्फ विद्यापीठ को बाबासाहेब का नाम देने की सीमित दृष्टि से देख रहे हो, मैं इसे दलित समाज में एक नई चेतना जगाने के मौके के रूप में देख रहा हूँ।"

"इसे हम पूरे समाज में एक सकारात्मक बदलाव के मौके के रूप में भी तो देख सकते हैं।" शंकर के भीतर अभी भी गंगाधर के तर्कों को लेकर भ्रम की स्थिति थी।

"दूध का जला छाछ भी फूँककर पीता है, यह कहावत तो सुनी होगी न तुमने? आज देश को आजाद हुए 30 साल हो रहे हैं। बाबासाहेब के कारण हमें संविधान में समानता का अधिकार और आरक्षण तो मिल गए, मगर समाज के वास्तविक धरातल पर कितना परिवर्तन हुआ? क्या समाज ने दलितों को समान मानना शुरू कर दिया? क्या उनके साथ होनेवाला भेदभाव खत्म हो गया? क्या उनकी जो बस्तियाँ गाँव के बाहरी छोर पर हुआ करती थीं, वे अब गाँव के साथ एकरूप हो गई हैं? क्या गाँवों से छुआछूत और ऊँच-नीच की भावना खत्म हो गई है? क्या गाँव के दलित अब अगड़ों के इलाके वाले कुओं से पानी भरने लगे हैं? यदि यह सब नहीं हुआ है तो इस तरह के प्रतीकात्मक मुद्दे पर सहमति को लेकर बहुत ज़्यादा आशावान होने का कोई अर्थ नहीं है। सोचो न, विद्यापीठ को बाबासाहेब का नाम देने से सवर्णों को क्या नुकसान होनेवाला है? हम लोगों के लिए यह हमारी अस्मिता का

प्रश्न है, मगर क्या बाबासाहेब का नाम देने से विद्यापीठ के विभिन्न विभागों में सवर्णों का जो सालोंसाल से वर्चस्व है, उस पर कोई आँच आनेवाली है? उनके लिए यह महत्त्वहीन विषय है, इसलिए इतनी आसानी से सब एक हो गए हैं। मगर हमें किसी तरह के भुलावे में नहीं रहना है।"

एक लम्बा वक्तव्य देने के बाद गंगाधर ने शंकर की पीठ जोर से थपथपाते हुए कहा, "यह राजनीति है बच्चे! कुछ दिन साथ रह। धीरे-धीरे सब समझ जाएगा।"

उस रात देर तक शंकर गंगाधर की बातों पर विचार करता रहा। बीच-बीच में सुमन का खयाल आकर उन विचारों की शृंखला को तोड़ देता था। उस रात जब उसे नींद लगी तो सपने में उसने सुमन और गंगाधर को हाथ में तलवार लिए आपस में लड़ते हुए देखा। वे दोनों एक-दूसरे पर तलवार से जोरदार वार कर रहे थे मगर घाव उसके शरीर पर बन रहे थे। लहूलुहान वह हो रहा था। अन्त में सपने में वह खून में तरबतर होकर बेहोश होकर गिर पड़ा। उसके बाद उसे नींद में भी कोई होश न रहा। पता नहीं, सुमन और गंगाधर के बीच की लड़ाई खत्म हुई भी या नहीं। और यदि हुई तो उसमें कौन जीता था और कौन हारा था?

गंगाधर की बातों से उस दिन शंकर पूरी तरह से सहमत नहीं हो पाया था मगर एक सप्ताह के भीतर ही उसे इस बात का प्रमाण मिल गया कि गंगाधर की बातें पूरी तरह से निराधार नहीं थीं। मराठवाड़ा विद्यापीठ को बाबासाहेब का नाम देने की माँग को लेकर संगठित प्रयास शुरू करने के कुछ ही दिनों के भीतर इस माँग को लेकर विरोध के स्वर उभरने लगे थे। सबसे पहले तो कुछ युवा मुस्लिम नेताओं ने कुलगुरु को ज्ञापन देकर मराठवाड़ा विद्यापीठ को मौलाना आजाद का नाम देने की माँग की। इसके कुछ दिनों बाद स्थानीय मेडिकल और इंजीनियरिंग कॉलेज के विद्यार्थियों ने ऐसा ही एक ज्ञापन देकर विद्यापीठ को मराठवाड़ा मुक्ति संग्राम में अग्रणी भूमिका निभानेवाले स्वामी रामानन्द तीर्थ का नाम देने की माँग की।

किसी और का नाम देने की माँग करते हुए इन लोगों ने सिर्फ बाबासाहेब के नाम का प्रत्यक्ष विरोध न करने की सावधानी रखी थी। उनका परोक्ष

विरोध तो स्पष्ट था ही। लेकिन इसके दो ही दिन बाद औरंगाबाद शहर के कुछ प्रमुख कॉलेजों के विद्यार्थियों ने एक बड़ा मोर्चा आयोजित कर खुले रूप से मराठवाड़ा विद्यापीठ को बाबासाहेब का नाम देने का विरोध किया।

अब किसी तरह के सन्देह की कोई गुंजाइश ही नहीं बची थी। इस मोर्चे ने पूरी तरह से इस मुद्दे को जातीयता के रंग में रंग दिया था। यद्यपि अब भी कई संगठन और सवर्ण विद्यार्थी नेता विद्यापीठ को बाबासाहेब का नाम देने के समर्थन में थे, मगर यह दरअसल उनका व्यक्तिगत विचार भर रह गया था। समाज इस मुद्दे पर स्पष्ट रूप से दो खेमों में बँट गया था—दलित और सवर्ण। समर्थक और विरोधी।

यह एक लम्बे संघर्ष की शुरुआत थी।

6

अब तक जीवन में शंकर ने जो भी किया था, अपनी प्राथमिकताओं को स्पष्ट और सामने रखते हुए किए था। पहली बार ऐसा था कि उसकी प्राथमिकताएँ गड्डमड्ड हुई जा रही थीं। औरंगाबाद वह आया पढ़ने के लिए था। पढ़ाई के साथ-साथ वह एक स्थानीय मराठी अख़बार के सम्पादकीय विभाग में काम भी करने लगा था। ये दो बातें उसकी दिनचर्चा को व्यस्त रखने के लिए पर्याप्त थीं। मगर इधर कुछ दिनों से ऐसा हो नहीं पा रहा था। नामान्तरण आन्दोलन इन दोनों बातों पर हावी हो गया था। और एक अन्य भावनात्मक आन्दोलन उसके भीतर भी तेजी से फैलता जा रहा था। सुमन का साथ कई बार इन सब बातों पर हावी हो जाया करता था।

हालाँकि शुरुआत में उसके भीतर आशंकाओं की भरमार थी। सुमन के सारे व्यवहार को वह शंका की नज़र से देखता था। उसके व्यवहार के पीछे निहितार्थों को खोजने-समझने का प्रयास किया करता था। कई बार वह इस सम्भावना पर भी विचार करता था कि कहीं वह एक अमीर बाप की बिगड़ैल लड़की के मन-बहलाव का माध्यम तो नहीं बन रहा है। एक खिलौना, जिससे मन भर जाने पर किसी दिन वह मुँह फेरकर चल देगी।

मगर सुमन का व्यवहार उसकी तमाम आशंकाओं पर भारी पड़ जाता था। सुमन के व्यवहार की सहजता उसके मन के सारे कलुष को गंगा की धारा की तरह धोकर निर्मल कर दिया करती थी।

उसके साथ रहते हुए सुमन बदलने लगी थी। शंकर के स्वभाव की स्वाभाविक गम्भीरता ने सुमन के खिलन्दड़ेपन को कुछ हद तक संक्रमित कर दिया था। लेक्चर या शिक्षकों को वह अब भी बहुत गम्भीरता से नहीं लेती थी, मगर शंकर के साथ घंटों कई गम्भीर मुद्दों पर चर्चा वह ज़रूर करने लगी थी। शंकर की बातों में आनेवाले कई किताबों के उल्लेखों के चलते वह भी उन किताबों को खोजकर पढ़ने के लिए प्रेरित होने लगी थी। इधर उसकी सोहबत में शंकर का नियमित रूप से लेक्चर में उपस्थित रहना प्रभावित होने लगा था। सुमन कोई नई किताब पढ़ती तो फिर अनिवार्य रूप से उस दिन कोई लेक्चर गोल करके वे दोनों किसी खाली क्लास की आख़िरी बेंच पर, छत पर या कैंटीन में बैठे उस किताब पर चर्चा करते दिखाई देते। शंकर के साथ ने सुमन के लिए एक ऐसी दुनिया का द्वार खोल दिया था, जिससे वह अब तक अनजान थी। इस नई दुनिया का आकर्षण हर दिन बीतते उसे और अधिक अपनी गिरफ़्त में लेता जा रहा था। उधर सुमन का साथ शंकर को ऐसे स्वप्निल जगत में ले जाता था, जिसका रोमान उसके रोम-रोम में ऊर्जा के विस्फोट किया करता था। सुमन की कई बातें उसे भाने लगी थीं। खासकर उसके व्यवहार का खुलापन। वह मस्तमौला लड़की थी। अपने समय की सामान्य वर्जनाओं से परे सोचने और जीनेवाली। यही वजह थी कि स्वभाव की तमाम विपरीतताओं के बावजूद वे एक-दूसरे के नजदीक आते गए।

उधर नामान्तरण का आन्दोलन धीरे-धीरे जोर पकड़ने लगा था। अब यह आन्दोलन सिर्फ औरंगाबाद शहर तक सीमित न रहकर पूरे मराठवाड़ा में फैल गया था। इसके अलावा विदर्भ और महाराष्ट्र के अन्य हिस्सों से भी इसके समर्थन में आवाज़ें उठने लगी थीं। उधर इसके विरोध के स्वर भी उतनी ही ताकत से मुखर होने लगे थे। इसी दौरान एक महत्त्वपूर्ण घटना इस मामले में छत्रपति सेना का प्रवेश थी। अब तक केवल मुम्बई और ठाणे तक सीमित रही और वहाँ दक्षिण भारतीयों का हिंसक विरोध करके चर्चा में आई

छत्रपति सेना ने इस मुद्दे को मराठवाड़ा में अपने पाँव फैलाने का अच्छा मौका जानकर इस विवाद में छलाँग लगा दी थी। उसके झंडे तले नामान्तरण के विरोध में सवर्ण, खासकर मराठा समाज के लोग इकट्ठा होने लगे थे। अब तक मराठवाड़ा के सिर्फ शहरों में सीमित यह विवाद अब ग्रामीण क्षेत्रों में भी तेजी से फैलने लगा था। पूरे मराठवाड़ा में जातीय तनाव की एक लहर फैल चुकी थी।

जातीय तनाव के इस अतिरेक के बीच ही शंकर और सुमन के बीच का रिश्ता परवान चढ़ रहा था। हालाँकि अब तक दोनों में से किसी ने एक-दूसरे के प्रति अपने प्रेम का इज़हार नहीं किया था, मगर यह अब किसी ओपन सीक्रेट की तरह था। उनका यह रिश्ता बहुत से लोगों की निगाहों में चुभन का बायस भी होता जा रहा था। सुमन की दबंग छवि के कारण उससे कोई कुछ भी सीधे बोलने की हिम्मत नहीं कर पाता था, मगर शंकर को कुछ लोगों ने दबे-छिपे स्वरों में हर तरह से बेमेल इस रिश्ते को लेकर ज़रूर चेताना शुरू कर दिया था। शंकर जानता था कि उनका यह रिश्ता एक असम्भव सम्भावना की तरह है। कई बार एक अज्ञात भय उस पर हावी हो जाता था। कई बार उसकी कल्पनाओं में एक दृश्य उग आया करता था, जिसमें एक क्रूर पिशाच उसे अपने बीभत्स हाथों में थामे अपने नाखूनों से उसकी परतें उतार रहा है। पहले कपड़ों की, फिर खाल की। वह भय से सिहर कर पसीने-पसीने हो जाता था। पर पता नहीं यह कैसा चमत्कार था कि जब तक सुमन उसके सामने, उसके साथ रहती, वह तमाम तरह के भय से मुक्त प्रेम की ऐसी दुनिया में विचरण करता, जिसके धरती-आसमान गुलाबी आभा से दमकते रहते। जहाँ की हवा में सुमन की साँसों की सोंधी-सी महक पसरी रहती।

यह वह दौर था जब एंग्री यंगमैन के रूप में अमिताभ की देश की युवा पीढ़ी के दिलों में प्रतिष्ठापना हो चुकी थी। अन्याय के विरुद्ध बिनधास्त चौड़ी छाती करके खड़े और एक ही वार में कई गुंडों को धराशायी करते अमिताभ में युवाओं को अपना चेहरा दिखने लगता था। उसकी लार्जर देन लाइफ छवि उस दौर के हर युवा के मन में बसा हुआ अरमान था। नामान्तरण आन्दोलन में काम करते हुए शंकर भी कई बार अपने भीतर अमिताभ नामक हौसले

का संचार होते हुए महसूस करता था। मगर जब भी वह सुमन के सामने आता, उसके भीतर के अमिताभ की जगह सीधा-सादा रोमांटिक अमोल पालेकर ले लेता था। इन दो सर्वथा विपरीत छोरों के बीच उसका समूचा व्यक्तित्व झूल रहा था।

इधर शंकर कई दिनों की उधेड़बुन के बाद इस नतीजे पर पहुँचा था कि यद्यपि सुमन के व्यवहार से इस बात में शंका की कोई गुंजाइश ही नहीं थी कि उसे शंकर से प्यार है, फिर भी उसे खुद पहल करके सुमन के सामने अपने प्यार को प्रकट करना चाहिए। पहले तो कई दिनों तक वह अपने प्यार के इज़हार के तरीके के बारे में सोचता रहा। उसने अपनी कल्पनाओं में कई बार उस दृश्य को दोहराया कि किसी दिन सुमन का हाथ थाम वह अपने प्यार का इज़हार कर रहा है और फिर हौले से उसके माथे को चूम रहा है। मगर लाख कोशिश करके भी वह अपने भीतर ऐसा करने की हिम्मत नहीं जुटा पाया। फिर उसने सोचा कि वह पत्र लिखकर अपनी भावनाओं को व्यक्त करेगा। बहुत विचार करने पर यह तरीका उसे ज़्यादा बेहतर और आसान लगा। मगर फिर सवाल खड़ा हुआ कि वह कैसा पत्र लिखे। उसमें क्या लिखे और क्या न लिखे। इस चक्रव्यूह से उसे निकाला उन्हीं दिनों रिलीज हुई फ़िल्म 'बदलते रिश्ते' के एक गाने ने। कई दिनों तक वह उस गाने के नशे में गुम रहा। फिर एक दिन उसने एक काग़ज़ पर सबसे ऊपर लिखा सुमन, और फिर वह पूरा गाना ही उतार दिया—'ये पहले प्यार की ख़शबू, तेरी साँसों से शायद आ रही है, मेरी साँसों को जो महका रही है।' नीचे अपना नाम लिखा। अब बस उसे यह काग़ज़ सुमन के हाथों में थमाना भर था। वह एक नए उत्साह से भर उठा था।

अप्रैल का महीना था। उनकी परीक्षाएँ शुरू हो चुकी थीं। उसने तय किया कि आख़िरी पेपर के बाद वह अपनी जेब में रखा हुआ पत्र ज़रूर सुमन को दे देगा। यद्यपि उस साल उसका ध्यान पूरी तरह से पढ़ाई में नहीं रहा था, मगर पेपर सब अच्छे जा रहे थे इसलिए वह खुश था। जिस दिन उनका आख़िरी पेपर था, वह दोहरी उत्तेजना से भरा हुआ था। सुमन पहले ही अपनी उत्तर पुस्तिका जमा करके बाहर निकल चुकी थी। जब वह समय

खत्म होने पर बाहर निकला तो देखा सुमन उसी का रास्ता देख रही थी। वह कुछ कहता उससे पहले ही सुमन उसे खींचकर कैंटीन की तरफ ले गई। कोने की एक बेंच पर कब्जा जमाने के बाद उसने चाय का आर्डर दिया और फिर बड़े ही रहस्यमय तरीके से उसके कान में फुसफुसाते हुए पूछा, "सुना है तू अपने कई दोस्तों को अपने कमरे की चाभी दे दिया करता है, उनके इस्तेमाल के लिए।"

यह सवाल उसके लिए कुछ अनपेक्षित था। सुनकर वह हँस पड़ा। पूछा, "तू यह क्यों पूछ रही है? क्या तुझे भी वैसी ज़रूरत पड़ गई है?"

उसकी पीठ पर नकली गुस्से में धौल जमाते हुए सुमन ने कहा, "पहले मेरी बात का जवाब दे।"

दरअसल वह जिस कमरे में रहता था, वह एक बड़े बँगले की दुछत्ती पर बना हुआ था। बँगले के मालिक एक बड़े अधिकारी थे, जिनके मातहत उसके पिता काम कर चुके थे। फिलहाल वह मुम्बई में पोस्टेड थे। दो-चार महीने में एक बार औरंगाबाद आते थे। बाक़ी समय बँगला बन्द रहता था। ऊपर दुछत्ती का कमरा उसे मिल गया था। उसे कमरे का कोई किराया नहीं देना पड़ता था। बदले में उसके रहने से स्वाभाविक ही बँगले की हिफाजत हो जाया करती थी। बँगला नई बनी कॉलोनी में था, जहाँ आसपास कोई खास बस्ती नहीं थी। यही वजह थी कि उसके कुछ दोस्त गाहे-बगाहे जब वह कॉलेज या अख़बार के दफ़्तर में होता, तब कुछ देर के लिए कमरे की चाभी माँग कर ले जाते थे। घंटे-दो घंटे में अपनी ज़रूरतें पूरी करके उसे चाभी वापस कर देते थे। इन दोस्तों में सिर्फ लड़के ही थे, ऐसा भी नहीं था। कुछ लड़कियाँ भी थीं जो ज़रूरत पड़ने पर उसके कमरे की चाभी माँग लिया करती थीं।

एक धौल उसकी पीठ पर और पड़ा।

वह जैसे अपने खयालों से जागा और बोला, "अब दोस्त दोस्त के काम नहीं आएगा तो फिर कौन आएगा? बेचारे ज़रूरत के वक्त घंटे-दो घंटे के लिए चाभी ले जाते हैं। इसमें मेरा तो कोई नुकसान है नहीं। उलट बदले में कई बार वे लोग खाने-पीने की चीज़ें छोड़ जाते हैं, जो मेरे काम आ जाती हैं। मगर तू यह क्यों पूछ रही है?"

अचानक सुमन का चेहरा सुर्ख हो गया। इतने दिनों में उसने पहली बार सुमन के चेहरे पर लज्जा और संकोच के हल्के भाव देखे थे। निगाहें झुकाए हुए ही वह बोली, "दरअसल मुझे भी थोड़ी देर के लिए तेरे कमरे की चाभी चाहिए।"

वह आश्चर्य से सुमन को देखता रह गया था। उसे अपने भीतर बहुत कुछ दरकता-सा महसूस हुआ। जैसे किसी पतली लकड़ी में कील ठोंकने की कोशिश में उसमें चीरा पड़कर वह दो भागों में बँट गई हो। उसके भीतर से नमी के बादल उमड़कर उसकी पलकों की कोरों तक चले आए थे। कुछ पल वह और ठहरता तो शायद वे बरस भी जाते। मगर उसने अपने-आप को सँभाला। अपने भीतर के भावों को नियंत्रित किया और सुमन से बस इतना ही पूछा, "कब चाहिए चाभी?"

"आज ही। मगर सुन, मैंने तेरा कमरा देखा नहीं है। क्या तू चलकर एक बार मुझे दिखा देगा, ताकि मुझे कोई दिक़्क़त न हो?" सुमन ने गहरी निगाहों से उसकी ओर देखते हुए पूछा।

अब उसे वहाँ बैठना मुश्किल लगने लगा। वह उठ खड़ा हुआ और कैंटीन के कैश काउंटर की ओर बढ़ता हुआ बोला, "हाँ, ठीक है। चल फिर।"

शहर के उस्मानपुरा से सटे हुए हिस्से में नई कटी एक कॉलोनी में वह बँगला था। पूरी कॉलोनी में अभी गिनती के चार-पाँच बँगले बने हुए थे। कॉलोनी के पीछे दूर तक खेत फैले हुए थे। आसपास बस्ती न होने के कारण लोगों की आवाज़ाही भी बहुत कम थी। कॉलेज से वहाँ तक पैदल आने में करीब बीस मिनट का समय लगा था। रास्ते भर वह सुमन से नज़रें चुराकर इधर-उधर देखता रहा था। दुछत्ती पर स्थित अपने कमरे का ताला खोलते हुए पहली बार न जाने क्यों उसके हाथ काँप रहे थे। वह जल्द से जल्द वहाँ से भाग जाना चाहता था। एक तूफान उसके भीतर बेतरह छाया हुआ था।

उसने खुद को समझाया कि आख़िर सुमन एक अमीर बाप की स्वच्छन्द बेटी है। हर तरह की वर्जनाओं से मुक्त। उसके लिए इस तरह की बातें बहुत सहज और सामान्य हैं। फिर वह तो इस बात को भलीभाँति जानता है कि औरों के सामने बहुत सीधी-सादी और भोली छवि वाली लड़कियों ने भी उससे इस

कमरे की चाभी माँगी हुई है। फिर उनके बीच किसी तरह का कोई अनुबन्ध तो था नहीं। न कभी उसने सुमन के प्रति अपने प्यार का इज़हार किया था, न खुद सुमन ने ही। यह उसका अनुमान भी तो हो सकता है कि सुमन उससे प्यार करती थी। लेकिन जितना वह अपने को समझाने की कोशिश करता, उतना उसके भीतर का आलोड़न तेज हो जाता। एक पीड़ा उसके हृदय को बेरहमी से मथे जा रही थी।

उसने अपने-आप को इन विचारों के चक्रव्यूह से बाहर निकालने की कोशिश की। यह सोचकर कि अब इन सब बातों का कोई अर्थ ही नहीं बचा है। हकीकत बस इतनी सी है कि सुमन को उसके कमरे की चाभी चाहिए। इस बात से उसे जो समझने की ज़रूरत है, वह समझ लेना चाहिए। वैसे भी इसके अलावा उसके बस में था ही क्या?

बीस मिनट तक लगातार पैदल चलने की वजह से सुमन कुछ हाँफने लगी थी। उसका चेहरा लाल हो गया था। वह कमरे में घुसते ही वहाँ पड़ी एकमात्र खटिया पर पसर गई। शंकर ने कमरे में उपलब्ध स्टील के एकमात्र गिलास को धोया और कमरे के कोने में रखे मटके से पानी भरकर सुमन की ओर बढ़ाया। सुमन खटिया पर उठ बैठी और गिलास थामते हुए उसने कृतज्ञता से शंकर की ओर देखा। गटगट पाँच सेकंड में गिलास खाली कर उसने शंकर को वापस थमा दिया।

गिलास को अपनी जगह रखकर शंकर सुमन को देखने लगा। उसे अपनी ओर देखता पाकर सुमन ने प्रश्नवाचक निगाहों से उसकी ओर देखा। शंकर ने अपनी निगाहें हटानी चाहीं मगर जाने क्यों हटा नहीं पाया। सुमन ने पूछा, "क्या?"

हड़बड़ाकर उसने जवाब दिया, "नहीं, कुछ नहीं।"

"तो फिर निकल अब। किस बात की राह देख रहा है? चाभी मैं तुझे शाम को वापस कर दूँगी। तू प्रेस में ही मिलेगा न?" सुमन ने हँसते हुए पूछा।

शंकर ने कोई जवाब नहीं दिया। वह जानना चाहता था कि सुमन ने वहाँ किसे बुलाया है। मगर फिर बिना सुमन की ओर एक निगाह डाले, वह कमरे से बाहर निकल गया। चौखट के बाहर रखी चप्पलों में पाँव डालते हुए न जाने क्यों वह एक बार लड़खड़ाया और फिर सँभलकर सीढ़ियाँ उतरने

लगा। उसने अपनी जेब में रखा हुआ पत्र निकाला और उसे चिन्दी-चिन्दी कर दिया। जैसे किसी घने जंगल में रात के घनघोर अँधेरे में चलते हुए दूर कहीं टिमटिमाती रोशनी की एक किरण भी बुझ गई हो। वह फिर एक बार लड़खड़ाया। गिरने से बचने के लिए उसने दीवार को थाम लिया। तभी सुमन की आवाज़ आई, "अरे एक मिनट सुन तो।"

कुछ पल लगे उसे खुद को सँभालने में। वह वहाँ से तुरन्त भाग जाना चाहता था बहुत दूर। मगर अपने-आप पर जब्त कर वह अपने पाँवों को घसीटते हुए फिर सीढ़ियाँ चढ़ा। सुमन दरवाज़े पर ही खड़ी थी। वह लाख कोशिश करने पर भी उससे निगाहें नहीं मिला पाया। अचानक सुमन ने उसकी शर्ट पकड़कर उसे भीतर खींच लिया। उसके चेहरे को अपनी हथेलियों में थामकर सुमन ने कहा, "मैं जिस चीज़ के लिए यहाँ आई हूँ, वह तो कर लूँ।" और वह कुछ कहता, इससे पहले ही उसने अपने होंठों से शंकर के होंठों को अपनी गिरफ़्त में ले लिया।

7

मराठवाड़ा विद्यापीठ के नामान्तरण की माँग के समर्थन और विरोध में आन्दोलन लगातार तेज हो रहे थे। इन परस्पर विरोधी आन्दोलनों के कारण पूरे मराठवाड़ा, खासकर ग्रामीण क्षेत्रों में जातीय तनाव अपने शिखर पर पहुँच गया था। इस तनाव की आँच खुद शंकर भी महसूस कर रहा था। उसके अपने ज़्यादातर सवर्ण दोस्त, जो अब तक उसके साथ उठते-बैठते थे, अब धीरे-धीरे उससे कटने लगे थे। कॉलेज में भी सवर्ण और दलित विद्यार्थियों के दो गुट तैयार हो गए थे। अपनी मुखरता और अध्ययन के चलते वह अनायास ही दलित विद्यार्थियों के गुट का नेता बन गया था। धनंजय कुलकर्णी, संजय देशमुख, महेश वैद्य जैसे सिर्फ दो-तीन सवर्ण मित्र ही थे, जो अब भी उससे न सिर्फ जुड़े हुए थे, वरन अन्य सवर्ण विद्यार्थियों के विपरीत नामान्तरण की माँग का समर्थन भी करते थे। इन सबसे ऊपर सुमन थी। मन से, संवेदनाओं से, विचारों से उसके साथ, उससे एकरूप।

राज्य में अचानक राजनीतिक उथल-पुथल हुई। आपातकाल के बाद केन्द्र की सत्ता हाथ से जाने और विभाजन के कारण पहले से ही कमजोर हो चुकी कांग्रेस के बारह विधायकों को तोड़कर शरद पवार ने विपक्ष से हाथ मिलाया और वसन्तदादा पाटील की सरकार गिराकर खुद मुख्यमंत्री बन गए। मुख्यमंत्री बनने के दस दिनों के भीतर 27 जुलाई, 1978 को महाराष्ट्र विधान मंडल के दोनों सदनों ने मराठवाड़ा विद्यापीठ का नाम डॉ. बाबासाहेब आम्बेडकर मराठवाड़ा विद्यापीठ करने का प्रस्ताव पारित कर दिया।

नामान्तरण के लिए पिछले कई सालों से संघर्ष कर रहे दलित संगठनों के लिए यह एक बड़ी विजय का दिन था। नामान्तरण के समर्थक संगठनों ने इस निर्णय की खुशी में अगले दिन एक विशाल विजय जुलूस निकालने का निर्णय लिया था। शंकर अपने साथियों के साथ इस जुलूस की तैयारियों में जुट गया।

मगर यह जुलूस नहीं निकल सका।

उसी दिन न सिर्फ औरंगाबाद बल्कि पूरे मराठवाड़ा में जातीय दंगे भड़क उठे। जाहिर है, इन दंगों का निशाना दलित समुदाय था। इन दंगों का स्वरूप खासकर गाँवों में बहुत भीषण था। जगह-जगह दलित बस्तियों और दलितों के घरों को आग के हवाले कर दिया गया। इनमें कई मामले तो ऐसे भी थे, जिनमें घरों के अन्दर बन्द लोग जिन्दा जलकर राख के ढेर में बदल गए। कई जगह दलित महिलाओं के साथ बलात्कार किए गए। ऐसे समय में तटस्थता दिखाकर इन दंगों को रोकने की जगह अधिकांश जगह पुलिस ने दंगाइयों को अपनी वहशत का नंगा नाच करने की खुली छूट दे दी थी। तब तक छत्रपति सेना ने मराठवाड़ा के गाँवों में अपने पैर बड़े पैमाने पर पसार लिए थे। उसके छुटभैये नेताओं ने इन दंगों की अगुवाई की। करीब ग्यारह दिनों तक मराठवाड़ा जातीय दंगों की इस आग में धू-धू करके जलता रहा।

"इससे तो अच्छा होता कि मुस्लिम लीग की तरह बाबासाहेब ने भी दलित और पिछड़ों के लिए एक अलग देश की माँग की होती।" शंकर चाह कर भी अपने भीतर की कड़वाहट पर काबू नहीं कर पाया था।

दंगों के बाद वह कॉलेज का पहला दिन था। इस बीच वह न सिर्फ अपने गाँव बल्कि बीड़ जिले के कई गाँवों में जाकर आया था। दलितों के साथ हुए अन्याय और अत्याचार के सबूत उन तमाम जगहों पर साफ-साफ दिखाई दे रहे थे। बिलखते औरतों-बच्चों-बूढ़ों के आँसू उसके भीतर किसी तेजाब की तरह उतरकर सब कुछ भस्म कर चुके थे। जब वह बोल रहा था तो मानो उसकी आँखों से ज्वालाएँ बरस रही थीं। सामने वर्मा सर डेस्क से सटकर खड़े हुए उसे ध्यान से देख रहे थे।

"यह देश कभी दलितों का सगा नहीं हो सकता। बराबरी का दर्जा और समान अधिकार तो बहुत दूर की बात है सर, इस देश के लोग तो दलितों को इंसान मानने के लिए भी अभी तक तैयार नहीं हुए हैं। संविधान इस देश में पीड़ितों के संरक्षण का एक दिखावटी हथियार बन कर रह गया है, जिसे इस देश के सवर्ण पूरी तरह से भोथरा कर चुके हैं। यह देश उस संविधान से नहीं चलता, जिसे बाबासाहेब ने लिखा था। यह देश आज भी उसी संविधान से चलता है, जो सदियों से दलितों को जानवरों से भी बुरी स्थिति में तिल-तिलकर मरने के लिए मजबूर करता रहा है।" शंकर के भीतर का रोष कठोर शब्दों का रूप लेकर लगातार बाहर निकल रहा था।

"मैं यह नहीं कहता कि तुम्हारी बात झूठ है, मगर वह पूरा सच नहीं है। सिर्फ आधा सच है।" जब वह कुछ शान्त हुआ तो वर्मा सर बोले।

शंकर की निगाहों में सन्देह भी थे और सवाल भी।

"तुम आज यहाँ खड़े होकर यह बात कह पा रहे हो, क्या यह बदलाव का सबूत नहीं है?" वर्मा सर ने सवाल किया।

"मैं पूरा दलित समाज नहीं हूँ सर, और न ही यह क्लास पूरा देश। एक छोटी-सी माँग को लेकर जिस तरह का रवैया इन ऊँची जातियों के लोगों ने अख्तियार किया, उसे देखने के बाद अब उम्मीद की कोई किरण बची नहीं रह जाती।" कहते हुए शंकर की आँखें छलछला आई थीं।

"मैं तुम्हारा दर्द समझ सकता हूँ शंकर। मगर यदि बारीकी से देखोगे तो पाओगे कि इन दंगों की मूल वजहें ही इस देश में हुए परिवर्तन का सबूत हैं। नामान्तरण तो बस एक बहाना भर है।" वर्मा सर ने कहा।

"नामान्तरण की माँग और उसका मान लिया जाना इन दंगों की वजह नहीं है तो फिर क्या है सर?" शंकर के चेहरे पर असमंजस के भाव थे।

"देश की स्वतंत्रता और बाबासाहेब के नेतृत्व में बने संविधान के लागू होने के बाद बदली परिस्थितियाँ इन दंगों के मूल में हैं शंकर। तुम्हें तो पता है कि हमारे गाँव जातीयता की जड़ों को खाद-पानी देने और मजबूत रखने का सबसे बड़ा आधार रहे हैं। यही वजह थी कि बाबासाहेब ने दलितों से गाँव छोड़कर शहर जाने का आह्वान किया था।" वर्मा सर एक पल को रुके।

शंकर ने सहमति में सिर हिलाया।

"दलितों के गाँवों से शहरों की ओर पलायन ने उन गाँवों की सामाजिक और आर्थिक एकरसता में बहुत तोड़-फोड़ मचाई। गाँवों में सदियों से जो काम पिछड़ों और दलित वर्ग के लोगों के जिम्मे थे, उन्हें करनेवाला कोई नहीं रहा। ऊँची जाति के लोगों के पास खेत थे, मगर उनमें बिना किसी प्रतिकार के काम करनेवाले मजदूर नहीं बचे। उनमें से ज़्यादातर शहर चले गए। जो बचे, उनमें से बहुतों ने बाबासाहेब के साथ धर्म परिवर्तन कर लिया। इसके कारण धार्मिक आधार पर समाज के सबसे निचले पायदान पर रहने की मजबूरी भी उन्होंने छोड़ दी। गाँव में ऊँची जाति के लोगों के सामने सिर झुकाकर चलने की जगह वे सिर उठाकर चलने लगे। अपनी मेहनत की जायज कीमत माँगने लगे। चुनावों में आरक्षण के कारण कई जगहों पर सत्ता केन्द्रों में भी दलित वर्ग का प्रवेश होने लगा। कुल मिलाकर गाँव के आर्थिक, सामाजिक और राजनीतिक परिदृश्य पर ऊँची जाति के दबंगों, खासकर मराठों का नियंत्रण कमजोर पड़ने लगा। जाहिर है, इसकी तिलमिलाहट उनके भीतर थी।

"इसी के साथ उनका आहत अहंकार भी था। सिर झुकाकर हर बात चुपचाप माननेवाला सिर उठाकर अपना पक्ष रखने लगा। शहरों में जाकर सभी नहीं, मगर कुछ लोगों के हिस्से आर्थिक समृद्धि भी आई। इसका असर उनके रहन-सहन पर पड़ा। जब वही लोग तीज-त्योहार पर गाँव में लौटते तो उनका बेहतर पहनावा, उनकी औरतों के शरीरों पर दिखाई देनेवाले आभूषण इन लोगों की आँखों में चुभने लगे। इन सारी बातों का मिला-जुला रोष मौका पाकर इन दंगों में फूट पड़ा।" वर्मा सर ने अपनी बात पूरी कर ली थी शायद।

"लेकिन आख़िर में इन दंगों का शिकार दलित ही हुआ न सर। फिर जो भी बदलाव हुआ, उसका क्या अर्थ बचा?" शंकर के मूल प्रश्न का शायद समाधान नहीं हो पाया था।

"बदलाव तो हुआ है, मगर उसकी प्रक्रिया पूरी नहीं हो पाई है। सिर्फ अपने अधिकारों का अहसास या उनकी माँग ही पर्याप्त नहीं है। अपने खिलाफ होनेवाले अन्याय या अत्याचार का उचित प्रतिकार करने की ताकत और हिम्मत जुटाना भी बदलाव की उस प्रक्रिया को उसकी पूर्णता तक ले जाने के लिए बहुत ज़रूरी है।"

"मतलब दलित वर्ग को भी अब हथियार उठा लेने चाहिए।" शंकर ने पूछा।

"हिंसा किसी समस्या का स्थायी समाधान नहीं दे सकती। किसी लोकतांत्रिक देश में तो कतई नहीं। मगर अपने ऊपर होनेवाले अन्याय का पूरी ताकत से प्रतिकार बहुत ज़रूरी है। आक्रमण के लिए नहीं, मगर अपने ऊपर किसी भी प्रकार का अन्याय न होने देने के लिए शक्ति का संग्रह करना ज़रूरी है। इसके लिए तुम जैसे पढ़े-लिखे और विचार कर सकनेवाले युवाओं का आगे आना और इस परिवर्तन की मशाल को थामकर आगे बढ़ना ज़रूरी है। बस इतना ध्यान रहे कि यह मशाल आगे की राह रोशन करने के लिए है, कहीं आग लगाने के लिए नहीं। इतना विवेक रहेगा तो एक दिन वह परिवर्तन भी ज़रूर होगा जिसका सपना बाबासाहेब ने देखा था, या जिसकी आकांक्षा तुम्हारे भीतर भी है।" कहते हुए वर्मा सर ने शंकर के पास आकर उसका कन्धा थपथपाया। बेल बज चुकी थी। वर्मा सर ने डेस्क पर से अपनी किताबें समेटी और क्लास से बाहर निकल गए।

8

संघर्ष फिर एक बार शुरू हो चुका था। एक युद्ध जो जीता जा चुका था, उसे फिर से शुरू से शुरू करना पड़ा था। दलितों की अस्मिता के इस मुद्दे के विरोध में जिस वर्ग ने इसे अपनी अस्मिता का मुद्दा बना लिया था, उसके

हाथ में ही राज्य की आर्थिक और राजनीतिक नब्ज थी। अपना राजनीतिक आधार बढ़ाने की कोशिश में छत्रपति सेना के इस मामले में आक्रामक ढंग से कूद पड़ने के बाद यह मसला बहुत पेचीदा हो गया था। इसकी वजह से एक बात बहुत साफ हो गई थी कि इस बार यह संघर्ष बहुत लम्बा चलनेवाला था।

शंकर की दिनचर्या फिर पहले की तरह हो गई थी। कॉलेज, आन्दोलन और अख़बार की नौकरी में उसके दिन का अधिकांश समय चला जाता था। पिछला एक साल आन्दोलनों में ज़्यादा व्यस्त रहने के चलते पढ़ाई पर वह अपेक्षित ध्यान नहीं दे पाया था। कुछ सुमन का साथ भी इसके लिए जिम्मेदार था। अब बी.ए. का अन्तिम वर्ष शुरू हो चुका था। वह चाहता था कि पढ़ाई पर अब ज़्यादा ध्यान केन्द्रित करे।

सुमन और उसका रिश्ता जितना गहराता जा रहा था, इस रिश्ते को लेकर विरोध भी उतना ही तेजी से बढ़ता जा रहा था। सुमन के साथ उसके रिश्ते के चलते आन्दोलन के उसके साथी उसकी पक्षधरता पर सन्देह व्यक्त करते थे। उस रिश्ते को खत्म करने के लिए उस पर प्रत्यक्ष और अप्रत्यक्ष रूप से अनेक प्रकार से दबाव डाले जा रहे थे। उधर सुमन की मित्र मंडली भी धीरे-धीरे उससे दूर होती जा रही थी। उसकी सहेलियों के माध्यम से उन दोनों के रिश्ते के भविष्य की भयावहता की तसवीर सुमन के सामने प्रकट की जा रही थी। हालाँकि सुमन इन बातों पर कोई ध्यान नहीं देती थी, मगर उसके साथ ऐसा नहीं था। इसकी वजह यह थी कि जो चन्द दोस्त बिना किसी भेदभाव के हमेशा उसके साथ रहे थे, वे भी उनके रिश्ते का कोई भविष्य नहीं देख पाते थे।

नामान्तरण और उसके विरोध के आन्दोलनों ने समाज को बुरी तरह से दो हिस्सों में बाँट दिया था। ऐसे में मुद्दा सिर्फ सुमन और उसके बीच की आर्थिक विषमता का न होकर उससे कहीं ज़्यादा जाति भेद का था। एक अमीर मराठा परिवार की लड़की और एक गरीब दलित परिवार के लड़के के बीच किसी प्रेम सम्बन्ध की कल्पना ही उस दौर में असम्भव थी, दोनों के विवाह का तो सवाल ही नहीं उठता था। ऐसा नहीं था कि वह इन सब वास्तविकताओं से आँखें चुरा रहा था या अनजान था। पर वह जब भी सुमन

से मिलता, न जाने क्यों उसके भीतर यह आश्वासन जाग उठता था कि कोई-न-कोई राह ज़रूर निकलेगी।

मगर राह निकलने से पहले ही दुश्वार हो गई। उसके और सुमन के रिश्ते की दबी जबान में चर्चा यूँ तो पूरे कॉलेज में होने लगी थी। कॉलेज के ही एक मराठा शिक्षक ने यह चर्चा सुमन के पिता तक पहुँचा दी। तूफान उठाने के लिए इतना पर्याप्त था।

फिर वही हुआ जो इस तरह की कहानियों में हर बार होता है। लड़की पर कई तरह की पाबन्दियाँ। उसके कॉलेज आने पर बन्दी। उसके बाहर निकलने पर रोक। अब सुमन कॉलेज में बड़ी दबंग हुआ करती थी तो क्या हुआ। घर और कॉलेज में फर्क तो होता है।

दो-तीन महीने इन पाबन्दियों के बीच बीते। सुमन इस बीच अपनी सहेलियों के माध्यम से उस तक सन्देश पहुँचाती रही, उसे भरोसा दिलाती रही कि एक दिन सब ठीक हो जाएगा। उसके पास सुमन के भरोसे पर भरोसा करने के अलावा कोई विकल्प भी नहीं था।

इधर नामान्तरण के मुद्दे पर आन्दोलन को एक नई धार देने की ज़रूरत महसूस की जाने लगी थी। प्रो. जोगेंद्र कवाडे के नेतृत्व में नागपुर से 11 नवंबर 1979 को एक लाँग मार्च शुरू कर दिया गया था। योजना यह थी कि विदर्भ और मराठवाड़ा के विभिन्न इलाकों से होता हुआ यह मार्च बाबासाहेब के परिनिर्वाण दिवस 6 दिसम्बर को औरंगाबाद पहुँचेगा। इस मार्च को अभूतपूर्व समर्थन मिल रहा था। हर गाँव से इस मार्च में सैकड़ों की तादाद में लोग जुड़ते जा रहे थे। औरंगाबाद में इस मार्च के पहुँचने पर इसके जोरदार स्वागत की तैयारियाँ शुरू हो गई थीं। जाहिर है, शंकर की इसमें महती भूमिका थी।

और तभी एक अनपेक्षित घटना घटी। पता नहीं सुमन के पिता को इस बात की कोई भनक लग गई थी कि उनके बीच सब कुछ खत्म नहीं हो गया है, या फिर कोई और वजह थी, मगर उन्होंने अचानक सुमन का रिश्ता तय कर दिया। शादी की तिथि भी तय हो गई—6 दिसम्बर। तनाव की स्थिति में भी इस तारीख को सुनकर शंकर अपनी किस्मत पर मुस्करा दिया था।

उस दिन जाने किस बहाने से सुमन उसके कमरे पर पहुँची थी। आते ही कसके उसके यूँ गले लगी जैसे अगले पल के बाद साँसों को थम जाना हो। मानो अपने-आप को उसके भीतर छुपा देना चाहती हो वह। जैसे यदि उसकी पकड़ में कोई कमी रह गई तो यह दुनिया खत्म हो जानेवाली थी। जैसे ज़िन्दगी से बस उस एक पकड़ भर की मोहलत उधार लेकर आई थी वह। जैसे उछालें मारकर बह रही नदी के ऊपर बस एक हथेली भर को थामे हुए थी वह, उसकी पकड़ ढीली छूटती और वह भीषण नदी उसे लील जाती।

"मुझे कहीं ले जाना होगा तुझे। इसके अलावा कोई चारा नहीं है।" सुमन के भीतर कोई शंका नहीं थी।

"मगर कहाँ?" उसके सामने यह सवाल मुँह बाए खड़ा था।

"मुझे नहीं पता। दुनिया के किसी भी कोने में। मुझे परवाह नहीं। तू साथ होगा तो मुझे कोई डर भी नहीं।" उसने अपनी पकड़ को और दृढ़ कर लिया था।

"इतना आसान नहीं है यह सुम्मी।" उसे कोई राह नज़र नहीं आ रही थी।

"आसान-मुश्किल मुझे नहीं पता शंकर। मुझे बस इतना पता है कि मैं तेरे साथ रहना चाहती हूँ। और इसके लिए मेरा घर से निकलना अनिवार्य है।" उसे चूमते हुए सुमन ने कहा।

"मैं भी तो तेरे साथ ज़िन्दगी बिताना चाहता हूँ सुम्मी। मगर इसके लिए मुझे किसी लायक तो बनना होगा।" उसके मन में आशंकाओं के सौ बादल थे।

"तेरे लायक बनने की राह देखने का समय नहीं है मेरे पास शंकर, क्या तू इस बात को समझ रहा है? मैं सिर्फ भाग सकती हूँ। शादी को टालना मेरे बस में नहीं है।" पहली बार उसकी पकड़ थोड़ी ढीली पड़ी थी।

"मगर जाएँगे कहाँ हम? करेंगे क्या हम? अभी डिग्री भी तो पूरी नहीं हुई है हमारी।" उसके सामने सिर्फ सवालों का अम्बार था।

"चिन्ता मत कर। मैं घर से ढेर सारे पैसे ले आऊँगी। गहने भी ले आऊँगी। उनसे कोई-न-कोई जुगाड़ कर लेंगे हम।" सुमन ने उसे आश्वस्त करना चाहा।

"पागल है क्या? अपने ही घर में चोरी करेगी तू? और तुझे लगता है कि मैं इस बात को स्वीकार कर लूँगा?" एक आदर्शवादी पिता के संस्कार उभर आए थे उसके भीतर, सहज ही।

"तो तू मजदूरी कर लेना। मैं बच्चों को ट्यूशन पढ़ा लूँगी। मिलकर कुछ भी करेंगे हम। यहाँ से कहीं बहुत दूर निकल जाएँगे, जहाँ हमें कोई पहचाननेवाला भी न हो। दोनों साथ रहेंगे तो कुछ-न-कुछ कर ही लेंगे।" सुमन के पास समस्या नहीं, समाधान थे।

"इतनी अमीरी में पली है तू, मेरे जैसे मुफलिस के साथ इस तरह से रह पाएगी? जीवन बहुत कठिन है। तुझे उसकी कल्पना भी नहीं है। दो दिन में जब प्यार का ज्वार उतर जाएगा तो जीना कितना मुश्किल होगा, कभी इस बारे में सोचा है तूने?" उसकी शंकाओं का कहीं अन्त ही नहीं था।

"यार इतना निगेटिव तो तू कभी नहीं था। समझौते मुझे करने होंगे ना। मैं कर लूँगी। क्या तुझे मुझ पर, मेरे प्यार पर विश्वास नहीं है?" इस बार उसके स्वरों में कुछ रोष छलक आया था।

"ऐसी बात नहीं है सुम्मी...बस मैं वास्तविकताओं से मुँह नहीं चुराना चाहता। मैं नहीं चाहता कि तू कोई भी ऐसा कदम उठाए, जिसके लिए कल तुझे पछताना पड़े।" शंकर ने कहा तो, मगर उसे अपने ही स्वर खोखले-से लगे।

"देख, मैं सिर्फ इतना जानती हूँ कि तेरे साथ रहकर मुझे कभी पछताना नहीं पड़ेगा। अपने जीवन में सुख-सुविधाएँ और ऐश-ओ-आराम खूब देखे हैं मैंने। मगर जीने के लिए इनसे भी ज़्यादा ज़रूरी अपनी स्वतंत्रता और प्यार होता है। जानती हूँ कि यह चुनाव मुश्किलों से भरा है, मगर मुझे यह भी भरोसा है कि हम दोनों साथ रहेंगे तो सारी मुश्किलों का मुकाबला कर लेंगे।" एक बार फिर सुमन ने उसे जोर से कस लिया था अपनी बाँहों में।

आख़िर में तारीख तय हुई, चार दिन बाद की, 28 नवंबर। तय हुआ कि उस दिन शाम को सुमन अपने कपड़े आदि लेकर सेंट्रल बस स्टैंड पर पहुँच जाएगी। वहाँ से दोनों बस से मुम्बई चले जाएँगे। और फिर आगे क्या करना है, कहाँ जाना है, इस बारे में शंकर चार दिन में कुछ सोच-समझ लेगा।

उस दिन सुमन को विदा करने के बाद वह देर तक उस सड़क को देखता रहा था, जिस पर होकर सुमन अपने घर वापस गई थी। कुछ सड़कें

हमें कहीं ले जाती हैं तो फिर वापस भी ले आती हैं। मगर कुछ सड़कें ऐसी होती हैं, जहाँ से एक बार गुज़र जाओ तो फिर वापसी की कोई गुंजाइश नहीं होती। चार दिन बाद वह भी सुमन के साथ ऐसी ही किसी सड़क से इस शहर से बाहर निकलेगा, जिस पर से लौटना शायद फिर कभी सम्भव न होगा।

9

अगले चार दिन शंकर ने जाने की तैयारियों में लगाए। उसका बहुत मन था कि जाने से पहले एक बार जाकर अपनी माँ और पिता से मिल ले। वह एक बार गाँव जाकर अपनी दादी से भी मिलना चाहता था। मगर न जाने क्यों उसकी हिम्मत नहीं हुई। उसे सबसे ज़्यादा फिक्र इसी बात की थी कि उसके सुमन के साथ इस तरह भाग जाने के बाद उन लोगों को कोई परेशानी न हो। वह जानता था कि उसका यह कदम उसके आदर्शवादी पिता के लिए एक बड़ा सदमा होगा। मगर उसके पास इसके अलावा कोई और राह नहीं थी। वैसे भी तयशुदा राहों से ज़िन्दगी कब चला करती है। कई बार परिस्थितियाँ हमें अनचाहे निर्णय लेने के लिए मजबूर कर देती हैं।

मुम्बई जाने का निर्णय उसने इसलिए लिया था कि वहाँ उसका एक चचेरा भाई रहता था, जो किसी प्रोडक्शन हाउस में काम करता था। उसके जरिए कुछ दिन उनके रहने की व्यवस्था हो जानी थी। इसके अलावा उसे भरोसा था कि वह उसे भी कुछ-न-कुछ काम दिला ही देगा। मुम्बई जैसे भीड़ के महासागर वाले शहर में उनका कुछ समय के लिए छुपे रहना ज़्यादा मुश्किल बात नहीं थी।

तकदीर ने उसे ऐसे मोड़ पर लाकर खड़ा कर दिया था, जहाँ उसकी सोची-समझी जीवन की धारा को एक बिलकुल अनदेखी-अनसोची राह की ओर मुड़ जाना था। उसे बिलकुल भी अनुमान नहीं था कि आगे उसके या उन दोनों के जीवन की थाली में किस्मत ने क्या परोस कर रखा है। सामने एक अन्धा कुआँ था, और उसे कूद पड़ना था।

आख़िर कैलेंडर में सत्ताईस तारीख के खाने से छलाँग मारकर एक नई सुबह अट्ठाईस तारीख के खाने में आ बैठी थी। उसके पास समेटने के लिए ज़्यादा कुछ था नहीं। गाँव में ज़रूरत का बहाना बनाकर वह अपने अख़बार के मालिक से अपना वेतन और कुछ अग्रिम ले आया था। हालाँकि झूठ बोलकर पैसे लेते हुए उसे अच्छा नहीं लग रहा था, मगर इस समय हाथ में कुछ अतिरिक्त रुपए रहना ज़रूरी था। उसने तय किया था कि एक बार सब कुछ ठीक होते ही वह यह अग्रिम राशि वापस अख़बार के मालिक को भेज देगा।

वह बेचैनी से भरा अपने कमरे में बैठा शाम की प्रतीक्षा कर रहा था कि अचानक उसके दरवाज़े पर दस्तक हुई। उसने उठकर दरवाज़ा खोला तो देखा सामने गंगाधर खड़ा था।

"जल्दी से तैयार हो जा शंकर, हमें सिंदखेड़राजा जाना है।" गंगाधर ने भीतर आते हुए कहा।

"अभी, अचानक...क्या हो गया है?" उसने पूछा।

"खबर आई है कि सिंदखेड़राजा के पास राहेरी गाँव में पुलिस ने लाँग मार्च को रोक दिया है। वहाँ कुछ बवाल होने की भी आशंका है।" गंगाधर ने बताया।

"कैसा बवाल?" वह अचानक बदलते इस घटनाक्रम से अचरज में पड़ा हुआ था।

"तुझे पिछले साल के अगस्त की तो याद होगी जब नागपुर में एक मोर्चे से शान्तिपूर्ण ढंग से लौटते हमारे लोगों पर पुलिस ने गोलियाँ चला दी थीं और जिसकी वजह से ग्यारह लोगों की मौत हो गई थी?"

उसने सहमति में सिर हिलाया।

"सुना है कि पुलिस इस बार भी वैसा ही कुछ कर सकती है। मगर यह सब बातें हम रास्ते में कर लेंगे। तू अपना सामान समेट।" गंगाधर ने कहा।

"मगर मैं अभी तुम्हारे साथ नहीं चल सकता।" शंकर ने रुआँसा होते हुए कहा।

गंगाधर की प्रश्नवाचक निगाहों का मन्तव्य समझ उसने उसे सब कुछ बता दिया।

"पागल हो गया है क्या तू शंकर?" आश्चर्य और क्रोध के मिले-जुले भाव उभर आए थे गंगाधर के चेहरे पर।

"मेरे पास इसके अलावा कोई और रास्ता नहीं है फिलहाल।" शंकर ने तब तक खुद की साँसों और विचारों पर कुछ हद तक नियंत्रण पा लिया था।

"यह निरा पागलपन नहीं है, यह तो विशुद्ध आत्महत्या है शंकर। सुमन का बाप सिर्फ मराठा नहीं है, अमीर भी है। उसके पास साधनों की कोई कमी नहीं है। दुनिया के दूसरे छोर से भी वह तुम दोनों को ढूँढ़कर यहाँ वापस ला सकता है। इसके बाद सुमन का चाहे जो हो, मगर तू तो निश्चित रूप से अपनी जान से जाएगा।" गंगाधर ने उत्तेजित होते हुए कहा।

"यदि जान जानी ही है तो चली जाए। लेकिन अब मैं पीछे नहीं हट सकता गंगाधर। तुम्हें पता नहीं है कि सुमन का मुझ पर कितना भरोसा है। मैं उसका भरोसा नहीं तोड़ सकता।" शंकर के चेहरे पर दृढ़ निश्चय के भाव उभर आए थे।

गंगाधर अपने क्रोध, अपनी उत्तेजना पर काबू नहीं रख सका था। शंकर का कॉलर पकड़कर उसे झिंझोड़ते हुए वह बोला, "मूरख, तू तो जान से जाएगा सो जाएगा...मगर उससे भी पहले बीड़ में रहनेवाले तेरे माँ-बाप का और गाँव में रहनेवाली तेरी बूढ़ी दादी का क्या हाल होगा, इसके बारे में तूने कुछ सोचा है?"

शंकर को अचानक झटका लगा। उसने हज़ार सवाल अपनी निगाहों में भरकर गंगाधर की ओर देखा।

"तुझे लगता है कि तू सुमन को लेकर भाग जाएगा और उसका बाप तेरे परिवार को जिन्दा छोड़ेगा? अभी साल भी तो नहीं हुआ है, जब तूने अपनी आँखों से इन दबंगों का तांडव गाँव-गाँव में देखा था। तू बचेगा, इसकी कोई गारंटी नहीं है। मगर तेरे परिवारवाले मरेंगे, यह कोई बच्चा भी बता सकता है। ये कमीने मारने से पहले तेरी माँ और दादी की क्या दुर्गत करेंगे, इसका अन्दाज़ा भी नहीं है शायद तुझे। और बात सिर्फ तेरे और तेरे परिवार तक सीमित नहीं है। छत्रपति सेना के गुंडे तो ऐसे ही किसी मौके की तलाश में

हैं। तेरी एक नादानी की कीमत न जाने कितने गाँवों के कितने दलित परिवारों को चुकानी पड़ेगी। कितनी औरतों-बच्चियों की अस्मत तार-तार होगी। और उस सबका जिम्मेदार तेरा यह पागलपन होगा।" गंगाधर की आँखों से अंगारे बरस रहे थे।

शंकर की आँखों के सामने काला गाढ़ा अँधेरा फैल गया था। उसके सपनों के सारे महल एक झटके में धराशायी हो गए। क्रूर सच्चाई किसी भयानक पक्षी की तरह आई थी और उसने शंकर को अपने डैनों के बीच कैद कर लिया था। उस कैद में शंकर छटपटाने लगा था मगर मुक्ति का कोई उपाय उसे सूझ नहीं रहा था। उसका दम घुटने लगा था। अपने भीतर की सारी ताकत को समेटकर वह चीखना चाहता था मगर उसके गले से घुटे हुए-से केवल दो शब्द ही निकल पाए, "मगर सुमन?"

"फिलहाल उसके बारे में सोचने का समय नहीं है। बस इतना जान ले कि तेरे साथ उसका भविष्य अन्धकारमय हो सकता था, तेरे बिना वह निश्चित रूप से अच्छा ही होगा।" गंगाधर ने जब यह कहा तो उसे लगा जैसे किसी ने उसके कानों में तेजाब उड़ेल दिया हो।

रास्ते भर उसे सबसे ज़्यादा अफ़सोस इस बात का होता रहा कि वह सुमन को इस तरह से अपने निकल जाने की खबर भी नहीं दे पाया था। उसने तय किया कि राहेरी से लौटकर वह सुमन से माफी माँग लेगा और उसे सब कुछ समझाएगा।

मगर सोचने से होता क्या है?

उन्हें राहेरी गाँव पहुँचने में रात के दस बज गए थे। हज़ारों आन्दोलनकारी वहाँ जमे हुए थे। पुलिस बल भी बड़ी संख्या में तैनात था। बड़ी ही तनावपूर्ण स्थिति थी। अचानक रात को ग्यारह बजे पुलिस ने आन्दोलनकारियों पर लाठियाँ बरसानी शुरू कर दीं। जिसको जहाँ जगह मिली, वह भाग निकला। जोगेन्द्र कवाड़े सहित बड़ी संख्या में आन्दोलनकारियों को पुलिस ने गिरफ़्तार कर लिया। गिरफ़्तार होनेवालों में शंकर भी था। हिरासत में कटनेवाला एक-एक दिन उसके लिए पहाड़-सा हो गया था। जैसे-जैसे दिन बढ़ रहे थे, उसकी छटपटाहट बढ़ रही थी।

पन्द्रह दिन तक हिरासत में रखने के बाद पुलिस ने ज़्यादातर आन्दोलनकारियों को छोड़ दिया था। शंकर पिंजरे से छूटे हुए पंछी-सा दौड़ पड़ा। उसने औरंगाबाद पहुँचने में जरा भी देर नहीं की।

मगर तब तक सब कुछ खत्म हो चुका था।

10

इस बात को अब करीब 15 साल होने आए थे। उसकी वापसी से पहले ही सुमन की शादी और विदाई हो चुकी थी। शंकर के लिए फिर औरंगाबाद में रहना मुश्किल हो गया था। अपनी डिग्री पूरी करके वह मुम्बई चला गया। वहीं उसने पत्रकारिता में डिप्लोमा किया। कुछ दिन एक मराठी अख़बार में नौकरी की और फिर सरकार के सूचना एवं जनसम्पर्क विभाग में उसका चयन हो गया। इतने सालों में जनसम्पर्क अधिकारी से डिप्टी डायरेक्टर के पद तक पहुँच गया था वह। विद्यापीठ के नामान्तरण के संघर्ष की आँच इन पन्द्रह सालों में मद्धम ज़रूर पड़ गई थी, मगर बुझी नहीं थी।

इस बीच उसने भी शादी कर ली थी। दो बच्चों का बाप भी बन चुका था वह। सुमन के बारे में कुछ जानने की इच्छा इन पन्द्रह सालों में अकसर उसके भीतर कुलबुलाती रहती थी, मगर जान-बूझकर इसके लिए उसने कोई कोशिश नहीं की। कभी-कभी यह सवाल उसके मन में उठता था कि उस दिन जब वह तय समय पर सीबीएस नहीं पहुँचा होगा तो सुमन की क्या हालत हुई होगी। वह उस पर कितनी नाराज़ हुई होगी। शायद उससे नफरत करने लगी हो। उस पल की कल्पना ही उसे एक भीषण अपराध-बोध से भर देती थी। कभी-कभी वह सोचता था कि काश वह एक बार सुमन से मिलकर उसे अपने न पहुँचने की वजह बता पाता। मगर फिर यह सोचकर वह अपने पर जब्त कर लेता था कि उससे नफरत करना ही सुमन के जीवन और भविष्य के लिए ज़्यादा बेहतर है। उसके प्रति घृणा का कालकूट विष सुमन के नए जीवन के लिए प्राणवायु का काम करता रहेगा। अपने भीतर का एक कोना उसने सुमन की यादों से भरा हुआ था, जिसमें किसी का प्रवेश नहीं था।

और आज अचानक तकदीर ने उसे सुमन के घर में लाकर बैठा दिया था।

उसकी आँखें धुंधलके से भर गई थीं। मगर उसके मस्तिष्क में विचारों का चक्र सुपरसोनिक गति से चल रहा था। निर्णय लेने में उसे ज़्यादा समय नहीं लगा। अपनी धुँधलाई आँखों से उसने एक बार सामने तसवीर में मुस्कराती सुमन को नज़र भर के देखा और फिर उठ खड़ा हुआ।

चाय की ट्रे लेकर आए नौकर ने पीछे से उसे शायद आवाज़ लगाई थी, मगर उसने वह आवाज़ अनसुनी कर दी।

जब वह बँगले के मुख्य द्वार से बाहर निकल रहा था तो गेट के पास स्थित गार्ड के केबिन में चल रहे रेडियो पर समाचार प्रसारित हो रहे थे। मुख्यमंत्री ने मराठवाड़ा विद्यापीठ का नाम डॉ. बाबासाहेब आम्बेडकर मराठवाड़ा विद्यापीठ करने की घोषणा कर दी थी।

दूर है मंज़िल अभी

"बाबा पागल तो नहीं हो गए हैं?"

सुरेखा ने जब मेरे इरादे के बारे में बच्चों को बताया तो दस साल के तनय की यह पहली प्रतिक्रिया थी। प्रतिक्रिया त्वरित थी, और इतने तेज़ स्वरों में थी कि अन्दर शयनकक्ष में बैठे होने के बावजूद मैं उसे साफ-साफ सुन सका था।

उसके इस वाक्य ने सुरेखा को अवाक कर दिया था। तनय अपने बाबा के लिए ऐसी कोई बात कहना तो दूर सोच भी सकता है, उसके लिए यही बेहद आश्चर्यजनक था। मगर मुझे न जाने क्यों इस तरह की प्रतिक्रिया का पहले से ही कुछ अनुमान हो गया था। कोई भी बीज बोने से पहले यह जानना बेहतर है कि उस बीज से कैसा पौधा आकार लेगा और वह किस तरह के फल देगा।

"मूर्ख! तुझे पता है कि तू क्या कह रहा है?" तेरह साल की तन्वी ने छूटते ही वार किया।

तन्वी की इस बात पर मैं चाहकर भी खुश नहीं हो सकता था क्योंकि मैं यह जानता था कि तन्वी के इस क्रोध के पीछे मेरा समर्थन नहीं बल्कि तनय पर आक्रमण करने का कोई भी अवसर हाथ से न जाने देने की उसकी आदत है। उसका अगला ही वाक्य इस बात का सबूत था।

"वैसे बाबा की इस नई सनक की वजह क्या है माँ?"

"यह तू उनसे ही पूछ ले तो बेहतर होगा।" सुरेखा के स्वर में कुछ नाराजगी थी। मैं जानता था कि बच्चों का मेरे बारे में इस तरह की बातें करना उसे बिलकुल पसन्द नहीं आया था। मगर बच्चों को अपनी राय रखने का पूरा हक देने की मेरी जिद के चलते वह कुछ कह नहीं पा रही थी।

"जब तुम्हें पता है तो तुम ही क्यों नहीं बता देतीं माँ? लगता है कि उन्हें समझाने में तुम भी नाकाम होकर हार मान चुकी हो।" तन्वी ने कुछ व्यंग्य से कहा।

"मैं क्यों उन्हें समझाऊँगी? मगर इतना तो पक्का है कि तुम लोगों को कुछ समझा पाना मेरे बस की बात नहीं है।" मैं अनुमान नहीं कर पाया कि यह कहते हुए सुरेखा के चेहरे पर किस तरह के भाव हैं।

ऐसा बहुत बार होता था। सुरेखा के स्वरों में कई बार मुझे जज़्बातों का एक अजीब-सा घालमेल महसूस होता था। कई बार वह खुशी से भरी कोई बात भी रोतले स्वर में सुनाती थी और कई बार सामान्य बात भी इस तरह कहती कि सामनेवाला समझे कि वह डाँट रही है। हालाँकि उसके चेहरे के भावों से उसके मन का अन्दाज़ा लगाना मुझे आता था। मगर भीतर कमरे में बैठकर इस बारे में अनुमान लगाना सम्भव नहीं था।

बच्चों की इस तरह की प्रतिक्रिया को लेकर मेरे मन में कोई सन्देह नहीं था। और सन्देह इस बारे में भी नहीं था कि सुरेखा की प्रतिक्रिया क्या होगी। दरअसल सह-जीवन के इन पन्द्रह वर्षों में तमाम बातों को लेकर हमारे बीच चाहे जितने वैचारिक मतभेद रहे हों मगर इस तरह के मामलों में उसने हमेशा मेरा साथ ही दिया है। और इस बात को लेकर भी मेरे मन में कतई कोई सन्देह नहीं कि ज़्यादातर उसने पूरे मन से मेरा साथ दिया है। यह एक ऐसा धरातल था जिस पर हम दोनों समान थे। मगर बच्चों की बात और थी।

जीवन और उसे जीने के तरीके के बारे में मेरी अपनी समझ थी। मैं उसके अनुरूप ही अपने जीवन को ढालने का प्रयास कर रहा था। इस बात में मुझे कोई सन्देह नहीं था कि समग्रता से विचार करने पर जिस जीवन शैली को मैं अपना रहा हूँ या अपनाना चाहता हूँ, वही वर्तमान परिस्थितियों में सबसे बेहतर है। मगर मैं यह आग्रह नहीं रखना चाहता था कि मेरी कसौटी को कोई दूसरा भी प्रमाण माने। सबका अपना मानसिक और वैचारिक धरातल होता है और उसी के आधार पर सबकी अपनी-अपनी कसौटियाँ। सबको अपनी सोच और रुचि के अनुसार चुनाव की स्वतंत्रता होनी चाहिए। मेरी अपनी बीवी और बच्चों को भी।

“वैसे हमें समझाना क्या चाहती हैं आप कि बाबा जो करना चाहते हैं वह बिलकुल ठीक है?” न जाने क्यों तन्वी के स्वर में मुझे उद्धटता महसूस हुई। अपनी माँ से बातें करने का यह नया ढंग अपना लिया है उसने पिछले कुछ समय से। उम्र के जिस दौर से वह गुज़र रही है, उसमें उसे अपनी माँ के ज़्यादा से ज़्यादा करीब होना चाहिए, ऐसा मेरा मानना है। मगर पिछले कुछ समय से उसकी अपनी माँ से दूरियाँ बढ़ती जा रही हैं। माँ की हर सीख को वह आरोप की तरह लेने लगी है और फिर मुँहफट तरीके से उस पर लम्बी बहस भी करती है। तन्वी की इस बहसबाजी का अन्त हमेशा सुरेखा की चिड़चिड़ और खुद तन्वी के रोने से होती है।

तन्वी के इस व्यवहार को लेकर सुरेखा ने एक-दो बार मुझसे चर्चा भी की। मगर हर बार मैंने यही कहा कि इस मामले में मेरा बीच में पड़ना ठीक नहीं। इसे उन दोनों को मिलकर ही सुलझाना चाहिए। मगर लगता है कि बात इस तरह बननेवाली नहीं है। न चाहते हुए भी तन्वी से इस बारे में बात करना अब ज़रूरी हो गया है।

तन्वी को समझाया जा सकता है। अपने भाई के साथ उसकी ज़रा भी नहीं बनती। दोनों कुत्ते-बिल्ली की तरह बात-बात में झगड़ते रहते हैं। सुरेखा तो अकसर दोनों को टॉम और जैरी कहती है। मगर तन्वी है बड़ी संवेदनशील। जब कभी तन्वी को कुछ कहना-समझाना होता है तो मैं उसे बुलाकर अपने पास बैठाता हूँ, उसकी नन्ही कोमल हथेली अपने दोनों हाथों में थामता हूँ और फिर जो मुझे कहना होता है, कहता हूँ। कभी वह मेरी बात तुरन्त समझ लेती है। कभी असहमति प्रकट करती है या अपनी राय रखती है। लेकिन कुछ देर की चर्चा के बाद ज़्यादातर वह मेरी बात से सहमत हो जाती है। यदि बात उसकी किसी गलती के सम्बन्ध में होती है तो उसे स्वीकार कर अकसर उसकी आँखें पश्चात्ताप से भीग उठती हैं। तब उसे अपने सीने से लगाकर बड़ी देर तक मैं थपथपाता रहता हूँ।

तनय बिलकुल अलग है। जब भी ऐसा कोई प्रसंग आता है जब मुझे उसकी किसी शैतानी, शरारत या गलती के बारे में बात करनी हो तो उसकी प्रतिक्रिया बिलकुल अलग होती है। मेरी बात शुरू होने के पहले ही एक

उकताहट उसके चेहरे पर पसर जाती है। यदि बात गम्भीर हुई और उसे अपनी भूल का एहसा'स हो जाए तो फिर एक भय उसके चेहरे पर दौड़ जाता है। वरना ज़्यादातर समय वह मेरी बात पूरी होने से पहले ही "सॉरी बाबा" कहकर भाग खड़ा होता है। मगर अपने आग्रहों को वह आसानी से छोड़ता नहीं है।

पिछले साल जब मैंने सिर्फ खादी के कपड़े पहनने का निर्णय लिया तो तन्वी ने बड़ी देर तक मुझसे चर्चा करके इस विषय को ठीक तरह से समझ लिया और मेरे निर्णय से सहमति व्यक्त की। मगर तनय ने ऐसा कुछ नहीं किया। उसे मेरा सिर्फ खादी पहनना आज भी नहीं सुहाता है।

मगर यह तो पिछले साल की बात है। फ़िलहाल मेरे ताजे निर्णय की जानकारी के चलते बाहर हॉल में सुरेखा और तन्वी के बीच महाभारत छिड़ी हुई थी।

"मैं तुम लोगों को कुछ समझाना नहीं चाहती, सिर्फ बाबा ने जो कहा है, वह तुम तक पहुँचा रही हूँ।" सुरेखा कह रही थी।

"क्यों, क्या बाबा खुद यह बात नहीं कह सकते थे हमसे?" तन्वी ने छूटते ही सवाल किया।

"गलती हो गई मुझसे, जो मैं तुम्हें कुछ बता रही हूँ।" सुरेखा ने उकताकर कहा।

"नहीं, जब तुम बाबा की वकालत कर रही हो तो ठीक ढंग से करो ना।" तन्वी के तेवर बरकरार थे। मुझे लगा कि अब मेरा इस बातचीत में हस्तक्षेप करना ज़रूरी है।

मैं बाहर हॉल में जाने के लिए उठा ही था कि तनय की आवाज़ मेरे कानों में पड़ी, "क्या यह ज़रूरी है माँ कि तुम बाबा का हर उलटी-सीधी बात में साथ दो?"

"क्या मतलब है तुम्हारा?" सुरेखा ने कुछ तैश में पूछा।

"देखती नहीं, दूसरों के पापा कैसे स्टाइलिश कपड़े पहनते हैं और हीरो जैसे दिखते हैं। और हमारे बाबा हैं कि अभी से बूढ़ों जैसे कपड़े पहनते हैं। और उन्हें मना करने की जगह तुम भी उनकी नकल करने लगी हो।"

सुरेखा कुछ कहना चाहती थी मगर मुझे हॉल में आते देख चुप हो गई। तनय के चेहरे का रंग मुझे देखते ही अचानक उड़ गया। शायद यह सोचकर

कि उसकी बात मैंने सुन ली है। मैंने अपने चेहरे पर मुस्कान बनाए रखी, मगर मैं देख रहा था कि मेरी मुस्कान भी तनय को आश्वस्त नहीं कर सकी थी और उसके चेहरे का संशय बरकरार था।

मुझे यदि बच्चों तक अपनी बात पहुँचानी है तो थोड़ी कूटनीति का सहारा लेना ज़रूरी है, मैंने सोचा। बात सौहार्दपूर्ण वातावरण में हो इसके लिए यह ज़रूरी है कि मैं इस बात को जाहिर ना होने दूँ कि मैंने सुरेखा और बच्चों की बातचीत को सुना है। इससे वे खुलकर अपनी बात कह सकने का साहस जुटा पाएँगे। अपनी बात शुरू करने से पहले अचानक मुझे महसूस हुआ कि मानो यह मेरे और बच्चों के बीच नहीं, भारत और पाकिस्तान के बीच वार्ता की शुरुआत है और यह सोचकर मेरे चेहरे पर सचमुच एक गहरी मुस्कान उभरी। मैंने देखा, मेरी इस मुस्कान से तनय के चेहरे का तनाव अचानक लुप्त हो गया था।

सोफे पर बैठते हुए मैंने दोनों को अपने पास बुलाया। दोनों जब मेरे सामने बैठ गए तो मैंने पूछा, "माँ ने तुम्हें कुछ बताया होगा ना?"

दोनों ने सुरेखा की ओर देखते हुए सहमति में सिर हिलाया।

"तो फिर तुम दोनों की क्या राय है?" मैंने सीधे सवाल किया।

"राय?" दोनों ने चौंककर एक साथ पूछा। शायद वे मेरे प्रश्न का मन्तव्य समझ नहीं पाए थे।

"देखो, पिछली बार जब मैंने एक निर्णय लिया था तो उसकी तुम्हें सिर्फ जानकारी दी थी। क्योंकि तब मुझे यह लगा था कि जब मैं तुम्हें इस बात की स्वतंत्रता दे रहा हूँ कि तुम्हें क्या पहनना है, इसका निर्णय तुम खुद करो तो मुझे भी इस बात की स्वतंत्रता है कि अपने कपड़ों का चुनाव मैं खुद कर सकूँ।" मैं जान-बूझकर कुछ पलों के लिए रुका। अपने कहे की प्रतिक्रिया देखने के लिए। दोनों के ही चेहरों पर मुझे थोड़ी उलझन दिखाई दी।

"लेकिन इस बार मैं यह निर्णय तुम्हारी सहमति से लेना चाहता हूँ।" मैंने कहा।

"और आपको लगता है कि हम आपके निर्णय से सहमत हो जाएँगे?" तनय ने छूटते ही पूछा और फिर वह अचानक सहम गया। तन्वी उसे घूरकर

देख रही थी और उसे भी यह महसूस हुआ कि शायद उसे यह सवाल नहीं करना चाहिए था।

"क्यों नहीं?" मैंने उसके चेहरे के बदलते हुए रंगों को अनदेखा करते हुए कहा, "हम यदि बात करेंगे तो किसी एक सहमति पर ज़रूर पहुँच सकते हैं।"

"और वह सहमति आपके निर्णय के उलट हुई तो?" इस बार सवाल तन्वी ने किया।

"मैं उस सहमति का सम्मान करूँगा।" मैंने निःशंक होकर उत्तर दिया। मैंने देखा, तनय के चेहरे की रंगत फिर लौट आई थी। और तन्वी शायद मेरे कहे हुए के निहितार्थ को समझने की कोशिश कर रही थी।

"तो फिर बताओ तुम मुझसे सहमत हो या नहीं?" मैंने सोचा, भूमिका बहुत हो गई, अब सीधे मुद्दे पर आना ज़रूरी है।

"नहीं।" दोनों ने लगभग एक साथ उत्तर दिया। मुझे उनका यह उत्तर अपेक्षित था, फिर भी मैं मुस्कराया, यह सोचकर कि किसी बात पर तो दोनों बिलकुल एकमत थे।

"क्यों नहीं?" मैंने सीधा-सा सवाल पूछा।

"क्या आपको नहीं लगता बाबा कि इस बार कुछ अति हो गई है।" तन्वी ने अपने दिल की बात कही, और तनय के चेहरे से जाहिर था कि खुद उसके भी दिल में ठीक यही बात थी।

"क्यों, मैं साइकिल से ऑफिस जाऊँ, इसमें अति की क्या बात है?" मैंने पूछा।

"आप इतने बड़े अफसर हैं, क्या यह अच्छा लगेगा कि आप साइकिल से ऑफिस जाएँ?" इस बार तनय ने पूछा।

"इसमें बुरा लगने की क्या बात है?" मैं उन्हीं को ज़्यादा बोलने देना चाहता था।

"क्या आपने किसी बड़े अफसर को साइकिल से ऑफिस जाते हुए देखा है?" तनय अब भी मोर्चा सँभाले हुए था।

"नहीं, मैंने नहीं देखा है।" मैंने सच बोलना ही ठीक समझा।

"तो?" तनय की संक्षिप्त चुनौती।

"तो क्या? इसका यह मतलब तो नहीं कि साइकिल से ऑफिस जाना बुरा है या मेरे साइकिल से ऑफिस जाने पर कोई रोक है।" मेरा सीधा-सा सवाल था।

"आप सारी बातें ऐसी ही क्यों करना चाहते हैं, जिन्हें कोई और नहीं करना चाहता।" तनय के स्वरों में थोड़ी हताशा और थोड़ी नाराजगी थी।

"क्योंकि मैं सबसे अनूठा हूँ।" मैंने हँसते हुए कहा।

"बाबा, यह बात मज़ाक़ की नहीं है।" तन्वी कुछ संजीदा थी।

"सॉरी बेटा, पर मैं सचमुच यह समझ नहीं पा रहा हूँ कि मैं जो करना चाहता हूँ, उसमें हर्ज क्या है? क्या लीलाराम अंकल साइकिल से ऑफिस नहीं आते?" लीलाराम मेरे ऑफिस में चपरासी थे।

"उनकी बात और है, लेकिन आप तो अफसर हैं।" तन्वी ने छूटते ही कहा।

"उनकी बात अलग क्यों है? क्या वो इंसान नहीं हैं?" पहली बार मेरे स्वर में शायद कुछ रोष उभरा था।

"मेरे कहने का वह मतलब नहीं है बाबा।" तन्वी ने तुरन्त बात को सँभालना चाहा।

"नहीं बेटा, तुम्हारी बात का वही मतलब है जो मैं समझ रहा हूँ। मगर मैं इस बात से कतई सहमत नहीं हो सकता कि इस मामले में भेद पद की वजह से माना जाए। यदि लीलाराम अंकल के साइकिल से ऑफिस आने में कोई बुराई नहीं है तो फिर मेरे मामले में भी कोई हर्ज नहीं होना चाहिए।"

"लीलाराम अंकल के पास सिर्फ साइकिल है, इसलिए वो साइकिल से ऑफिस आते हैं। आपके पास स्कूटर है। उनकी मजबूरी है साइकिल पर ऑफिस आना। आपकी तो यह मजबूरी नहीं है।" इस बार तनय ने मोर्चा सँभाला।

"एक बात बताओ बेटा, कोई काम मजबूरी की वजह से करना ज़्यादा अच्छा है या अपनी इच्छा से करना?" मैंने पूछा।

"अपनी इच्छा से करना।" दोनों ने एक साथ कहा।

"तो यदि मैं किसी मजबूरी की वजह से नहीं, बल्कि अपनी इच्छा से साइकिल पर ऑफिस जाता हूँ तो निश्चय ही यह लीलाराम अंकल के साइकिल

से ऑफिस जाने से बेहतर है। और फिर मेरी इस इच्छा और मेरे इस निर्णय के पीछे ठोस कारण भी हैं।" मैंने अपनी बात को और विस्तार दिया।

"कौन से ठोस कारण हैं बाबा?" तन्वी इस पूरी चर्चा के दौरान पहली बार मुद्दे को समझने की इच्छा वाली मुद्रा में आई थी। मेरी आँखें चमक उठीं।

"अब आईं ना तुम मुद्दे पर। अब तक तो मेरे निर्णय के कारणों को समझे बिना ही तुम दोनों बहस किए जा रहे थे।" मेरे स्वरों में थोड़ा उत्साह और थोड़ी उलाहना थी।

"आप कारण बता रहे थे।" तनय के स्वरों में कुछ उतावलापन था।

"हाँ भाई, कारण भी बताता हूँ। इतनी हड़बड़ी क्यों करते हो?" मैंने मुस्कराकर कहा।

तनय ने कुछ कहना चाहा, मगर तन्वी ने उसे रोक दिया। मैंने बात आगे बढ़ाई।

"तुम ही तो कहते हो बेटा कि रोज स्कूल जाते समय बीच का हाइवे पार करने के लिए कई बार तुम्हें दस-पन्द्रह मिनट तक ठहरकर प्रतीक्षा करनी पड़ती है, क्योंकि ढेर सारी गाड़ियाँ एक के बाद एक लगातार आती रहती हैं।" मैंने अपने तूणीर में से पहला तीर निकाला।

"इससे आपके साइकिल से ऑफिस जाने का क्या सम्बन्ध है?" तनय ने बीच में ही सवाल किया।

"सम्बन्ध क्यों नहीं है भला? इसका सीधा-सा कारण यही है ना कि सड़क पर गाड़ियों की संख्या बहुत ज़्यादा हो गई है। मैं इसमें से अपनी गाड़ी कम करना चाहता हूँ।" मैंने बात पूरी की।

"आपका एक स्कूटर कम हो जाने से कौन-सा फर्क पड़ जाएगा बाबा?" तन्वी ने तुरन्त पूछा। उसके स्वर में उपहास की छौंक थी।

"किसी को तो शुरुआत करनी ही पड़ेगी ना बेटा। आज मैं करूँगा, कल और लोग भी करेंगे। इसी तरह तो बदलाव आएगा।" मैंने शान्ति से कहा।

"बस, यही एक कारण है?" तनय के स्वरों में उपहास और उतावलापन दोनों था।

"नहीं, यही एक कारण नहीं है। मैं साइकिल से ऑफिस जाऊँगा तो पेट्रोल की खपत कम होगी। इससे पैसों की भी बचत होगी और थोड़ा प्रदूषण भी कम होगा। होगा या नहीं?" मैंने पूछा।

"हाँ बाबा, यह बात तो आपकी ठीक है। क्या इसके अलावा भी कोई और कारण है?" मेरी बात से सहमति जताते हुए तन्वी ने पूछा। मैंने तुरन्त राहत की साँस ली। पर्यावरण और प्रदूषण के विभिन्न प्रकारों के बारे में मैं बच्चों से पहले भी कई बार चर्चा कर चुका था, इसलिए उनके लिए ये विषय अनजाने नहीं थे। इसलिए मेरी बात का अर्थ उन्हें तुरन्त ध्यान में आया।

"हाँ, एक कारण और है। ऑफिस से साइकिल जाऊँगा तो इस बहाने मेरा थोड़ा व्यायाम भी हो जाएगा। सेहत की दृष्टि से साइकिल चलाना बहुत अच्छा व्यायाम माना जाता है।" मैंने मुस्कराकर कहा।

दोनों चुप थे। शायद अब भी अपनी बात पर टिके रहने का कोई तर्क खोज रहे थे। तनय तो निश्चित रूप से इसी उधेड़बुन में लगा होगा। कुछ पल चुप रहने के बाद आख़िर मैंने पूछ ही लिया, "तो अब तुम मेरी बात से सहमत हो या नहीं?"

"तो अब आप स्कूटर चलाएँगे ही नहीं?" तनय के स्वरों में जाने कौन-सी चिन्ता थी।

"ऐसा मैंने कब कहा? देखो, घर से मेरा ऑफिस सिर्फ ढाई किलोमीटर दूर है। शुरुआत मैं इसी से करना चाहता हूँ। इसके अलावा कभी भी दो किलोमीटर के दायरे में मुझे कहीं जाना पड़ा तो भी मैं साइकिल को ही वरीयता दूँगा। हाँ, कहीं दूर जाना पड़ा या तुम लोगों को लेकर जाना पड़ा तो फिलहाल मैं स्कूटर का उपयोग करूँगा ही।"

मेरे इस स्पष्टीकरण पर तनय कुछ बोला नहीं, मगर उसके चेहरे पर से चिन्ता की रेखाएँ कुछ कम हो गई थीं।

"लेकिन बाबा, हमारे यहाँ आपके लिए तो कोई साइकिल है नहीं।" तन्वी ने अपनी शंका जताई।

"चिन्ता मत करो, मैं तुम्हारी साइकिलें नहीं ले जाऊँगा। अपने लिए मैं नई साइकिल खरीदनेवाला हूँ।" मैंने हँसकर कहा।

तनय कुछ देर सोचता रहा, फिर बोला, "बाबा, आपसे एक रिक्वेस्ट करूँ?"

"हाँ, बोलो बेटा।" मैंने प्यार से कहा।

"आप साइकिल लें तो पुराने स्टाइल की साइकिल मत लेना प्लीज़। नए स्टाइल की कोई स्पोर्टी साइकिल लेना।" तनय के स्वरों में तीव्र आग्रह था।

उसके इस आग्रह की वजह मैं समझ रहा था। अभी छोटा था वह। मेरे कपड़े और मेरा साइकिल चलाना यह उसकी दृष्टि में अपने दोस्तों और अन्य लोगों के समक्ष उसकी प्रतिष्ठा का प्रश्न था। शायद उसे लग रहा था, नए लुक वाली स्पोर्टी साइकिल शायद उसे अपनी प्रतिष्ठा को बचाने का कोई छोटा-सा आधार दे सकेगी।

"मैं तुम्हारी बात ज़रूर मानूँगा तनय, मगर इसलिए नहीं कि मुझे पुरानी स्टाइल की साइकिल चलाने से अपनी प्रतिष्ठा कम होने का डर है। यह मैं इसलिए करूँगा क्योंकि जिसे तुम नई स्टाइल और लुक वाली स्पोर्टी साइकिल कहते हो, वह खुद मुझे भी बहुत पसन्द है।"

मेरे जवाब ने तनय को खुश कर दिया। मुझे पता था कि उसके लिए महत्त्व सिर्फ इस बात का था कि मैंने उसकी बात मान ली। उसके पीछे की वजहों से उसे कोई लेना-देना नहीं था।

सो बच्चों के विरोध की अपेक्षित कड़ी अग्निपरीक्षा को पार करके आख़िर मैं अपने लिए साइकिल खरीदने में कामयाब हो गया। साइकिल लेने के लिए मेरे साथ तनय और तन्वी दोनों गए, मगर उसमें पसन्दगी की अन्तिम मोहर तनय ने ही लगाई।

अगली सुबह जब मैं ऑफिस जाने के लिए तैयार हुआ तो अजीब सी उत्तेजना से भरा हुआ था। मेरी पढ़ाई के दिनों में आज की तरह बच्चे स्कूल के दौरान ही बाइक पर किक मारकर दौड़ते हुए दिखाई नहीं देते थे। न सिर्फ स्कूल, बल्कि कॉलेज के दिनों में भी मैंने भरपूर साइकिल चलाई थी। मगर उस दिन मुझे ऐसा लग रहा था मानो मैं जीवन में पहली बार साइकिल चलानेवाला हूँ।

बच्चे पहले ही स्कूल जा चुके थे। सामान्य गति से तेज़ धड़कते दिल से मैंने अपना बैग साइकिल के कैरियर पर लगाया। घर से बाहर निकलने से पहले मैंने चोर नज़रों से चारों ओर देखा। उस समय कोई पड़ोसी घर के बाहर दिखाई नहीं दे रहा था। राहत की साँस लेते हुए अचानक मैंने साथ ही साथ शर्मिन्दगी का भी एहसास किया। साइकिल से ऑफिस जाने का निर्णय मेरा अपना था और वह मैंने बहुत सोच-समझकर और विचार करने के बाद लिया था। इसके बावजूद मैं इस बात से आख़िर क्यों बचना चाहता था कि कोई पड़ोसी मुझे साइकिल से ऑफिस जाते हुए देखे? मुझे शर्मिन्दगी इसी बात की महसूस हुई कि भीतर से अभी भी मैं शायद अपने ही निर्णय पर अमल कर पाने का पूरा साहस नहीं रखता। तनय तो बच्चा था, मगर कहीं न कहीं मैं खुद भी साइकिल से ऑफिस जाने को अपनी प्रतिष्ठा से जोड़कर देख रहा था।

साइकिल मैंने गेट से बाहर निकाली और कुछ पलों के लिए सोच में पड़ गया। क्या मैं सचमुच साइकिल से ऑफिस जा पाऊँगा? मैंने सोचा। फिर अपनी सोच में ही मैंने अपने प्रश्न में सुधार किया—क्या मैं ऑफिस तक साइकिल चला पाऊँगा?

बन्दर चाहे जितना बूढ़ा हो जाए, गुलाटी मारना नहीं भूलता। मैं यह सोचकर मुस्कराया। मैं तो अभी ठीक से अधेड़ भी नहीं हुआ हूँ। यह ठीक है कि बीच में साइकिल चलाए बिना पन्द्रह-बीस साल के लगभग गुज़र चुके हैं, मगर मुझे तो सिर्फ ढाई किलोमीटर दूर ऑफिस ही पहुँचना है, कौन सा साइकिल रेस में भाग लेना है।

मैंने घर की ओर देखा, सुरेखा दरवाज़े में खड़ी बड़ी उत्सुकता से मेरी ओर देख रही थी। मुझे अपनी ओर देखता पाकर वह मुस्कराई। बदले में मैं भी मुस्कराया। फिर अपने-आप को हर तरह से हौसला दिलाकर आख़िर मैंने पैडल पर पहला पैर मारा। कुछ दूर तक हाथ डगमगाया, मगर फिर मैंने खुद को और साइकिल—दोनों को ही सँभाल लिया।

कॉलोनी से बाहर निकलते समय दो-चार परिचित नज़र आए। मुझे साइकिल पर जाते देखकर उनके चेहरों पर अचरज इस तरह फैला जैसे डोसे

का घोल तवे पर फैलता है। बदले में मैंने चेहरे पर एक मुस्कान ओढ़कर नज़रें फेर लीं। मुझे पता था यदि मैंने नज़रें मिलाईं तो फिर मुझे ठहरकर उनके तमाम प्रश्नों का उत्तर देना पड़ेगा। उस क्षण मैं किसी तरह के भी प्रश्न का उत्तर देने के मूड में नहीं था।

कई सालों के लम्बे अन्तराल के बाद ढाई किलोमीटर की दूरी साइकिल से तय करना आसान नहीं होता, यह समझने में मुझे देर नहीं लगी। जब ऑफिस पहुँचकर मैं अपनी कुर्सी पर बैठा तो हाँफ रहा था। मुझे ऐसा लग रहा था मानो मीलों तक दौड़ लगाकर आया हूँ। कुछ पल कुर्सी से पीठ टिकाकर मैं अपनी साँसों पर काबू पाने की कोशिश करता रहा।

साँस और धड़कन की तेज़ी पर कुछ लगाम लगी तो मैंने रोज़ की आदत के मुताबिक बेल बजाई। यह लीलाराम के लिए उस दिन आई डाक की फाइल लेकर आने का इशारा होता है। कुछ ही पलों में लीलाराम मेरे कमरे में हाज़िर हो गए। रोज़ की तरह जब उन्होंने मेरे सामने डाक की फाइल नहीं रखी तो अपने सामने रखे काग़ज़ पर से नज़रें हटाकर मैंने ऊपर देखा। लीलाराम सामने खड़े थे, मगर उनके हाथ में फाइल की जगह मिठाई का डिब्बा था। मुझे अपनी ओर देखता पाकर उन्होंने मुस्कराते हुए मिठाई का डिब्बा आगे किया। उस डिब्बे में से मिठाई का एक टुकड़ा उठाते हुए मैंने हँसकर पूछा, "ये किस खुशी में है लीलारामजी?"

"सर जी, मैंने नई बाइक खरीदी है।" बताते हए लीलाराम के चेहरे पर गर्व और खुशी के मिले-जुले भाव थे।

लीलाराम कमरे से बाहर जा चुके थे, मगर मैं अब भी किंकर्तव्यविमूढ़ हो अपने हाथ में रखे मिठाई के टुकड़े को ताक रहा था।

रक्तकुंड में खिला कँवल इक

उसे नहीं याद कि जब से वह ट्रेन में बैठा था, रास्ते में कितने स्टेशन आए और कितने स्टेशनों पर गाड़ी रुकी। कहने को वह खिड़की के पास वाली सीट पर बैठा था और उसके चेहरे का रुख खिड़की से बाहर की ओर था मगर उसकी चेतना ट्रेन के उस डिब्बे के भीतर या बाहर से कहीं दूर शून्य में विचर रही थी। उसे यह भी पता नहीं था कि उसे उस ट्रेन में बैठे कितनी देर हुई थी। वह कोई छोटा-सा स्टेशन था, जहाँ वह ट्रेन रुकी थी। उसकी तन्द्रा अचानक टूटी और खिड़की से बाहर शून्य में खोई उसकी आँखें प्लेटफार्म पर लगी डिजिटल घड़ी के ठीक नीचे खड़ी हुई एक लड़की पर जा टिकीं। लड़की का कोई विवरण उसके जेहन में दर्ज नहीं हो पाया क्योंकि उसकी निगाहें उस लड़की की नीली आँखों में अटक गई थीं। उसे लगा जैसे वो आँखें उसे किसी अदृश्य डोर में बाँधकर खींच रही हैं। वह अपलक उन आँखों को देख रहा था। बड़ी देर तक टक बाँधे उन आँखों को देखते रहने के बाद महज एक पल को उसकी पलकें झपकी होंगी, मगर समय के उतने वक़्फे में ही वह लड़की अपनी जगह से गायब थी। उसने चेहरा घुमाकर अपनी आँखों की जद में आते पूरे प्लेटफार्म को देख लिया, उस लड़की का कहीं अता-पता नहीं था। वह तय नहीं कर पाया कि उसने सचमुच वहाँ किसी लड़की को, उसकी नीली आँखों को देखा था या नहीं।

पिछले कुछ घंटों में अवसाद उसके जेहन पर इस तरह तारी हो गया था जैसे किसी आँधी के गुजर जाने के बाद चीज़ों पर धूल की गाढ़ी परत जम जाती है। इस दौरान उसकी चेतना भी कुछ धुँधला-सी गई थी। न वह

कुछ साफ-साफ सोच पा रहा था और न कुछ ठीक से समझ ही पा रहा था। जागृति और स्वप्न, सच और भ्रम सब जैसे गड्ड-मड्ड हो गए थे।

फिर न जाने क्या हुआ। उसके मन में उस पल न कोई विचार आया, न कोई कामना जागी, मगर फिर भी वह किसी मंत्रबिद्ध-सा अपनी जगह से उठा और ट्रेन से बाहर उतर गया। उसका उतरना इतना सहज था, जैसे वह उस स्टेशन पर उतरने के लिए ही ट्रेन में चढ़ा हो। यह उतरना उतना ही सहज था, जितना हवा के झोंके से किसी सूखे हुए पत्ते का टहनी से छिटक कर उड़ते हुए किसी घर के आँगन में जा गिरना। ऐसे ही एक झोंके की जद में आकर वह भी तो इस ट्रेन में चढ़ गया था और हवा से उठे बवंडर से छिटके किसी तिनके की तरह इस स्टेशन पर आ गिरा था।

उसने सोचा, यह गिरना कभी-कभी कितना अन्तहीन हो जाता है। एक बार जो गिरना शुरू होता है तो फिर कोई बिना कहीं रुके-ठहरे गिरता ही चला जाता है। इस गिरने का कोई तय नियम या पैटर्न तो होता नहीं है। होता तो कोई गिरने से बचने की जुगत भी कर पाता। वह खुद भी कहाँ कुछ सोच या कर पाया था। यह गिरना उसके जीवन में भी बस अनायास ही घटित हो गया था। एक अँधेरी खाई के मुहाने पर खड़े होकर उसने खाई के भीतर बस झाँका भर था...और उस खाई के अँधेरे ने अपनी जीभ लपलपाकर उसे यूँ खींचा कि फिर उसके पाँवों के नीचे की जमीन ही जैसे एक लम्बे समय के लिए गुम हो गई। न जाने कितनी देर तक एक अन्तहीन खाई में गिरता चला गया था वह। पता नहीं उसके गिरने का सिलसिला इस अनजान छोटे-से स्टेशन पर आकर थम गया था या फिर यह क्षणिक ठहराव भर था और उसे अभी और भी अनदेखी-अनजानी गहराइयों तक गिरते चले जाना था।

स्टेशन छोटा-सा मगर बहुत पुराना था, शायद ब्रिटिशकालीन। पत्थरों से बनी इमारत वाला। उसकी पथरीली दीवारों पर नीला रंग चढ़ा हुआ था। वह कुछ देर तक उन पथरीली दीवारों के नीलेपन में खोया रहा। फिर अचानक जैसे उसके जेहन में कोई चिनगारी चमकी। उसे नीली आँखें याद आईं। उसने बेचैनी से चारों ओर देखा। वह फिर उन आँखों को खोजने लगा, जिनकी पुकार ने उसे यहाँ खींचकर उतार दिया था। अब पूरा प्लेटफार्म उसके सामने था मगर उन

आँखों का, या उन आँखों वाली उस लड़की का कहीं कोई पता नहीं था। क्या सचमुच उसने उस लड़की को और उसकी नीली आँखों को देखा था, या यह उसका कोई भ्रम था? बड़ी देर तक वह इसी उलझन में फँसा छटपटाता रहा।

ट्रेन उसके पीछे से सरकने लगी थी। कुछ लोग जो प्लेटफार्म पर उतरकर नल से पानी भर रहे थे या किसी ट्राली से चाय या खाने की चीज़ें ले रहे थे, अचानक हड़बड़ा कर दौड़ने लगे। उसके आसपास का माहौल अचानक अफरातफरी वाला हो गया था, मगर वह इस सारी अफरातफरी से निस्पृह अपनी जगह पर स्थिर खड़ा हुआ था। इस तरह जैसे उसके पाँवों को नट-बोल्ट से प्लेटफार्म पर कस दिया गया हो। मगर अगले ही क्षण चलती ट्रेन में चढ़ने की कोशिश करनेवाला कोई बन्दा दौड़ते हुए उससे टकरा गया। वह टक्कर इतनी अप्रत्याशित थी कि उसे सँभलने का कोई मौका नहीं मिला और वह नीचे गिर पड़ा। तेज अन्धड़ में मानो किसी चबूतरे पर स्थापित कोई मूर्ति अपनी जगह से उखड़कर गिर जाए। फिर एक और गिरना, गिरते हुए उसके जेहन में बस यही ख़याल उभरा और वह मुस्करा उठा।

कुछ लोग दौड़कर उसके पास आए और उसे उठाने का उपक्रम करने लगे। उसकी चेतना पर तो पहले से ही धूल जमी हुई थी। कुछ पलों को उस गाढ़ी धूल ने उसकी स्मृति को भी अपने आगोश में ले लिया। कुछ लोग उससे जाने क्या सवाल कर रहे थे और वह निर्विकार भाव से उन्हें देखते हुए भी नहीं देख रहा था। लोगों ने उसके इर्द-गिर्द अनगिनत प्रश्नों का जाला बुन दिया था। मगर उस जाले के बीच भी वह कमल-पत्र पर जल बिन्दु की तरह निर्विकार खड़ा था। कुछ पलों बाद उसने खाली निगाहों से उन लोगों की ओर देखा, मगर कुछ बोला नहीं। उन लोगों से हटकर उसकी निगाह अपने सामने आधे खुले एक नीले दरवाज़े की ओर गई। वह उस छोटे-से स्टेशन का उच्च श्रेणी वालों के लिए बना हुआ वेटिंग रूम था। अपने इर्द-गिर्द जकड़े प्रश्नों के जाले को अपनी मद्धम गति से चीरता हुआ वह उस वेटिंग रूम की ओर बढ़ गया।

कमरा ठीक वैसा ही था, जैसा इस तरह की किसी प्राचीन इमारत वाले रेलवे स्टेशन के वेटिंग रूम का हो सकता है। नीले रंग की दीवारों वाले उस

कमरे में लकड़ी की चार बेंच और आठ कुर्सियाँ दीवारों से सटाकर रखी हुई थीं। कमरे के प्रवेश द्वार के ठीक सामनेवाली दीवार पर तीन खिड़कियाँ थीं, जो स्टेशन के अहाते की ओर खुलती थीं। खिड़कियाँ पुराने अन्दाज़ की थीं, जिनकी नीली चौखट पर लोहे के सरियों वाली ग्रिल लगी हुई थी। बाहर की तरफ खुलनेवाले लकड़ी के पल्लों में रंगीन काँच लगे हुए थे। खिड़कियाँ उस समय खुली हुई थीं और उनमें से स्टेशन के बाहरी परिसर का दृश्य इस तरह दिखाई दे रहा था मानो उस नीली दीवार पर बनी उस खिड़की में से कुछ दूसरे रंग कमरे में घुसपैठ करना चाह रहे हों। हालाँकि उसने वहाँ रखी एक कुर्सी पर बैठते हुए नीले से इतर दूसरे रंगों की इस हरकत को क्षण के आधे हिस्से भर देखकर अनदेखा ही किया। उसकी निगाह सबसे पहले कमरे के एक कोने में रखी एक छोटी-सी तिपाई की ओर गई, जिस पर बीते समय का, उँगलियों से घुमाए जानेवाले डायल वाला काले रंग का एक टेलिफ़ोन रखा था। हालाँकि वह फ़ोन उस कमरे की पत्थरों वाली दीवारों, लकड़ी के बड़े लट्ठों वाली छत और कमरे में रखी पुराने समय की लकड़ी की कुर्सियों से बिलकुल मेल खा रहा था, मगर मोबाइल के जमाने में उस पुराने फ़ोन के वहाँ होने का औचित्य उसे समझ में नहीं आया। शायद वह किसी शो पीस की तरह वहाँ रखा हुआ हो। फ़ोन के ठीक पीछे दीवार पर एक बड़ा-सा शीशा लगा हुआ था, पुराना और कलात्मक। शायद इस स्टेशन का स्टेशन मास्टर एंटीक चीज़ों का प्रेमी हो। उसने सोचा, कुछ लोग पुरानी चीज़ें सहेजते हैं और कुछ लोग पुराने दर्द और ज़ख़्म।

जब उसने कमरे में प्रवेश किया, उस समय कमरे में पाँच लोग मौजूद थे। सूट-बूट पहने हुए एक अफसर-सा दिखनेवाला आदमी। एक नवविवाहित युवा जोड़ा, एक अधेड़ उम्र की सम्भ्रान्त-सी दिखनेवाली स्त्री और उसके साथ एक किशोर लड़की। कुर्सी पर बैठने के बाद उसने इन सबको बस एक उड़ती नज़र से देखा भर था।

खिड़कियों से कमरे के भीतर आते उजाले की चमक कम होती हुई मटमैली हो गई थी। बाहर शायद दिन का यौवन ढलकर अधेड़ हो गया

था। कमरे में भी शाम के ढलने का एहसास तारी होने लगा था। कमरे के भीतर अपने नुकीले नाखूनों वाले पंजे फैलाकर घुस आया धूसर-सा अँधेरा हर गुज़रते पल के साथ जमते हुए खून की तरह गाढ़ा होने लगा था। उसने सोचा, अँधेरे के उन नुकीले नाखूनों के चुभने की अनुभूति न भी हो तब भी कम-से-कम बाहर के अँधेरे को तो देखा और देखकर जाना जा सकता है, मगर अपने भीतर के अँधेरे को देखना और पहचानना कहाँ आसान होता है? भीतर का यह अँधेरा अपने तीखे नाखूनों से हौले-हौले हमारे होने को ही कुतरता जाता है। अक्सर हमारा ध्यान उसकी ओर तभी जाता है, जब वह पूरी तरह से हमारे अस्तित्व को अपने आगोश में ले लेता है।

बाहर शायद बूँदा-बाँदी शुरू हो गई थी। उसे वातावरण में हल्की ठंडक का एहसास हुआ। हालाँकि यह ठंडक किसी तरह की राहत का अनुभव लेकर नहीं आई थी। इसके विपरीत ठंडक का एहसास होते ही उसे लगा कि उसके बदन के रोमकूपों से पसीने की बूँदें छलछलाने लगी हैं। वह बड़ी देर तक इस विचित्र संयोग पर आश्चर्यचकित होने की कोशिश करता रहा मगर अपनी कोशिशों में वह सफल नहीं हो पाया। कैसी अजीब बात है कि वक्त के थपेड़े हमारे मन की संवेदनाओं के तन्तुओं को कई बार इतना सुन्न कर देते हैं कि जिन बातों पर हमें अचरज होना चाहिए, उन पर भी नहीं होता।

बाहर बूँदाबाँदी के साथ तेज हवा भी चलने लगी थी। इसकी वजह से खिड़की के बाहर की ओर खुले हुए पल्ले हिलते हुए चौखट से टकराने लगे थे। कमरे का अँधेरा मौका पाकर धीरे-धीरे अपने डैने फैलाते हुए पसरने लगा था। उसे लगा कि इससे पहले कि वह अँधेरा पूरे कमरे को अपने आगोश में ले ले और वहाँ मौजूद हर व्यक्ति को निगल ले, उसे कुछ करना चाहिए। उसने चारों ओर देखा, एक दीवार पर उसे एक स्विचबोर्ड दिखाई दिया, जिसमें पुराने जमाने के बिजली के खटके लगे हुए थे। उसका मन हुआ कि उठकर वह स्विचबोर्ड पर लगे खटकों को दबा दे, ताकि कमरे में लगी ट्यूबलाइट जल जाए और कमरा प्रकाश से भर उठे। मगर अपने भीतर जागी इस इच्छा को दबाकर वह बड़ी देर तक उन खटकों को देखता रहा।

मन के भीतर उठनेवाली हर इच्छा की एक उम्र होती है। कुछ इच्छाओं को यदि उनके जागने के बाद अनदेखा कर दो तो वह अपनी उपेक्षा के दंश से ही दम तोड़ देती हैं।

कमरे में गहराता अँधेरा अब उसे डराने लगा था। उसे अपनी साँसें उखड़ती-सी महसूस हुईं। इस कमरे के घुटन भरे माहौल से बाहर निकलना ज़रूरी है, उसने सोचा। वह उस वेटिंग रूम से बाहर जाने के लिए उठकर खड़ा ही हुआ था कि अचानक सामने कोने में रखा हुआ फ़ोन जोर-जोर से घनघनाने लगा। उसे आश्चर्य हुआ कि वह फ़ोन चालू था। उसने कमरे में बैठे बाक़ी लोगों की ओर देखा। सारे लोग इस तरह निर्विकार बैठे थे मानो उन्हें फ़ोन की घंटी का सुनाई देना तो दूर, उस फ़ोन के अस्तित्व का ही कोई एहसास नहीं था। उसे पूरा भरोसा था कि कमरे में बैठा हर व्यक्ति उस फ़ोन का बजना सुन रहा था मगर जान-बूझकर उसे अनदेखा कर रहा था। उसने सोचा, जीवन में कितनी बातों का होना हम इसी तरह से अनदेखा या अनसुना करने की कोशिश करते हैं। हमें लगता है कि अपने जीवन की अनचाही बातों को अनदेखा या अनसुना करके हम उनके होने को नकार देंगे। यह और बात है कि इसमें हम कभी सफल नहीं हो पाते। उधर फ़ोन की घंटी की आवाज़ धीरे-धीरे तेज होती जा रही थी। कुछ ही देर में पूरा कमरा उस आवाज़ से भर उठा था। अचानक सूट-बूट पहने वहाँ बैठा व्यक्ति अपनी जगह से उठा। उसे लगा कि वह फ़ोन की ओर जाएगा, मगर वह कमरे से सटे प्रसाधन कक्ष की ओर चल दिया। अब कोई और चारा नहीं था। बाहर जाना स्थगित कर वह फ़ोन की ओर चल दिया।

फ़ोन उठाते ही दूसरी ओर से जो आवाज़ आई, उसने एक पल को उसे अचरज में डाल दिया। इस अनजान शहर के रेलवे स्टेशन के वेटिंग रूम में रखे इस लैंडलाइन टेलिफ़ोन पर उसके बॉस का फ़ोन कैसे आ गया? बॉस उसके रिसीवर उठाते ही फट पड़ा, "तुम अपने आप को समझते क्या हो? तुम्हें जो स्टोरी बनाने को कहा गया था, उसे पूरा किए बिना तुम क्यों चले गए? वह भी किसी को बताए बग़ैर। इस तरह के ग़ैर-ज़िम्मेदाराना रवैये से तुम साबित क्या करना चाहते हो?"

वह क्या साबित करना चाहता है? उसने सोचा। उसे तो कुछ भी साबित नहीं करना था। साबित तो दरअसल चैनल करना चाहता था, वह सब जिसका सच्चाई से दूर-दूर तक कोई वास्ता नहीं था। बॉस लगातार फ़ोन पर आग उगले जा रहा था। उसे लगा जैसे उस आग में जलते हुए उसका सारा बदन धुआँ-धुआँ हो गया था। धुआँ-धुआँ हो गए उसके बदन को फ़ोन के रिसीवर ने खींचना शुरू कर दिया। वह धीरे-धीरे उस फ़ोन के रिसीवर में समाने लगा। दूसरी तरफ से जब वह बाहर निकला तो उसने खुद को बॉस के केबिन में खड़ा पाया।

"आज दिन भर चैनल पर यह खबर प्रमुखता से चलनी चाहिए।" बॉस कह रहा था।

"जी सर, मगर अभी इस खबर की बहुत-सी डिटेल्स नहीं आई हैं।" उसने विनम्रता से कहा।

"तुम्हें बाक़ी डिटेल्स से क्या लेना-देना है? एक लड़की के 35 टुकड़े करके एक लड़का फ्रिज में भर देता है। लड़की का नाम श्रद्धा है और लड़के का नाम आफ़ताब है। सीधे-सीधे लव जिहाद का मामला है। इससे ज़्यादा क्या डिटेल्स चाहिए तुम्हें? वैसे मैं रिसर्च डिपार्टमेंट को कह देता हूँ कि पिछले कुछ सालों में हुए लव जिहाद के मामलों की डिटेल्स तुम्हें दे दें। तुम चाहो तो इसमें नृशंसता में आगे रहने की सामान्य मुस्लिम मानसिकता और उनके द्वारा अतीत में की गई तमाम क्रूरताओं का रेफरेंस भी डाल सकते हो। कुछ फुटेज स्टोरी में ऐसे भी डालो जिससे साबित हो कि लव जिहाद के लिए विदेशों से बड़े पैमाने पर फंडिंग हो रही है और इसके जरिए भारत को एक इस्लामिक मुल्क बनाने की बड़ी साजिश रची जा रही है।" बॉस ने एक साँस में बहुत कुछ कह दिया था।

"सर लड़के का जो नाम आया है वह आफ़ताब पूनावाला है। इस तरह के नाम तो आमतौर पर पारसी समुदाय में होते हैं। शायद यह लड़का मुस्लिम ही न हो।" उसने हस्तक्षेप करना चाहा।

"तुम्हें ज़रा भी अक्ल है या नहीं? लड़के का नाम आफ़ताब है, उसे मुस्लिम साबित करने के लिए इतना काफ़ी है। तुम जाकर उससे पूछकर आए हो कि वह मुस्लिम है या नहीं? या अपने पारसी होने का सर्टिफिकेट

वह तुम्हें देकर गया है? फिलहाल हमारे लिए और हमारी स्टोरी के लिए वह मुस्लिम है, इसलिए लव जिहादी है और जाहिर है कि क्रूर मानसिकता वाला भी है।" बॉस का नज़रिया पूरी तरह से साफ था।

"मगर तस्दीक तो अभी उसके मुस्लिम होने की ही नहीं हुई है सर, तब हम इसे लव जिहाद से कैसे जोड़ सकते हैं? लव जिहाद का अन्देशा तो तब होगा न जब उस लड़की को मुस्लिम बनाने की पुष्टि होगी।" उसने एक कमजोर-सा प्रतिकार किया।

"तुम महात्मा गांधी के अवतार हो जो तस्दीक किए बिना एक शब्द भी नहीं लिखोगे? या तुम्हें सेक्यूलर नाम के कीड़े ने काटा हुआ है?" बॉस के चेहरे पर खूँखार भेड़िये-सी लकीरें उभर आई थीं।

वह अभी क्या बोले, यह सोच ही रहा था कि बॉस के चेहरे की रंगत फिर बदली, "कहीं लव जिहादियों की तरह तुम भी तो नाम बदलकर यहाँ काम नहीं कर रहे? किसी को बुलाकर तुम्हारी पैंट खुलवाऊँ और इस बात की तस्दीक करवाऊँ कि कहीं तुम्हारा खतना तो नहीं हुआ?"

वह बॉस के इस आक्रमण से सन्न रह गया। उसने कुछ कहना चाहा मगर शब्द उसके गले से बाहर फूटने को राज़ी नहीं हुए।

"तुम्हें नौकरी करनी है या नहीं इस चैनल में? न्यूज में कोई स्टोरी किस तरह जाएगी यह मैं तय करूँगा, समझे तुम?" बॉस की आँखों से अब अंगार बरस रहे थे।

"बॉस तो आप ही हैं सर, मैं तो बस इसलिए कह रहा था कि इस तरह की खबरों से तो माहौल और बिगड़ सकता है।" उसने अपने भीतर के कमजोर साहस को किसी तरह से फिर बटोरा था।

"अब एक शब्द भी और नहीं। इस केबिन से बाहर जाओ और जैसा मैंने कहा है वैसी स्टोरी बनाओ या फिर तुरन्त एक इस्तीफा लिखकर दे दो और हमेशा के लिए यहाँ से दफा हो जाओ। बहुत से लोग हैं वेटिंग में, तुम्हारी जगह लेने के लिए।" बॉस क्रोध से भभकते हुए दहाड़ा।

एक पल तो उसके मन में आया कि इसी समय बॉस को एक करारा तमाचा रसीद दे और इस्तीफा उसके मुँह पर मारकर चैनल के ऑफिस से

बाहर निकल जाए। मगर उसके बाद फिर वह क्या करेगा, यह सवाल उसके सामने मुँह बाए खड़ा हो गया। इस नंगे और बेशर्म सच का एहसास होने में उसे एक पल भी नहीं लगा कि उसकी एक महीना भी बिना वेतन के सरवाइव करने की औकात नहीं है।

वह सिर झुकाए बॉस के केबिन से बाहर निकल आया...और फ़ोन के रिसीवर से भी।

उसे याद आया कि उस दिन तो वह अपने ऑफिस से अचानक तबीयत खराब हो जाने का बहाना बनाकर घर लौट गया था। मगर यह उसका बहुत छोटा-सा प्रतिकार था। अगले दिन वह फिर ऑफिस लौटा। उसके बाद हर दिन लौटा। और हर दिन उसने वो तमाम स्टोरियाँ तैयार कीं, जिनके लिए उसकी आत्मा विद्रोह करती थी। उसे लगने लगा कि नौकरी न छोड़ पाने की मजबूरी एक चूहे की तरह लगातार उसकी आत्मा को कुतरती जा रही है। वह तार-तार होती अपनी आत्मा को देखता था और खून के सौ-सौ आँसू रोता था। मगर उस समय नौकरी छोड़ना उसके लिए सम्भव नहीं था। उसकी बेटी एक महँगे कॉलेज में मैनेजमेंट की डिग्री के अन्तिम साल में पढ़ रही थी, जिसमें बड़ी मुश्किलों से अपनी सारी जमा-पूँजी लगाकर वह उसका एडमिशन करा पाया था। नौकरी के बिना उसकी फीस भर पाना सम्भव नहीं था। और वह खुद उम्र के उस मोड़ पर आ गया था, जहाँ किसी दूसरे चैनल में नौकरी मिलना उसके लिए आसान नहीं था। हर दिन उसकी आत्मा पर बोझ बढ़ने लगा था।

बाहर अँधेरा गहरा गया था। बारिश तेज हो गई थी। उसका बदन ठंड से काँपने लगा।

काँपते पैरों से वह अपनी जगह पर आकर बैठ गया। इस बीच किसी ने कमरे की लाइट जला दी थी। उस कमरे में जो एकमात्र ट्यूबलाइट लगी हुई थी, वह भी शायद अपनी अन्तिम साँसें गिन रही थी। उसकी रोशनी बहुत मद्धिम हो गई थी। उसमें भी वह थोड़ी-थोड़ी देर में लपझप करती हुई बन्द-चालू हो रही थी।

उसने कमरे में निगाहें दौड़ाई। उसके बॉस जैसा दिखनेवाला व्यक्ति अब कमरे में नहीं था। उसका कोई सामान भी वहाँ दिखाई नहीं दे रहा था।

क्या सचमुच वहाँ ऐसा कोई व्यक्ति कभी था या यह भी महज उसका एक भ्रम था? उसने सोचा, शायद उस व्यक्ति की ट्रेन का समय हो गया होगा। हालाँकि इतनी देर में किसी ट्रेन के आने की आवाज़ उसे सुनाई नहीं दी थी। हो सकता है कि अब कोई ट्रेन आनेवाली हो, जिसमें बैठकर वह आदमी अपने गन्तव्य स्थल की ओर रवाना हो जाएगा। अचानक एक सवाल उसके भीतर उठा...उसका गन्तव्य स्थल कौन-सा है? वह यहाँ से कहाँ जाएगा? किसी तेज़ नशे की तरह इस सवाल के संस्पर्श मात्र से उसके मस्तिष्क की सारी शिराएँ झनझना उठीं।

उसने अपनी निगाहें सामने की बेंच पर बैठे नवविवाहित दम्पती पर केन्द्रित कर दीं। लड़की उस लड़के के सीने से लगी हुई थी जो उसका पति दिखाई दे रहा था। लड़की लड़के के दाहिनी ओर बैठी हुई थी और उसने अपना चेहरा लड़के के कन्धे से टिकाया हुआ था। उसका दाहिना हाथ लड़के की छाती से सटा हुआ था, जिसे लड़के ने अपने बाएँ हाथ से थामा हुआ था जबकि दाहिने हाथ से उसने लड़की के दाहिने कन्धे को थामा हुआ था। एक ईयरफ़ोन का एक-एक हिस्सा दोनों ने अपने एक-एक कान में खोंस रखा था। उसके तार नीचे लटकते हुए लड़की की गोद में रखे फ़ोन से जुड़े हुए थे।

अचानक अपनी आँखों में उसे कुछ जलन-सी महसूस हुई। एक पल को उसने अपनी उँगलियों से अपनी आँखों को मला और फिर उस नवविवाहित दम्पती की ओर देखा। अपनी कुछ धुँधलाई आँखों से उसे ऐसा लगा मानो लड़की के कन्धे पर रखा लड़के का हाथ अब लड़की की गरदन तक पहुँच गया है और लड़की की गरदन को जकड़े हुए है। उसने चौंककर लड़की के चेहरे की ओर देखा। उसे लड़की का चेहरा अपनी बेटी के चेहरे से मिलता-जुलता लगा। उसकी आँखें और ज़्यादा धुँधला गईं। उसने देखा लड़की की गरदन पर लड़के की बाँह का कसाव बढ़ता जा रहा था। लड़की के चेहरे पर तनाव के चिह्न दिखाई देने लगे थे मगर उसकी आँखें अभी तक बन्द थीं। थोड़ी ही देर में लड़की के चेहरे की नसें उभरने लगीं। कुछ पलों के भीतर मकड़ी का नीले-हरे रंग का एक पूरा जाला लड़की के चेहरे पर उभर आया था। लड़की के चेहरे की नसें लगातार फूलती जा रही थीं। इधर

उसकी साँसें फूलने लगीं। उसने चीखकर लड़की को सावधान करना चाहा ही था कि अचानक उस वेटिंग रूम में रखे फ़ोन की घंटी एक बार फिर जोर से घनघना उठी।

उसने चौंककर फ़ोन की ओर देखा। उसे लगा, फ़ोन पर रखा रिसीवर उछल रहा है। मानो पुकार रहा हो कि आओ और जल्दी से मुझे उठाओ। उसने लड़की की ओर देखा...उसके चेहरे की नसें अब तनाव के चरम बिन्दु तक पहुँच गई थीं। उसने चाहा कि वह जाकर लड़की को झकझोरे...मगर फ़ोन की घंटी अपनी पूरी कर्कशता में बजे जा रही थी। वह जानता था कि यह एक बहुत बड़ा षडयंत्र है। कोई है जो नहीं चाहता है कि वह उस लड़की को बचाए। कोई है जो इस कमरे की सारी घटनाओं को नियंत्रित कर रहा है। उसे महसूस हो रहा था कि जिस पल वह फ़ोन का रिसीवर उठाएगा, लड़की के चेहरे की नसें फट जाएँगी और सारा खेल खत्म हो जाएगा। मगर वह जानता था कि इस पल वह खुद उस खेल को रोकने या बदलने की स्थिति में नहीं है। उसे लगा कि जैसे वहाँ कठपुतली का कोई खेल चल रहा था और उसके सहित वहाँ बैठे हर व्यक्ति की डोर किसी के हाथों की उँगलियों से लिपटी हुई थी, जिसे वह अपनी मर्जी से नचा रहा था।

फ़ोन अब भी तेज आवाज़ में बजे जा रहा था। उसका रिसीवर अब भी फ़ोन पर से उछलता हुआ नज़र आ रहा था। अब कोई और चारा नहीं था। उसे उठना पड़ा। उसे उस फ़ोन के नज़दीक तक जाना पड़ा। लेकिन जैसे ही वह फ़ोन के नज़दीक पहुँचा और उसने फ़ोन उठाने के लिए अपना हाथ बढ़ाया, फ़ोन बजना अचानक बन्द हो गया। जैसे देर से रोता हुआ बच्चा किसी भयानक चेहरे को देखकर अचानक डर के चुप हो जाए। अभी तक जोर-जोर से उछलता फ़ोन का रिसीवर किसी बिल्ली के बच्चे-सा फ़ोन पर दुबका हुआ था।

वह अभी मुड़ने ही वाला था कि उसे फ़ोन के नीचे दबा हुआ एक काग़ज़ नज़र आया। एक पल को वह अचरज से भर उठा। कुछ देर पहले जब वह उस जगह से हटा था तब वह काग़ज़ फ़ोन के नीचे नहीं था। कोई चाहे तो वह इस बात की कसम खा सकता था। फिर अचानक वह काग़ज़

यहाँ कैसे आ गया? किसने रखा? किसके लिए रखा? उसका मन किया कि वह भी चीख-चीखकर कहे कि नेशन वांट्स टू नो। लेकिन कुछ ही क्षणों में जैसे अचानक उसके ज्ञानचक्षु खुल गए। उसने एक बार फिर गौर से उस काग़ज़ को देखा। वह काग़ज़ पूरी ताकत से चिल्लाकर इस बात की मुनादी कर रहा था कि उसे वहाँ पर उसके लिए ही रखा गया था। उसने फ़ोन के नीचे से उस काग़ज़ को निकाला। उस तह करके रखे हुए काग़ज़ की दूसरी घड़ी खोलते ही एक पत्र उसके सामने झलक उठा। उस पत्र की लिखाई ने इस बात पर मोहर लगा दी कि पत्र उसके ही नाम था, उसकी बेटी का लिखा हुआ। हालाँकि वह जानता था कि उस पत्र में क्या लिखा हुआ है, फिर भी उसने उस पत्र को पढ़ना शुरू किया।

'पापा,

मैंने बचपन से इस बात पर गर्व किया कि आप मेरे पापा हैं। मगर आज मैं इस बात का अफसोस कर रही हूँ। मेरी सहेलियाँ हमेशा इस बात पर अचरज किया करती थीं कि कोई पिता अपनी बेटी का दोस्त कैसे हो सकता है। कोई पिता अपनी बेटी के इतने नज़दीक कैसे हो सकता है कि बेटी अपनी हर बात को उसके साथ शेयर कर सके। कोई पिता अपनी किशोरवय लड़की के साथ स्त्री-पुरुष सम्बन्धों सहित दुनिया भर के तमाम विषयों पर चर्चा कैसे कर सकता है? मेरी तमाम सहेलियाँ आप जैसा पिता पाने की ख़्वाहिश पाला करती थीं। और मैं इस बात पर खूब इतराया करती थी। मगर यह तो बाद में मुझे पता चला कि आपने मेरे इर्द-गिर्द खुलेपन के भ्रम का एक ऐसा मकड़जाला बुना हुआ था, जिससे बाहर निकलना मेरे लिए बहुत कठिन हो गया था।

आपने बहुत चालाकी से एक अच्छी बेटी बनने की ख़्वाहिश मेरे भीतर बो दी थी। और मैंने अच्छी बेटी होने की कोशिशों में अपनी सारी स्वाभाविकता खो दी। आपने मेरे भीतर किसी पर भी आँखें मूँदकर भरोसा न करने की आदत डाली। इसके कारण मैंने अपनी ओर बढ़नेवाले प्यार के हर हाथ पर सन्देह किया। जब मेरे क्लास की सारी लड़कियों का अफेयर स्कूल के या स्कूल के बाहर के किसी-न-किसी लड़के के साथ चल रहा था, मैं लड़कों

को सिर्फ दोस्त बनाकर खुद को दुनिया में सबसे अलग समझकर खुश हो रही थी। जब मेरी तमाम सहेलियाँ एक के बाद दूसरे अफेयर के जरिए लड़कों की फितरत को जान-समझ रही थीं और इन सबसे डील करने का फर्स्टहैंड एक्सपीरियंस ले रही थीं, तब मैं आपके साथ उनके किस्से शेयर करके हँस रही थी। लेकिन एक समय ऐसा आया जब मेरे जीवन में निरा सन्नाटा गूँजने लगा। मेरा मन और देह किसी ऐसे बहुत अपने के स्पर्श की माँग कर रहे थे, जिसे मैं अपना सोलमेट मान सकूँ, मगर मेरे पास उस माँग को पूरा करनेवाला कोई नहीं था। मैं भीतर ही भीतर छटपटा रही थी, घुट रही थी, मगर किसी से इस बात को साझा नहीं कर पा रही थी, आपसे भी नहीं। मुझे डर था कि ऐसा करते ही इतने सालों से जो मैंने अच्छी बेटी होने की अपनी छवि गढ़ी थी, वह एक क्षण में धराशायी हो जाएगी।

आपने बहुत पहले मुझसे यह वचन ले लिया कि जब मुझे कोई बहुत अच्छा लगने लगेगा तो सबसे पहले मैं इस बात को आपके साथ शेयर करूँगी। आपकी तमाम सीखों को दरकिनार कर आख़िर जब किसी को मैंने पसन्द किया तो अपने वादे के मुताबिक सबसे पहले आपको ही बताया। मगर आपने क्या किया पापा? आपने मुझे यह कहा कि अभी कम-से-कम एक साल तक मैं उस लड़के के सामने अपने प्यार का इज़हार न करूँ। एक साल तक मैं उसे ठीक तरह से जानने-समझने की कोशिश करूँ, एक साल तक मैं खुद को भी ठीक तरह से जज करूँ कि क्या मुझे वह सचमुच पसन्द है। और हर तरह से निश्चिन्त होने के बाद ही अपने प्यार का इज़हार करूँ। प्यार क्या कभी इस तरह से भी होता है पापा? क्या जीवन को इतने नपे-तुले ढंग से जीकर उसकी पूर्णता में समझा जा सकता है? आप क्यों मेरे जीवन में हर समय ऐसा छाता बनने की ख़्वाहिश बने हुए थे, जो मुझे हर तरह की धूप और बारिश से बचा सके। क्या बिना धूप-बारिश का अपने शरीर पर अनुभव किए कोई जीवन के तमाम मौसमों का ठीक से अनुभव कर सकता है? उनसे उपजनेवाली मुश्किलों का सामना करने के लायक हो सकता है? आप क्यों मुझ पर इतना हावी रहे कि मैं किसी भी अन्य सामान्य लड़की की तरह जीवन के तमाम अच्छे-बुरे अनुभवों से दो-चार होते हुए बड़ी नहीं हो

पाई। आपकी अच्छी बेटी बनने की कोशिश में मैं पूरी तरह से यह भूल गई कि मैं क्या हूँ और क्या होना चाहती हूँ।

लेकिन अब बहुत हो गया पापा। मुझे नहीं बनना है अब आपकी अच्छी बेटी। मुझे नहीं चाहिए आपका सुरक्षाछत्र। मैं जीवन की हर अच्छी-बुरी धूप-बारिश से खुद दो-चार होना चाहती हूँ। मैं एक ऐसे सफ़र पर निकलना चाहती हूँ जिसकी न मंजिल तय हो और न दिशा...मैं बस यात्रा करना चाहती हूँ...उन्मुक्त होकर, बेफिक्र होकर, किसी की, किसी भी तरह की अपेक्षाओं से मुक्त होकर। इसके लिए मैंने जिसे अपना हमसफ़र चुना है, वह आपको कभी पसन्द नहीं आता। उसमें वो तमाम बुराइयाँ हैं, जिसके प्रति आपके मन में हमेशा से एक प्रकार की घृणा का भाव था। मगर मैं जानती हूँ कि आपके आदर्शों के दुष्परिणामों को दूर करनेवाला एंटीडोज़ यही है।

मैं जा रही हूँ पापा। मैं लौटूँगी मगर तब जब मैं अपने-आपको पूरी तरह से आपकी छाया से मुक्त कर लूँगी। मैं लौटूँगी मगर तब जब मुझे इस बात का पूरा भरोसा हो जाएगा कि मैंने अपने-आप को खोज लिया है। हो सकता है कि अपनी इस खोज में मुझे पूरी तरह से नष्ट-भ्रष्ट होना पड़े। मगर आपकी सोच के अनुरूप बनकर जीवन भर अफसोस करने की जगह अपनी सोच के अनुरूप बनकर नष्ट हो जाना मुझे मंज़ूर है।"

इसके बाद भी शायद कुछ लिखा हुआ था मगर उसकी आँसुओं की बारिश में सब कुछ धुल गया था। उस पत्र ने, उस पर लिखी इबारत ने उसके होने की बुनियाद को पूरी तरह से हिला दिया था। आप एक उम्र खपा देते हैं, अपने आदर्शों की एक इमारत तामीर करने में और अचानक आपको पता चले कि उसकी बुनियाद ही खोखली थी। ऐसे में वह बुलन्द इमारत भरभराकर आप पर ही गिरकर आपके अस्तित्व की हर बुनियाद को ध्वस्त कर देती है। उसके आँसुओं ने उस पत्र में लिखी सारी सतरों को धो दिया था। वह चीखना चाहता था मगर कंठ तक भरी हुई हिचकियों में उसकी चीख गुम होकर रह गई थी।

वह तेजी से मुड़ा। उसने देखा, जिस जगह पर वह नवविवाहित दम्पती बैठे थे, वह जगह अब खाली थी। उसने तेजी से निगाहें घुमाकर दरवाज़े की

ओर देखा, दरवाज़ा आधा खुला हुआ था। उसके जेहन में उस पल सिर्फ यही चिन्ता थी कि क्या वह लड़की ठीक थी? उसे कुछ हुआ तो नहीं?

अचानक उसके पाँव कई मन बोझ से भर उठे। उन्हें किसी तरह घसीटते हुए वह बड़ी मुश्किल से अपनी जगह पर आकर बैठा। उसकी निगाह अपनी बाईं ओर बैठी माँ-बेटी की ओर गई। बेटी अपनी माँ की ओर मुड़कर उसके कानों में फुसफुसाकर कुछ कह रही थी इसलिए उसका चेहरा वह ठीक से नहीं देख पा रहा था। मगर उस महिला का चेहरा उसे कुछ जाना-पहचाना लगा। बहुत देर तक वह अपने मस्तिष्क पर जोर देकर उस चेहरे की पहचान खोजने की कोशिश करता रहा। अचानक जैसे कोई बिजली चमकी और उसने पहचाना कि यह चेहरा उसकी पत्नी से मिलता था। पत्नी का ख़याल आते ही उसकी आँखों से फिर एक बार जो आँसुओं की बारिश शुरू हुई, तो फिर उसने रुकने का नाम ही नहीं लिया। उसे लगा जैसे धीरे-धीरे उसके आँसुओं से पूरा कमरा भरने लगा है। उसने महसूस किया कि लगातार रोने से उसकी आँखें सूज गई थीं और अपनी ही पलकों के भार से मुँदने लगी थीं। कुछ पलों बाद उसे महसूस हुआ जैसे वह किसी समुन्दर में है और ऊँची-नीची लहरों के थपेड़े खाता हुआ डूब रहा है। तभी उसे बीच समन्दर में एक काला फ़ोन दिखाई दिया। उसके भीतर यह ख़याल उठा कि फ़ोन का रिसीवर उठाते ही फ़ोन एक नाव में तब्दील हो जाएगा। दूर-दूर तक और कुछ ऐसा नहीं था जिसके सहारे वह खुद को बचा पाता। हार कर उसने फ़ोन के रिसीवर को उठा लिया। लेकिन उसकी उम्मीद के विपरीत फ़ोन किसी नाव में नहीं बदला। रिसीवर को थामे वह समन्दर में और गहरे डूबने लगा। रिसीवर के साथ जुड़ा तार लगातार बढ़ता रहा। कई बार गहरे डूबकर ही हम उबर पाते हैं। उथलेपन में न डूबना होता है और ना उबरना। उसे महसूस हुआ कि शायद इस डूबने में ही उबरना है। उसने आँखें मूँद लीं और खुद को लहरों के हवाले कर दिया।

बेटी के जाने ने उसे तोड़कर रख दिया था। उसने बड़े अभावों में अपना जीवन गुज़ारा था। उसके जीवन का एकमात्र ख़्वाब और एकमात्र लक्ष्य यही था कि उसकी बेटी को उन तमाम अभावों का सामना ना करना पड़े। इसके

लिए उसने रात-दिन अपने-आप को खपा दिया था। उसने मन-प्राण से अपनी बेटी का दोस्त होने की कोशिश की थी। उसे तो लगा था कि वह अपनी कोशिशों में पूरी तरह से सफल हुआ है। ऐसा मानने की वजह यह थी कि न सिर्फ बचपन में, जबकि हर बेटी के लिए बाप उसका हीरो होता है और वह माँ के मुकाबले बाप के ज़्यादा करीब होती है, किशोर और युवा होने पर भी उसकी बेटी अपनी माँ की तुलना में उसके ज़्यादा निकट थी। माँ से वह कितनी ही बातें छुपा जाती थी, मगर उसके साथ अपनी हर छोटी-बड़ी बात को वह साझा किया करती थी। यहाँ तक कि उनकी इस निकटता से कई बार उसकी पत्नी ईर्ष्या भाव से भर उठती थी। फिर ऐसा क्या हुआ और कब हुआ कि उसके और बेटी के बीच इतनी गहरी खाई बन गई और उसे इसका तनिक भी एहसास न हो पाया।

उसे नहीं पता था कि उसकी बेटी कहाँ गई थी और किस लड़के के साथ गई थी। अपने जीवन का यह पन्ना उसकी बेटी ने इतनी सफाई से छुपाकर रखा था कि उसे कोई सुराग नहीं मिल पाया। वह पुलिस स्टेशन रिपोर्ट लिखाने भी गया, मगर पुलिस ने यह कहकर उसे टरका दिया कि उसकी बेटी सयानी थी और अपनी मर्जी से गई थी।

इधर उसकी पत्नी ने बेटी के जाने के बाद उससे अबोला धर लिया था। वह भीतर ही भीतर धीरे-धीरे बिखर रहा था। पत्नी का मौन उसके बिखरने की गति को तेज कर रहा था।

अपनी बेटी की सलामती को लेकर उसके मन में रह-रह कर तमाम तरह की आशंकाओं के बादल उमड़ते रहते थे। श्रद्धा-आफताब वाले मामले में नित नए खुलासे हो रहे थे। उसके मन में यह डर बैठ गया कि कहीं उसकी बेटी भी किसी मुस्लिम लड़के के साथ ही न गई हो। उसे हर रात सपना आता जिसमें वह आफताब को श्रद्धा की जगह अपनी बेटी के टुकड़े करते हुए और उसे फ्रिज में भरते हुए देखता। सपने में वह चीखना चाहता मगर उसकी चीख उसके गले में ही घुटकर रह जाती और वह पसीने से तर-बतर होकर हाँफते हुए उठ बैठता। इसके बाद पूरी रात उसकी आँखें एक पल को भी न झपकतीं।

हर सुबह सूजी हुई आँखें लेकर वह ऑफिस जाता। कई बार वह घर से ऑफिस के लिए निकलता मगर फिर सारा दिन अनजाने रास्तों पर भटकता अपनी बेटी को खोजता फिरता।

उस दिन भी घर से वह ऑफिस जाने के लिए निकला था मगर रास्तों के पेचदार उलझाव में कहीं खो गया। उसके भीतर का अँधेरा गाढ़ा होकर पहले उसकी आँखों में भर गया और फिर उसकी पलकों से गाल पर उतरने लगा। उसकी आँखें धुँधलाने लगीं। उसने सामने देखा, जालीदार टोपी लगाए एक युवक उसके करीब से गुज़र रहा था। उसे उस लड़के में आफताब का चेहरा दिखाई दिया। उसने लपक कर उस लड़के का कॉलर पकड़ लिया और उसे झकझोरते हुए पूछने लगा, "कमीने, बता तूने मेरी बेटी को मारकर कहाँ फेंका?" लड़के ने अचकचाकर खुद को उसकी गिरफ़्त से छुड़ाना चाहा मगर सफल नहीं हो पाया। उसके बाद क्या हुआ, उसे होश नहीं। लेकिन जब वह घर लौटा तो बुरी तरह से घायल था। कपड़े जगह-जगह से फटे और धूल से सने हुए थे।

उस रात बेटी के जाने के बाद पहली बार उसकी पत्नी ने मुँह खोला।

"मुझे पता होता कि तुम मेरी बेटी की ज़िन्दगी में जहर घोल रहे हो तो मैं उसे तुम्हारी छाया से भी बचाकर रखती। जाने कहाँ भटक रही होगी मेरी बच्ची। जाने किस हाल में होगी। तुमने उसके जीवन को बरबाद करके रख दिया। और अब यह ड्रामा कर रहे हो। मगर इससे तुम्हारे पाप नहीं धुलने वाले। मैं मरते दम तक तुम्हें माफ नहीं करूँगी।"

वह फटी आँखों से पत्नी को देख रहा था। उसका एक-एक शब्द किसी हथौड़े की तरह उसके जेहन से टकरा रहा था। उसे लग रहा था कि जैसे उसके पाँवों के नीचे की धरती धीरे-धीरे दलदल में बदलती जा रही है और वह उसमें धँसता जा रहा है।

उसकी ओर से कोई प्रतिक्रिया न देख पत्नी ने बेडरूम में जाकर भीतर से दरवाज़ा लगा लिया। वह बड़ी देर तक उस दरवाज़े को घूरता खड़ा रहा और फिर चुपचाप घर से बाहर निकल गया।

वह समझ ही नहीं पा रहा था कि अपनी बेध्यानी में जाने कब उसके जीवन का केन्द्र रही उसकी बेटी और पत्नी उससे दूर हो गईं और वह एक

ऐसे बीहड़ में चला आया, जहाँ वह पूरी तरह से अकेला था—एकाकी, असहाय और हतभाग्य। उसे महसूस हो रहा था कि उसकी शिराओं के रक्त में विष घुल गया था, जो उसके कंठ की सारी नमी को सोखता जा रहा था। एक तीव्र प्यास वह अपने भीतर महसूस कर रहा था जो शायद उसके अपने ही रक्त से बुझनेवाली थी।

कितनी देर वह सड़कों पर यूँ ही निरुद्देश्य भटकता रहा, खुद उसे भी नहीं पता चला। कई बार जीवन इंसान को ऐसे मोड़ पर ले आता है, जहाँ उसकी सारी चेतना और संवेदना लुप्त हो जाती है। उसके भीतर उठ रहे तमाम सवालों और विचारों के सौ-सौ तूफान भी अचानक शान्त हो गए। मानो इन तूफानों ने उसके भीतर की बस्ती को पूरी तरह से ध्वस्त कर दिया था। अब वहाँ जीवन की कोई हलचल शेष नहीं रही थी।

पता नहीं कब उसके पैर रेलवे स्टेशन की ओर मुड़ गए। जैसे कोई अदृश्य शक्ति किसी डोर में बाँधे उसे खींच ले रही थी। वह स्टेशन पर पहुँचा। भीतर एक नम्बर प्लेटफार्म पर कोई ट्रेन खड़ी थी। प्रवेश द्वार के ठीक सामने जो डिब्बा नज़र आया, वह उसमें ही चढ़ गया। उसके भीतर सदियों की थकान भरी हुई थी। उसने धीरे से अपनी आँखें बन्द कर लीं। उसके बाद ट्रेन ने कितना सफ़र तय किया, उसे याद नहीं।

बादलों की तेज गड़गड़ाहट से उसकी आँखें खुलीं। वेटिंग रूम के बाहर घुप्प अँधेरा था। खिड़कियों के पल्ले तेजी से हिलते हुए खिड़की की सलाखों से टकरा रहे थे। बीच-बीच में बिजली कड़कड़ा रही थी, उसमें से बाहर का जो नज़ारा दिखाई दे रहा था, वह बता रहा था कि बाहर धो-धो बारिश हो रही थी।

उसने कमरे में चारों ओर देखा, उस किशोर लड़की के सिवा अब वहाँ कोई नहीं था। लड़की ने धीरे से अपना चेहरा उठाया। उसका ध्यान लड़की की आँखों की ओर गया। वह बुरी तरह से चौंक उठा। ये वही नीली आँखें थीं, जिन्होंने हाथ थामकर उसे इस स्टेशन पर उतार लिया था। इन आँखों को आज से पहले उसने कभी नहीं देखा था। आँखें उसके लिए अनजान थीं मगर चेहरा उसके लिए जाना-पहचाना-सा था। वह चेहरा लड़कपन में मिली

उस लड़की का था, जिसे उसने जीवन में सबसे पहले प्यार किया था और जी-जान से किया था। वह लड़की जो एक दिन अचानक हमेशा के लिए लापता हो गई थी। आज इतने सालों बाद उसे वह चेहरा फिर से दिखा था। अन्तर बस इतना था कि उस लड़की की आँखों की पुतलियाँ नीली नहीं थीं। क्या इतने सालों में उसकी आँखों की पुतलियों का रंग बदल गया होगा? उसने सोचा। वह मंत्रमुग्ध-सा उसकी ओर देखता रह गया।

लड़की उसे अपनी ओर मुग्ध हो देखता पाकर मुस्करा उठी। वह अपनी जगह से उठी। उसके उठते ही जोर से बिजली कड़कड़ाई और तेज हवा के झोंके से फ़ोन वाली टेबुल के पास लगा आईना नीचे गिर गया। आईने का नीचे गिरना और लाइट का चले जाना एक साथ हुआ। अब कमरे में भी गाढ़ा अँधेरा था। कुछ पलों बाद जब फिर से बिजली कड़की तो उसे नीचे फर्श पर टूटकर बिखरे उस आईने के सभी टुकड़ों में उस लड़की की नीली आँखें नज़र आईं। उसने देखा, लड़की जमीन पर बैठी आईने के उन बिखरे हुए टुकड़ों को अपने हाथों से समेट रही है। थोड़ी देर बाद लड़की उसके पास आकर बैठ गई।

इसके बाद सिर्फ एक बार और बिजली कड़की। उसने देखा, लड़की की नीली आँखें उसे बहुत प्यार से निहार रही थीं। लड़की बुदबुदाई, "ओह मेरी जान! वक्त के थपेड़ों ने कितने गहरे ज़ख़्म दिए हैं न तुम्हें। कितने छलनी हो गए हैं तुम्हारे मन-बदन। मगर अब चिन्ता मत करो, मैं उन्हें चम्पा के इन फूलों से मल-मलकर ठीक कर दूँगी।" उसने देखा, लड़की की जिन हथेलियों में कुछ देर पहले उसने टूटे हुए आईने के टुकड़े देखे थे, वो हथेलियाँ अब स्वर्णचम्पा के फूलों से भरी हुई थीं।

इसके बाद चारों ओर फिर गहरा अँधेरा छा गया। चम्पा के फूलों की मन्द-मोहक ख़शबू से उसकी साँसें महक उठीं। उसने महसूस किया, लड़की के मुलायम हाथ उसके पूरे बदन पर चम्पा के फूलों को मल रहे थे। एक अनिर्वचनीय आनन्द से उसका बदन, मन और आत्मा भर उठी। एक अकल्पनीय तृप्ति उसके पूरे अस्तित्व को अपने आगोश में लेने लगी। उसने महसूस किया कि उसका सिर लड़की की गोद में था। उसे याद आया

कि जाने कितनी सदियों से वह सोया नहीं था। लड़की का एक हाथ अब भी उसके बदन को सहला रहा था। उसका दूसरा हाथ धीरे-धीरे उसके बालों में फिरते हुए उसे थपकियाँ देने लगा। उसकी आँखें धीरे-धीरे मुँदने लगीं।

इसके बाद न जाने कितनी देर तक, न जाने कितनी अँधेरी सुरंगों की यात्रा करता रहा वह। समय जैसे अपने अस्तित्व के घेरे में ही फँसकर कहीं गुम हो गया था। पता नहीं किस पल उसकी चेतना ने गाढ़े-काले अँधेरे को भेदकर उजाले की एक किरण को थामा। उसे अपना होना किसी फूल की पंखुड़ी से भी कोमल और फाहे से भी ज़्यादा हल्का महसूस हुआ। उसने आँखें खोलीं। देखा, वह वेटिंग रूम में ऊपर छत के करीब हवा में तैर रहा था। नीचे कमरे में कोई नहीं था। बस बिखरे हुए काँच के टुकड़ों के बीच रक्त से भरा हुआ उसका बेजान शरीर पड़ा हुआ था। उसने आश्चर्य से आँखें मल के देखा, अब वहाँ उसका शरीर भी नहीं था। बस लाल गाढ़े रक्त से भरा एक छोटा-सा कुंड था और उस रक्तकुंड के ठीक बीचोबीच एक कँवल खिला हुआ था।

लौटने की आस

गड़चिरोली के जंगल में बारिश किसी बिगड़ैल जंगली भैंसे की तरह भड़भड़ाती हुई उत्पात मचा रही थी। अपने रास्ते में आनेवाले सब कुछ को तहस-नहस कर देने की जिद लिए। जंगल की प्रगाढ़ शान्ति में बारिश का शोर लग रहा था जैसे कान के परदों को तार-तार कर देने के लिए आतुर हो। उस पर फूस और मिट्टी की वह झोंपड़ी बारिश के उस रौद्र रूप को देख बीच-बीच में कड़कड़ाती बिजली की रोशनी में मानो काँप-सी जाती थी। झोंपड़ी के छप्पर में से कई जगहों से बारिश का पानी धार बनकर चू रहा था। उसके बीच के सूखे हुए हिस्से में एक खटिया पर मुकुन्द की छाती से चिपकी हुई वासन्ती भीषण बारिश के स्वरों के चलते भय से काँप रही थी। वासन्ती के लिए यह जंगल की पहली बारिश थी। इस तरह की बारिश का अनुभव ले चुका मुकुन्द प्यार से कभी उसकी पीठ थपथपाता और कभी उसके बालों में उँगलियाँ फेरता। आधी रात बीत चुकी थी मगर दोनों की आँखों में नींद का नामोनिशान नहीं था। वैसे भी उनकी शादी को अभी महज छह माह ही पूरे हुए थे इसलिए वासन्ती का यह सामीप्य मुकुन्द को भला-भला-सा लग रहा था और मन ही मन वह कामना कर रहा था कि बारिश इसी तरह कुछ समय और चलती रहे। सामीप्य का यह नशा बीच-बीच में वासन्ती के भय को भी पछाड़ कर हावी हो जाता था। फिर कुछ देर बाद पागल हाथी की तरह चिंघाड़ते बादलों की गर्जना उसे फिर भय की गिरफ़्त में धकेल देती।

अचानक दरवाज़े पर जोर से बजती साँकल से दोनों चौंके। वासन्ती ने आशंका से भरकर मुकुन्द की ओर देखा। मुकुन्द ने अपनी हथेलियों की थपथपाहट से उसे आश्वस्त करते हुए जोर से पूछा, "कौन?" लेकिन शोर

मचाती मूसलाधार बारिश में शायद उसका प्रश्न दरवाज़े को पार नहीं कर पाया। साँकल फिर बजी। साँकल जिस तेजी से बजाई जा रही थी, उसकी आवाज़ बजानेवाले की अधीरता की साफ़-साफ़ चुगली कर रही थी। मुकुन्द ने उठकर दरवाज़ा खोला। बाहर बारिश में भीगता नरंगो पुंगाटी खड़ा था।

"गुरुजी, जल्दी घर चल।" नरंगो ने कहा।

"इतनी रात को...क्या हो गया?" मुकुन्द ने पूछा।

"कोंदे दरद से तड़प रही है। तू चलकर उसे देख ले।" बारिश के पानी के साथ-साथ उसके भीगे हुए चेहरे से अधीरता भी टपक रही थी।

नरंगो पुंगाटी की बीवी थी कोंदे। दो दिन पहले ही डिस्पेंसरी में आकर गई थी। पेट के आकार से लग रहा था कि नौ महीने पूरे हो गए हैं और कभी भी डिलिवरी हो सकती है।

"तूने दाई को नहीं बुलाया क्या?" मुकुन्द ने पूछा। उसे यहाँ डिस्पेंसरी में आए महज एक सप्ताह ही हुआ था। यहाँ सदियों से अब तक दाइयाँ या घर-पड़ोस की बड़ी-बूढ़ी औरतें ही डिलिवरी का काम करती रही हैं।

"मंगरी दाई आई हुई है, मगर कोंदे की हालत बुरी है। तू चलकर कुछ इलाज करेगा तो उसे आराम मिलेगा।" नरंगो के स्वर जितनी ही उम्मीद उसकी आँखों में भी थी।

"ठीक है, तू चल आगे। मैं दवाइयाँ लेकर आता हूँ।" मुकुन्द ने उसे आश्वस्त करते हुए कहा।

नरंगो उसी तरह बारिश में भीगते हुए अपने घर की ओर दौड़ पड़ा।

मुकुन्द मुड़ा; वासन्ती आँखों में ढेर सारे प्रश्न भरे उसकी ओर देख रही थी। मुकुन्द उन निगाहों के सवालों को समझ रहा था। यह सच था कि मेडिकल से उन दोनों का दूर-दूर का भी कोई नाता नहीं था। जब उन्होंने यहाँ लाहिरी में आकर डिस्पेंसरी चलाने के लिए सहमति दी तो डॉ. प्रकाश ने उन दोनों को सामान्य रोग, उनके लक्षण, उनमें काम आनेवाली दवा और उसकी मात्रा आदि की जानकारी के साथ यही कोई दो महीने तक प्रशिक्षण दिया था। साथ में पल्स देखना, स्टेथेस्कोप से धड़कनें सुनना, बीपी देखना और इंजेक्शन लगाना भी सिखाया था। लेकिन डिलिवरी के बारे में न तो

डॉ. प्रकाश ने कुछ बताया था और न ही उन दोनों के ही दिमाग में इस तरह का कोई विचार आया था।

मुकुन्द ने लाचारी में कन्धे झटकते हुए जल्दी से मेडिकल बॉक्स में ड्रेसिंग का सामान, कुछ दवाइयाँ और उबाल कर रखी गई एक सीरिंज और दो सूइयाँ रखीं। डिस्पेंसरी में उनके पास एक ही छाता था। दरवाज़े पर साँकल चढ़ाकर मुकुन्द ने एक हाथ में दवाई का बक्सा और दूसरे हाथ में छाता थामा और वासन्ती को अपने से सटाए नरंगो के घर की ओर चल दिया।

2

लाहिरी में मुकुन्द चाहे आदिवासियों को प्राथमिक चिकित्सा सुविधाएँ उपलब्ध कराने के लिए शुरू की गई डिस्पेंसरी सँभालने आया था, मगर गाँव वालों के लिए वह अब भी 'गुरुजी' ही था। इस सम्बोधन का अपना एक इतिहास था। वह उन चन्द लोगों में से था जो समाजसेवी बाबा के कहने पर डॉ. प्रकाश के साथ भामरागड़ आए थे; आदिवासियों को चिकित्सा सुविधा उपलब्ध कराने का लक्ष्य लेकर। समाज के वंचित या बहिष्कृत लोगों को आसरा, न्याय और अवसर दिलाने का एक बड़ा यज्ञ बाबा ने सालों पहले शुरू किया था। इसमें उनका जोर शिक्षा, चिकित्सा और रोजगार के अवसर—इन तीन बातों पर था। इस काम के लिए चन्द्रपुर के घने जंगलों में घूमते हुए भामरागड़ उनके मन में अटक गया था। यहाँ के अधिकांश आदिवासियों का तथाकथित सभ्य समाज से दूर-दूर तक कोई सम्पर्क नहीं था। इसके अपने फायदे और नुकसान थे। नुकसान कई थे, मगर सबसे बड़ा नुकसान उन्हें किसी प्रकार की चिकित्सा सुविधा का उपलब्ध ना होना था। किसी तरह की कोई भी बीमारी हो, दुर्घटना हो या कोई और तकलीफ...गाँव के ओझा या मांत्रिक के सिवा उनके पास कोई विकल्प नहीं था। प्राकृतिक जड़ी-बूटियों का उनका ज्ञान उनकी छोटी-मोटी बीमारियों पर ही कारगर था। इसी वजह से बाबा चाहते थे कि कुछ लोग इस घने जंगल में आकर बसें और यहाँ के निवासियों को चिकित्सा की सुविधा उपलब्ध कराएँ। बाबा का ताजा-ताजा डॉक्टर बना छोटा बेटा प्रकाश

इस जिम्मेदारी को उठाने के लिए तैयार हुआ, मगर यह अकेले का काम नहीं था। बाबा के साथ काम करनेवाले ऐसे कुछ नवयुवक जो प्रकाश के हमउम्र थे, उसके साथ आने को तैयार हो गए। मुकुन्द उन्हीं में से एक था।

जिस जगह उन्होंने अपना खुला अस्पताल शुरू किया था, वह जगह ना सिर्फ जंगल में थी, बल्कि पूरी तरह जंगल ही थी। सरकार की ओर से जमीन का जो टुकड़ा उन्हें उपलब्ध कराया गया था, वहाँ कुछ साफ-सफाई करके सबसे पहले एक झोंपड़ी बनाई गई, जो दवाइयाँ और अन्य सामान रखने के साथ-साथ रात में उन सबके सोने के काम भी आती थी। उस जंगल में खुले में सोना अपनी मौत को दावत देने की तरह था। शुरुआत में इलाज पेड़ों के नीचे खुले में करने की योजना बनी, जो उस जमीन के टुकड़े पर बहुतायत में थे। यह बात और है कि इसकी शुरू में कोई ज़रूरत ही नहीं पड़ी क्योंकि उनके पहुँचने के बाद भी पहला मरीज उन तक पहुँचने में महीनों लग गए थे। विश्वास चीज़ों पर जमी धूल की तरह होता है, धीरे-धीरे ही गाढ़ा होता है। इसलिए जो समय उन्हें मिला, उसका उपयोग कर उन्होंने उस दौरान कुछ झोंपड़ियाँ और बना लीं।

जिनके बीच काम करना है, उनकी बोली-भाषा जाने बिना उनसे संवाद स्थापित करना आसान नहीं होता। इसीलिए उन लोगों ने भामरागड़ पहुँचने के पहले ही थोड़ा बहुत स्थानीय माड़िया भाषा का ज्ञान हासिल कर लिया था। उनमें से कुछ लोग रोज मरीजों की तलाश में आसपास के गाँवों में जाते थे और यह जानने का प्रयत्न करते कि गाँव में कोई रोगी या जख्मी तो नहीं है। वे लोगों को किसी हारी-बीमारी की दशा में उनके अस्पताल में इलाज के लिए आने के लिए भी प्रेरित करने की कोशिश करते। मगर यह सदियों से जमी हुई बर्फ थी; उसमें दरार डालना ही आसान नहीं था, तोड़ना तो बहुत दूर की बात थी। गाँव-गाँव के मांत्रिकों के मकड़जाल में फँसे इन आदिवासियों को आधुनिक चिकित्सा सुविधा लेने के लिए प्रेरित करना एवरेस्ट के शिखर पर पहुँचने से कम दु:साध्य नहीं था।

कई महीने बाद उस अस्पताल में पहला मरीज आया या लाया गया, वह भी संयोगवश। उस दिन अपने रोज के रुटीन के अनुसार कुछ कार्यकर्ताओं का

एक दल पास के गाँव का फेरा मारकर वापस अस्पताल की ओर लौट रहा था, जब उन्हें सड़क पर भालू द्वारा घायल एक आदिवासी पड़ा हुआ दिखाई दिया। भालू ने उसकी खोपड़ी को खोल दिया था और उसका मस्तिष्क उस खोपड़ी से बाहर आ गया था। उन लोगों ने देखा, तब उसकी साँसें चल रही थीं। वे तुरन्त उसे उठाकर अस्पताल ले आए। उसकी हालत देख एक पल को तो डॉ. प्रकाश के भी हाथ-पाँव फूल गए, मगर सोचने-विचारने का समय बिलकुल नहीं था इसलिए बिना किसी देरी के उसका इलाज शुरू कर दिया। यह उनका नसीब था कि वह आदिवासी बच गया। उस इलाके में भालू के हमले के शिकार किसी आदिवासी का ऐसी स्थिति में जिन्दा बच जाना किसी चमत्कार से कम नहीं था। इस घटना ने मजबूत जमी अविश्वास की बर्फ में पहली दरार डाली थी। धीरे-धीरे उनके अस्पताल में मरीज आने शुरू हो गए।

उन लोगों के बीच काम करते हुए डॉ. प्रकाश और उसके साथियों के ध्यान में यह बात आई कि किसी भी नई बात को अपनाने में आदिवासियों के भय के पीछे बड़ी हद तक उनका अशिक्षित होना जिम्मेदार है। इसलिए वास्तव में यदि इस इलाके में परिवर्तन करना है तो आदिवासियों को सिर्फ चिकित्सा सुविधा उपलब्ध कराने भर से काम नहीं चलेगा। उनके लिए शिक्षा के द्वार खोलना भी ज़रूरी है। इसी विचार ने भामरागड़ के उनके प्रोजेक्ट के परिसर में ही एक छोटे-से स्कूल की नींव रखी। मुकुन्द उस स्कूल का पहला मास्टर था। गड़चिरोली के आदिवासियों से संवाद साधने के लिए वह उनकी माड़िया भाषा तो पहले ही सीख चुका था, स्कूल के लिए उसने अपना परिधान भी बदल दिया। वैसे भी यहाँ आने के बाद आदिवासियों से निकटता साधने के उद्देश्य से डॉ. प्रकाश ने अपनी शहरी वेशभूषा छोड़कर निकर और बनियान को अपना गणवेश बना लिया था। अन्य युवकों ने भी उसका अनुसरण किया था। मुकुन्द ने स्कूल शुरू करते समय आदिवासी बच्चों को पराया ना महसूस हो इसलिए बनियान और निकर भी छोड़ दी और उन आदिवासियों की तरह ही केवल लंगोटी को अपना लिया। धीरे-धीरे वह ना सिर्फ उस स्कूल में पढ़नेवाले बच्चों के लिए बल्कि उनके अभिभावकों और अन्य आदिवासियों के लिए भी गुरुजी हो गया।

दो साल तक उसने बड़े मजे से स्कूल चलाया। मुकुन्द जानता था कि एक निश्चित ढर्रे वाली वर्तमान शिक्षा पद्धति इन आदिवासी बच्चों के किसी काम की नहीं है। आधुनिक विचारों को अपनाने के लिए तैयार करते समय उनकी परम्पराओं और रीति-नीति का ध्यान रखना भी ज़रूरी था, वरना न वे घर के रहेंगे और न ही घाट के। मुकुन्द ने उनकी ही भाषा, परम्परा और रीति-रिवाजों की खूबियों को सामने रखते हुए उनके भीतर आधुनिक विचारों के बीज बोने शुरू किए। उसके स्कूल में कुछ भी एक बँधे-बँधाए ढाँचे पर नहीं होता था। उन आदिवासी बच्चों की तरह ही वह स्कूल भी उन्मुक्त था, अपनी दोनों बाँहें फैलाए ताजी हवा के स्वागत को आतुर। वह न तो किसी चारदीवारी में बँधा था और न ही बन्धनकारी नियमों में। वहाँ बच्चे हर दिन तय करते कि उस दिन वे क्या करना चाहते हैं। उनका जब मन होता, सारे बच्चे मुकुन्द के साथ जंगल में घूमते-फिरते, ऊधम मचाते। कभी शिकार करते, कभी नदी में तैरते, कभी मछलियाँ पकड़ते। कभी मन करता तो ढोल और अन्य वाद्य बनाते, बजाते। कभी मिलकर नाचते-गाते। जंगल में रहने और जीने की कला वे मुकुन्द को सिखाते और मुकुन्द उन्हें सारी पुरानी चीज़ों को नई दृष्टि से देखने के सबक देता। परिणाम यह हुआ कि उस छोटे-से स्कूल में आने के बाद जो बच्चे शुरू-शुरू में मौका मिलते ही कई-कई किलोमीटर दूर अपने गाँव भाग जाया करते थे, वे ही बच्चे कुछ समय बाद छुट्टियों में भी गाँव जाने के लिए राजी नहीं होते। फिर कई बार छुट्टियों में मुकुन्द भी उनके साथ उनके गाँव चला जाता। कभी एक गाँव, कभी दूसरे गाँव... कुल मिलाकर उसका खुला स्कूल छुट्टियों में भी अलग-अलग गाँवों और अलग-अलग जगहों पर चलता रहता।

स्कूल शुरू होने के दो साल के भीतर ही वहाँ प्रवेश के लिए इच्छुक बच्चों की संख्या बहुत बढ़ गई। जाहिर है, उतने बच्चों को शामिल करने के लिए बड़े पैमाने पर संसाधन भी ज़रूरी थे। संसाधनों की इसी ज़रूरत ने उनकी संस्था को सरकारी सहायता लेने का विचार करने के लिए विवश किया। यह तो बिलकुल साफ था कि यदि सरकारी सहायता आई तो सरकार के नियम-कानून भी साथ-साथ आएँगे। उन नियमों के मुताबिक बच्चों की

पढ़ाई का वह पूरा तरीका बदलना होगा, जिसे पिछले दो सालों से मुकुन्द ने अपनाया हुआ था। उसे अपने इस तरीके की उपयोगिता पर कोई सन्देह नहीं था। वह सरकार के अविवेकपूर्ण और इन आदिवासी बच्चों के लिए पूरी तरह से अनुपयोगी और दूरगामी दृष्टि से नुकसानदेह नियमों में बंधने को बिलकुल तैयार नहीं था। डॉ. प्रकाश और अन्य लोगों के साथ उसकी घंटों बहस चली। डॉ. प्रकाश का एक ही तर्क था कि अपने सीमित संसाधनों में यदि मुकुन्द के कहे अनुसार चलते हैं तो बहुत सीमित बच्चों को शिक्षा देना उनके लिए सम्भव होगा। जबकि शिक्षा की ज़रूरत इस क्षेत्र के सैकड़ों बच्चों को है। उन्हें अपनी जिद में शिक्षा से वंचित नहीं किया जा सकता। लम्बी बहस और विचार-विमर्श के बाद आख़िरकार संस्था ने सरकारी सहायता लेने का निर्णय लिया और मुकुन्द ने स्कूल से अपने-आप को अलग करने का निर्णय।

इसी दौरान मुकुन्द का विवाह वासन्ती के साथ हुआ, जो उसके बाबा के यहाँ जाने के समय से ही उसकी प्रतीक्षा कर रही थी। बाबा के आश्रम में रहनेवाले कुछ कुष्ठरोगी जोड़ों के साथ ही उन दोनों का भी विवाह हुआ, जिसमें पूरे महाराष्ट्र से कई साहित्यकार, शास्त्रीय गायक और सामाजिक कार्यकर्ता शामिल हुए थे।

भामरागड़ का अस्पताल तब तक अच्छे से चलने लगा था। वहाँ आनेवाले मरीजों की संख्या भी तेजी से बढ़ रही थी। उनमें से कइयों को पच्चीस-तीस किलोमीटर दूर से पैदल चलकर आना पड़ता। दूर किसी गाँव में कोई गम्भीर बीमार होता या किसी दुर्घटना में घायल होता तो उसे खटिया पर डालकर जंगल के बीच से पैदल लाया जाता। कई बार इमरजेंसी की स्थिति में यह दूरी उसके जीवन और मरण के बीच की दूरी बन जाती। इसे देखते हुए संस्था ने सोचा कि यदि उनके अस्पताल के सब-सेंटर कुछ जगहों पर खुल जाएँ तो इन आदिवासियों को इतनी दूर इलाज के लिए नहीं आना पड़ेगा और भामरागड़ के अस्पताल पर पड़नेवाला काम का बोझ भी कुछ कम हो जाएगा। हमेशा नई चुनौतियों का सामना करने के लिए तैयार रहनेवाला मुकुन्द वहाँ से 21 किलोमीटर दूर स्थित लाहिरी गाँव में ऐसा एक सब-सेंटर चलाने के लिए तुरन्त तैयार हो गया।

दो महीने के साधारण चिकित्सा प्रशिक्षण के बाद घने जंगलों में बसे इस लाहिरी गाँव में एक सप्ताह पहले ही आकर मुकुन्द और वासन्ती ने यह डिस्पेंसरी शुरू की थी। डिस्पेंसरी क्या थी, एक छोटी-सी झोंपड़ी थी, जिसमें बाँस से बनी एक टेबुल, एक कुर्सी, दो स्टूल थे। इसके अलावा एक छोटी-सी अलमारी थी, जिसमें सामान्य रूप से काम में आनेवाली कुछ दवाइयाँ रखी हुई थीं। डिस्पेंसरी से सटी हुई दूसरी झोंपड़ी मुकुन्द और वासन्ती के रहने के लिए थी। उसमें उनके कपड़ों के अलावा एक खटिया, कुछ बर्तन और एक स्टोव था, जो उनकी नई गृहस्थी का सर्वस्व था।

3

नरंगो की झोंपड़ी में आसपास की दो-चार औरतें और मंगरी नाम की दाई मौजूद थी। कोंदे झोंपड़ी की कच्ची जमीन पर लेटी दर्द से तड़प रही थी। उस इलाके के रिवाज़ के मुताबिक उसने सिर्फ कमर से नीचे आधी धोती लपेटी हुई थी मगर वह भी उस समय अस्त-व्यस्त थी। केरोसिन के दीये के मद्धम उजाले में उसकी दशा और भी भयानक दिख रही थी। बीच-बीच में कराहते हुए वह कुछ बुदबुदा रही थी, जो ठीक से मुकुन्द को समझ में नहीं आ रहा था। उन्हें देखकर कोंदे के इर्द-गिर्द जमा औरतें और मंगरी दाई थोड़ा दूर सरक गए।

कोंदे की हालत देखकर मुकुन्द सचमुच घबरा गया। अब तक किसी तरह सँभाला हुआ उसका आत्मविश्वास पल भर में हवा हो गया। कुछ पलों को किंकर्तव्यविमूढ़ता से वह स्तब्ध खड़ा सोचता रहा कि अब क्या करे। एक पल को तो उसके मन में यह भी आया कि वहाँ से वासन्ती का हाथ पकड़कर भाग खड़ा हो। मगर फिर उसने बड़े प्रयासों से अपने भीतर के तूफान को काबू में किया। वह जानता था कि यदि इस पल वह यहाँ से चला गया तो फिर कभी इस गाँव में डिस्पेंसरी नहीं चला पाएगा। यह उसके लिए अग्निपरीक्षा की घड़ी थी। उसने दो-तीन गहरी साँसें लीं और दर्द से तड़पती कोंदे की कलाई थामी। सच तो यह था कि उस पल उसे कुछ भी समझ में नहीं आ रहा था,

मगर वह जानता था कि यह समय अपनी घबराहट या अज्ञानता के प्रदर्शन का नहीं है। कुछ पलों को कोंदे की नब्ज़ पढ़ने का अभिनय करने के बाद उसने यूँ सिर हिलाया जैसे कोंदे की सारी तकलीफ उसने समझ ली है। फिर कोंदे की हथेली अपने हाथ में लेकर उसे थपथपाते हुए बोला, "चिन्ता मत कर। सब ठीक हो जाएगा।" ठीक उसी समय फिर कोंदे के पेट के भीतर से दर्द की एक लहर उमड़ी और वह जोर से चीखी। घबराकर मुकुन्द ने उसका हाथ छोड़ा और वह अपने मेडिकल बॉक्स की ओर मुड़ा।

मेडिकल बॉक्स में से मुकुन्द ने पहले से उबालकर रखी हुई काँच की सीरिंज निकाली और बी कॉम्प्लेक्स के इंजेक्शन की शीशी से दवा खींचकर कोंदे की बाँह में इंजेक्शन लगा दिया। वासन्ती तब तक कोंदे के सिरहाने पहुँच गई थी। उसका सिर अपनी गोदी में लेकर वह उसके माथे को सहलाने लगी थी। मुकुन्द ने इंजेक्शन लगा कर कहा, "सुई लगा दी है मैंने। अब घबराने की कोई ज़रूरत नहीं है।"

मुकुन्द को पता था कि इस समय किसी भी दवा से ज़्यादा उसका आत्मविश्वासपूर्ण व्यवहार कोंदे के काम आनेवाला है। जाने यह मुकुन्द के कहे का असर था या इंजेक्शन लगाने के कारण मिली तसल्ली के कारण था या फिर वासन्ती के आश्वस्तिपूर्ण स्पर्श के कारण, पर कोंदे कुछ शान्त हो गई थी। मंगरी दाई वहीं पास बैठकर कोंदे के पेट को सहलाने लगी।

अगला आधा घंटा मुकुन्द और वासन्ती दोनों के लिए ही बहुत भारी गुज़रा। परिस्थिति कुछ इस तरह थी कि उनके सहयात्रियों ने तूफान से घिरे हुए किसी जहाज की कमान बहुत उम्मीदों से उनके हाथों में थमा दी थी जबकि सच यह था कि उन्हें जहाज चलाने का कोई ज्ञान नहीं था। उनका जहाज पूरी तरह से समन्दर की लहरों के हवाले था। आधे घंटे बाद कोंदे के पेट में फिर दर्द का दौर शुरू हुआ। मंगरी ने तब तक नरंगो से कहकर झोंपड़ी के बीचोबीच बल्ली से एक मोटी रस्सी बंधवा ली थी। उसके नीचे एक बड़ा-सा पत्थर रखकर उस पर कोंदे को बैठा दिया गया और रस्सी उसके हाथ में दे दी गई। कोंदे से पूरा जोर लगाकर वह रस्सी खींचने के लिए कहा गया। उस मोटी रस्सी को खींचते हुए कोंदे दर्द से दोहरी होकर

उस पर लगभग लटक जा रही थी। इस वर्जिश के पाँच मिनट के भीतर ही उसका बच्चा उसके जननांगो से होकर बाहर निकल आया।

अब क्या करना है? आँखों में यह प्रश्न भरे मुकुन्द और वासन्ती ने एक-दूसरे की ओर देखा। मुकुन्द को यह तो पता था कि बच्चे की नाल ब्लेड से काटी जाती है, मगर वह अपने साथ ब्लेड लेकर नहीं आया था। नरंगो की झोंपड़ी में तो ब्लेड होने का कोई सवाल ही नहीं था। फिर उसे इस बात की भी कोई जानकारी नहीं थी कि नाल कैसे काटी जाती है। मंगरी दाई प्रश्नवाचक निगाहों से मुकुन्द की ओर देख रही थी। मुकुन्द उससे नज़रें बचाते हुए अपने अगले कदम के बारे में सोच ही रहा था कि वह पूछ बैठी, "अब क्या करें गुरुजी?"

कोई और उपाय ना सोच पाने के कारण मुकुन्द ने तुरन्त कहा, "बच्चा तो ठीक से जन गया है। अब तुम लोग जैसा करते हो वैसा ही करो।"

कोंदे बच्चा जनने के बाद शान्त हो गई थी। उसका शरीर पूरी तरह से उघड़ा हुआ पड़ा था। उसकी दोनों टाँगों के बीच बच्चा खून से लिथड़ा हुआ गोबर और मिट्टी से लिपे हुए फर्श पर पड़ा था। मंगरी कोंदे के पास शान्त बैठ गई। इस बार मुकुन्द ने प्रश्नवाचक निगाहों से मंगरी की ओर देखा। मंगरी ने कोंदे के जननांग की ओर इशारा करते हुए कहा, "अभी गर्भनाल बाहर नहीं आई है।"

मुकुन्द और वासन्ती दोनों को यह लग रहा था कि अब जल्दी से नाल काटकर बच्चे को उठाना चाहिए और उसे साफ करना चाहिए। मगर चूँकि उन दोनों को इस पूरी प्रक्रिया का ना कोई अनुभव था और न ही ठीक से कोई जानकारी, इसलिए दोनों ने चुप रहकर तमाशा देखने में ही भलाई समझी।

बारिश का जोर कम होते हुए कुछ ही देर में पूरी तरह से थम गया। करीब आधे घंटे का समय मुकुन्द और वासन्ती के लिए जानलेवा इन्तज़ार में बीता। आधे घंटे बाद जब कोंदे की योनि से प्लासेंटा पूरी तरह से बाहर आ गया तो मंगरी ने उसे हिलाया। मंगरी का सहारा लेकर कोंदे उठ बैठी। उसने अपने सिर के कुछ बाल पकड़कर खींचे। यह देखकर वासन्ती सिहर उठी।

कोंदे ने उन बालों से बच्चे की नाभि से कुछ दूरी पर नाल बाँधी। तब तक मंगरी एक चाकू ले आई। उस चाकू से कोंदे ने बँधे हुए बालों के आगे से नाल को काटा। इसके बाद वह उठी। मंगरी ने उसके हाथ में लोहे की एक

छोटी सब्बल थमा दी। कोंदे ने झोंपड़ी के पिछवाड़े जाकर उस सब्बल से एक छोटा-सा गड्ढा खोदा और फिर अपना प्लासेंटा समेटकर उस गड्ढे में डाल दिया। प्लासेंटा के ऊपर धान का भूसा डालकर दबाया गया और फिर उसके ऊपर मिट्टी डाल कर उसे भर दिया गया। उस जगह एक वजनी पत्थर रख दिया गया, ताकि कोई जानवर उस जगह को खोदकर वह प्लासेंटा न निकाल सके।

यह सब होने के बाद आख़िरकार कोंदे ने जमीन पर खून और मिट्टी में लिथड़े पड़े अपने बच्चे को हाथ लगाया। यह देखकर मुकुन्द और वासन्ती दोनों ने ही राहत की गहरी साँस ली। तब तक सुबह ने अपनी दस्तक दे दी थी।

4

किसी भी तरह की राहत का एहसास अक्सर क्षणिक होता है। कम-से-कम मुकुन्द के लिए उस तूफानी बरसात वाली रात में उपजा राहत का एहसास इतना क्षणजीवी था कि अगली सुबह तक भी नहीं टिक पाया। अपने ठिकाने पर पहुँचने के बाद जैसे ही वह बिस्तर पर लेटा तो एक अनजान-सी बेचैनी ने उसे चारों ओर से घेर लिया। आज किस्मत साथ थी तो उसका निबाह हो गया एक बड़ी चुनौती के सामने। मगर हर दिन और हर बार तो ऐसा होने से रहा। जिस बात का ज्ञान उसे नहीं है, उसका अभिनय आख़िर कितने दिन तक कर सकेगा वह। छोटी-मोटी बीमारी के समय दवा दे देना या इंजेक्शन लगा देना और बात है, मगर किसी प्रसूति के समय एक डॉक्टर से अपेक्षित उपचार का उसे ज्ञान नहीं होगा तो फिर लाहिरी में ज़्यादा दिन तक टिक पाना सम्भव नहीं होगा। इस मामले में उसका अज्ञान ना सिर्फ यहाँ पर उसके बने रहने की सम्भावना पर प्रश्नचिह्न लगाएगा बल्कि एक शिक्षक के रूप में उसने जो सम्मान अर्जित किया है इन आदिवासियों से, वह भी पूरी तरह से धूल में मिल जाएगा। इसके अलावा भामरागड़ में काम कर रहे डॉ. प्रकाश के अस्पताल की साख प्रभावित होगी, सो अलग।

उसने उस दिन की घटना के पूरे वर्णन के साथ डॉ. प्रकाश को एक पत्र लिखा। तीसरे दिन डॉ. प्रकाश का सन्देश आ गया, तुरन्त भामरागड़

पहुँचने के लिए। वासन्ती को लाहिरी में ही छोड़कर वह अगले दिन सुबह-सुबह साइकिल से भामरागड़ के लिए रवाना हुआ। इक्कीस किलोमीटर की इस यात्रा में बीच में दो नदियाँ आईं, पर्लकोटा और पामुल गौतम, स्थानीय माड़िया भाषा में इन्हें कोटा बेराग और नई बेराग नाम से पुकारा जाता था। नाव में अपनी साइकिल रखकर उसने ये नदियाँ पार कीं और शाम होने से पहले डॉ. प्रकाश के पास पहुँच गया।

भामरागड़ में करीब एक सप्ताह वह डॉ. प्रकाश के साथ छाया की तरह लगा रहा। डॉ. प्रकाश ने प्रसूति से सम्बन्धित मूलभूत जानकारियाँ उसे दीं और साथ ही इस विषय की कुछ किताबें भी उसे पढ़ने के लिए दीं। इसके अलावा उन दिनों अस्पताल में हुई दो-तीन डिलिवरियों के समय भी उसे अपने साथ ही रखा। इनमें से एक डिलिवरी कॉम्प्लिकेटेड वाली श्रेणी में मानी जा सकती थी, जिसमें बच्चा आसानी से बाहर न आने के कारण उस महिला की योनि में एक छोटा-सा चीरा लगाकर गर्भाशय में हाथ डालकर बच्चे को निकाला गया और फिर टाँके लगाकर काटी गई जगह को फिर सिल दिया गया। आख़िर में एक डिलिवरी खुद उसने कराई, तब जाकर उसके भीतर यह आत्मविश्वास जागा कि अब वह यह काम आराम से कर लेगा। अपने कर्म-युद्ध में उतरने के लिए आवश्यक अस्त्र-शस्त्रों से अब वह बड़ी हद तक लैस हो चुका था इसलिए नए उत्साह से वह अपनी कर्मभूमि में लौट आया, जहाँ वासन्ती उसकी बेचैनी से प्रतीक्षा कर रही थी।

5

यह उन दिनों की बात है जब भामरागड़ तहसील चन्द्रपुर जिले का ही एक भाग थी। मुकुन्द के लाहिरी पहुँचने के कई साल बाद चन्द्रपुर जिले का विभाजन कर नया गढ़चिरोली जिला बनाया गया। भामरागड़ तहसील मुख्यालय की बात छोड़ दें तो लाहिरी उस तहसील के बड़े गाँवों में से एक था। लाहिरी के आसपास बसे हुए छोटे-छोटे करीब 150 गाँवों-बस्तियों के केन्द्र में बसा एक बड़ा गाँव। हालाँकि इस बड़े गाँव की जनसंख्या तब कोई 600 के करीब थी।

कुल जमा 70-80 परिवार गाँव में रहते थे। उनमें से अधिकांश माड़िया-गोंड आदिवासी। कई सालों पहले वहाँ आकर बसे दो-तीन मराठी परिवारों के अलावा सब केवल माड़िया भाषा बोलने-समझनेवाले। इन दो-तीन परिवारों के कारण वासन्ती को इस गाँव में अजनबीपन का एहसास नहीं होगा, यह भी एक कारण था सब-सेंटर के लिए लाहिरी गाँव के चुनाव का।

लाहिरी गाँव में हर बुधवार को साप्ताहिक बाज़ार लगता था, जिसमें आसपास के पचासों गाँवों के लोग खरीदारी के लिए आते थे। इसके अलावा गाँव में केवल एक छोटी-सी खोखा-टपरी थी, जिसमें बच्चों के लिए गोली-बिस्कुट के अलावा दाल-चावल, चाय, शक्कर, नमक और माचिस जैसी आवश्यक चीज़ें आमतौर पर बाक़ी समय मिल जाती थीं।

लाहिरी गाँव में आने के बाद जैसे मुकुन्द और वासन्ती एक अलग ही दुनिया में आ गए थे। यद्यपि मुकुन्द दो साल से अधिक समय से भामरागड़ में रह रहा था, मगर जहाँ उनका अस्पताल और स्कूल था, वह हिस्सा गाँव से अलग था इसलिए उनका गाँव के दैनिक जनजीवन से रोज का कोई सरोकार नहीं रहता था। फिर भी वह कुछ हद तक आदिवासी प्रथा-परम्पराओं से, रीति-रिवाजों से और जीवन से परिचित था। वासन्ती के लिए तो सब कुछ बिलकुल नया था। वह तो नासिक जैसे शहर में पली-बढ़ी थी। उसे इन जंगलों में आए अभी कुल जमा छह माह ही हुए थे।

आदिवासी सामान्यत: किसी को भी बहुत जल्दी नहीं अपनाते। मगर मुकुन्द के मामले में ऐसा नहीं था। पिछले दो साल में गुरुजी के रूप में वह इस इलाके के तमाम गाँवों में घूमा हुआ था। यहाँ लाहिरी गाँव में भी उसके अनेक विद्यार्थी रहते थे। यही वजह थी कि उसे लाहिरी में आने के बाद यहाँ के जनजीवन से तालमेल बैठा लेने में कोई खास दिक़्क़त नहीं हुई।

शहरों से अलग आदिवासी गाँवों में लोगों के जीवन में सामूहिकता का भाग ज़्यादा होता है। लाहिरी में आदिवासी खेती किया करते थे, मगर यह मुख्यत: बारिश पर निर्भर थी। अनाज के नाम पर ज़्यादातर धान की खेती की जाती थी। बाक़ी समय अन्य आदिवासियों की तरह लाहिरी के लोग भी ज़्यादातर जंगल पर निर्भर रहते थे। जब खेती का कोई काम नहीं होता तो

महिलाएँ मौसम के अनुसार जंगल में फल व अन्य वस्तुएँ इकट्ठा करने जाया करतीं और पुरुष वर्ग आमतौर पर शिकार के लिए जंगल जाता। कभी-कभी यह शिकार सामूहिक भी होता। ऐसे समय अक्सर बड़ी संख्या में बन्दरों को घेरकर उनका शिकार किया जाता। जब शिकारी अपना शिकार लेकर गाँव वापस लौटते तो फिर उस शिकार का सामूहिक बँटवारा होता या फिर सामूहिक भोज का आयोजन किया जाता।

गाँव की सारी गतिविधियाँ प्रकृति के चक्र से जुड़ी हुई थीं। हर काम का एक मुहूर्त निकाला जाता, सामूहिक पूजा होती और फिर उस काम को शुरू किया जाता। चाहे जमीन की जुताई हो, बुवाई हो, फसल की कटाई हो या बिनाई हो। चाहे जंगल में आँवले तोड़ने जाना हो, या तेंदूफल या फिर आम। इस तरह की गतिविधियों के लिए जो व्यक्ति सामूहिक मुहूर्त निकालता था, वह गाँव का भूमिया कहलाता था। भूमि से जुड़ी हर गतिविधि में उसकी सलाह से काम होता। वह किसी काम का मुहूर्त निकालता तो गाँव का ढोलिया ढोल बजाकर इसकी जानकारी पूरे गाँव को देता। ढोलिया ढोल बजाकर सिर्फ मुहूर्त की ही जानकारी नहीं देता था; गाँव में कोई बैठक होती तो भी ढोल बजाकर इसकी सूचना दी जाती, कोई मौत होती तो भी ढोल बजाया जाता। अलग-अलग तरह की सूचनाओं के लिए ढोल बजाने का तरीका भी अलग-अलग होता। ढोल सुनते ही गाँव का हर व्यक्ति तुरन्त जान जाता कि किस तरह की सूचना दी जा रही है।

गाँव के सारे सामूहिक आयोजन घोटुल में ही हुआ करते थे। गाँव के ये उत्सव पंडुम कहलाते। इनकी सूचना मिलने के बाद अगले दिन तय समय पर सारा गाँव घोटुल में जमा हो जाता। पूरे साल में अलग-अलग तरह के कोई दस-बारह पंडुमों का आयोजन हुआ करता। हर पंडुम के बाद रात को सामूहिक नृत्य का आयोजन तो तय था ही। अपने विद्यार्थियों के कारण मुकुन्द को माड़िया समुदाय का नृत्य खूब अच्छे से आने लगा था। वह जोर-शोर से इन नाचों में शामिल होता।

सबसे ज़्यादा रोचक होता फसल की कटाई के बाद आयोजित होनेवाला पंडुम। इसमें गाँव के सभी परिवार अपनी-अपनी उपज में से एक नियत भाग

लेकर घोटुल में जमा होते। वहाँ पूजा के उपरांत गाँव में निःशुल्क अलग-अलग सेवाएँ देनेवाले परिवारों को उनका हिस्सा सभी लोगों द्वारा दिया जाता। वहाँ ऐसे सभी लोगों के लिए अलग-अलग ढेर लगाए जाते। इनमें गाँव का पुजारी भी होता, भूमिया भी, कोतवाल भी, नाई भी, कुम्हार भी, लोहार भी, सुनार भी और सुतार भी। सारे लोग अपनी फसल का तय हिस्सा इन लोगों के लिए लगाए गए अलग-अलग ढेर में डालते। ये सारे लोग गाँव के लोगों को उनकी ज़रूरत के मुताबिक वस्तुओं या सेवाओं की बिना कोई शुल्क लिए आपूर्ति करते थे और बदले में गाँव उनकी ज़रूरतों का पूरा ख़याल रखता था। गाँव की हर उपज में उनका हिस्सा सुरक्षित होता था। जल्दी ही इस तरह के पंडुम में एक हिस्सा मुकुन्द और वासन्ती के लिए भी रखा जाने लगा।

6

धीरे-धीरे मुकुन्द और वासन्ती गाँव में इस तरह घुल-मिल गए जैसे पानी में नमक घुल जाता है। मुकुन्द तो पहले से ही माड़िया भाषा बोलता था, वासन्ती ने भी जल्द ही यह भाषा सीख ली। इस बीच उन्हें एक बेटा भी हो गया। बेटे के जन्म के बाद वासन्ती का ज़्यादातर समय उसकी देखभाल और डिस्पेंसरी के काम में ही व्यतीत होता। मगर मुकुन्द गाँव के साथ दिन-प्रतिदिन और अधिक समरस होता गया। गाँव के हर आयोजन, हर बैठक में वह अनिवार्य रूप से उपस्थित होता। गाँव में फैसला करने के लिए पंचों की एक समिति थी, मगर अब हर फैसले से पहले मुकुन्द की राय ली जाती। अक्सर उसकी राय से ही फैसले किए जाते। यहाँ तक कि जब गाँव वाले सामूहिक शिकार के लिए जंगल जाते तो मुकुन्द को भी साथ ले जाते। यद्यपि मुकुन्द न मांस खाता था और न ही कभी शिकार में सक्रिय हिस्सा लेता था, मगर वह हर बार बड़े उत्साह से उनके साथ जाया करता। जल्द ही गाँव के लोग एक तरह से यह भूल ही गए कि मुकुन्द उनमें से एक नहीं था बल्कि शहर से आया था।

मांस के अलावा एक और चीज़ थी, जो उस आदिवासी गाँव के जीवन का अभिन्न हिस्सा थी, मगर जिसे मुकुन्द हाथ नहीं लगाता था। कोई पंडुम

हो, किसी के घर शादी हो, किसी के घर का छप्पर डाला जाना हो या कोई और अवसर हो, हर अवसर पर शराब आयोजन का एक अनिवार्य हिस्सा होती। गाँव का हर काम सामूहिक ढंग से होता था। किसी के घर में कोई उत्सव हो तो उसकी शुरुआत मंडप डालने से होती। इसके लिए गाँव का हर व्यक्ति आम के पेड़ की टहनी लेकर उस घर तक जाता। मंडप डालने के बाद सब को शराब परोसी जाती, जिसे मंडाकल कहा जाता था और जो आमतौर पर तुम्बे में या बोतल में भरी होती थी। सब लोग पत्तों का दोना बनाते और उन दोनों में शराब परोसी जाती। इसमें स्त्री-पुरुष या छोटे-बड़े का कोई भेद नहीं किया जाता। अलग-अलग अवसरों पर अलग-अलग तरह की शराब होती। मगर सारी शराब गाँव में ही तैयार की जाती। इनमें महुआ के फूलों से बनी शराब, ताड़ी, आंबिल, चावल का आटा भिगोकर उसमें खमीर लाकर उसे पकाकर बनाई गई जावा, एक प्रकार की राइस बीयर लन्दा, सल्फी जैसी कोई आठ-दस प्रकार की शराब होती। नशे और स्वाद को बढ़ाने के लिए कई बार इनमें तरह-तरह की जड़ी-बूटियाँ भी डाली जातीं, जिनका ज्ञान परम्परागत रूप से एक पीढ़ी से दूसरी पीढ़ी को हस्तान्तरित होते रहता। इस तरह के हर आयोजन में मुकुन्द शामिल हुआ करता था। जब शराब बँटती तब गाँव के लोग उससे ज़रूर पूछते कि गुरुजी तेरा दोना कहाँ है? मुकुन्द हर बार बस मुस्करा देता। इस पर बाक़ी लोग जोर का ठहाका लगाते। धीरे-धीरे हर आयोजन का यह स्थायी मज़ाक़ बन गया।

मुकुन्द की डिस्पेंसरी का कोई तय समय नहीं था। यह चौबीस घंटे की सेवा थी। कोई किसी भी समय ज़रूरत पड़ने पर वहाँ आ सकता था। आमतौर पर रात को सोने के समय को छोड़कर यदि मुकुन्द कहीं बाहर न गया होता तो डिस्पेंसरी में ही पाया जाता। गाँव के लोग कोई तकलीफ होने पर आते और कई बार घंटों वहीं बैठे मुकुन्द के साथ बतियाते रहते। इन बातों में उनकी बीमारी के अलावा घर-परिवार की ढेरों बातें शामिल होतीं। गाँव के लोग अपनी हर तरह की व्यक्तिगत और पारिवारिक समस्याएँ मुकुन्द को बताया करते। इसके अलावा सरकारी विभागों से सम्बन्धित परेशानियाँ या समस्याएँ भी मुकुन्द तक पहुँचतीं। यदि डिस्पेंसरी में कोई मरीज प्रतीक्षारत न

होता तो कई बार इन समस्याओं के समाधान के लिए मुकुन्द आए हुए मरीज के साथ ही उठकर चल देता। कई बार इन समस्याओं के समाधान के लिए आसपास के किसी बड़े गाँव भी जाना पड़ता, जो लाहिरी से कई किलोमीटर दूर होता। ऐसे समय में मुकुन्द की साइकिल जंगलों की छोटी पगडंडियों से बातें करते हुए कई किलोमीटर की दूरी नापा करती।

यह साल 1983 था। मुकुन्द को लाहिरी में डिस्पेंसरी शुरू किए हुए पाँच साल हो गए थे। इलाके का बड़ा गाँव होने के कारण लाहिरी साप्ताहिक बाजार का केन्द्र तो पहले से था ही। मुकुन्द के आगमन ने गाँव में और भी कई परिवर्तनों की नींव डाली थी। पहले लाहिरी में कोई बीमार होता तो या तो ओझा की शरण जाता या फिर कई किलोमीटर दूर भामरागड़ जाना पड़ता। अब अधिकांश छोटी-मोटी बीमारियों का इलाज गाँव में ही होने लगा। कहने के लिए गाँव में स्कूल था, मगर उसमें कभी कोई मास्टर नहीं आता था। मुकुन्द ने तहसील और जिले के अधिकारियों को बार-बार पत्र लिखकर गाँव के स्कूल में एक ऐसे शिक्षक की नियुक्ति करा दी जो पास के ही गाँव का रहनेवाला था और पूरे समय लाहिरी में रहने को राजी था। इसके कारण गाँव के बच्चों को गाँव में ही प्राथमिक स्तर की पढ़ाई सुलभ हो गई। खुद मुकुन्द भी बीच-बीच में उस स्कूल में जाकर बच्चों को पढ़ाया करता और उन्हें तयशुदा ढाँचाबद्ध शिक्षा के संकट से बचाने की पूरी कोशिश करता। मुकुन्द के प्रयासों से गाँव के अधिकांश लोगों के राशन कार्ड बन गए और गाँव में ही राशन की दुकान भी शुरू हो गई। उस दुकान से गाँववालों को नियमित और पूरी मात्रा में राशन मिलता रहे, इसे सुनिश्चित करना भी मुकुन्द के ही जिम्मे था। इसके अलावा सरकार की अन्य कई योजनाओं का लाभ गाँव को मिलने लगा।

सालों के प्रयासों के बाद आख़िरकार गाँव के लोग अपने स्वास्थ्य, शिक्षा और मूलभूत अधिकारों को लेकर सजग होने लगे थे। धीरे-धीरे ही सही, मगर अब वे गाँव में आनेवाले सरकारी अधिकारियों और कर्मचारियों से सिर उठाकर बात करने का साहस जुटाने लगे थे। अपने अधिकारों को लेकर सवाल उठाने लगे थे। इन बदलावों की गति धीमी ज़रूर थी मगर ठोस थी।

राजनीति से कोसों दूर अधिकांशतः अनपढ़ इन आदिवासियों के बीच एक राजनैतिक चेतना जगाने की शुरुआत मुकुन्द ने कर दी थी।

7

उसी दौरान व्यवस्था में बदलाव की एक बयार और बहनी शुरू हुई। गढ़चिरोली के गाँवों में कुछ अनजान शस्त्रधारी लोगों की आवाज़ाही उन दिनों अचानक बढ़ने लगी। ये लोग आन्ध्रप्रदेश से बार्डर पार करके सिरोंचा गाँव से होकर गढ़चिरोली-चन्द्रपुर के बाक़ी इलाकों में आते थे और फिर उसी रास्ते से वापस चले जाया करते थे। आमतौर पर वे सबसे पहले उस गाँव के किसी प्रमुख व्यक्ति से सम्पर्क करते। फिर उसी व्यक्ति की सहायता से गाँव के अन्य प्रमुख लोगों से मिलते-जुलते और बातचीत करते, उनकी समस्याओं के बारे में पूछताछ करते। खासकर पुलिस और सरकारी अधिकारियों द्वारा किए जानेवाले अन्याय और अत्याचारों की कहानियाँ जानने में उनकी खास रुचि हुआ करती थी। उनमें से कोई-कोई कुछ खास जानकारियों को अपनी नोटबुक में दर्ज भी करता रहता। साथ ही वे अन्य इलाकों में सरकारी लोगों द्वारा किए जानेवाले अत्याचार और दुर्व्यवहार की कहानियाँ भी गाँव के लोगों को सुनाते। इसी तरह के कुछ लोग उस दौरान मुकुन्द से मिलने भी आए। उन्होंने बताया कि वे पीडब्ल्यूजी (पीपल्स वार ग्रुप) के सदस्य हैं, जिसे आमतौर पर वे दलम कहते थे। उनका काम आदिवासियों को उनके अधिकार दिलाना और उन्हें पुलिस और सरकारी मशीनरी के अत्याचार से मुक्ति दिलाना था। जब मुकुन्द ने उनसे पूछा कि यह काम वे किस तरह करेंगे तो उनके दलनायक किशन रेड्डी ने हँसकर कहा, "चिन्ता न करें गुरुजी, जल्द ही आपको यह पता चल जाएगा।"

इसके कुछ ही दिनों बाद गाँव में एक बड़ी मीटिंग का आयोजन किया गया। सभी गाँववालों को मुनादी देकर इसमें शामिल होने का आमंत्रण दिया गया। मीटिंग में केवल लाहिरी के ही नहीं बल्कि आसपास के गाँवों के कुछ लोग भी आए। किशन रेड्डी के नेतृत्व में बड़ी संख्या में दलम के शस्त्रधारी

सैनिक मीटिंग के लिए लाहिरी पहुँचे, जिनमें कुछ महिलाएँ भी थीं। उस समय मुकुन्द पास के गाँव में किसी गम्भीर रूप से बीमार मरीज को देखने गया था, इसलिए वह इस बैठक में शामिल नहीं हो पाया मगर बाद में लोगों ने उसे मीटिंग का सारा आँखों देखा हाल सुनाया था।

उस मीटिंग में गाँववालों की शिकायतों का केन्द्र मुख्य रूप से वन विभाग के कर्मचारी थे। वन विभाग वाले आदिवासियों को जंगल से अनेक प्रकार की वनोपज नहीं लेने देते थे, जिनमें तेंदूपत्ता और बाँस प्रमुख थे। यह और बात है कि जंगल पर पूरी तरह से आश्रित इन आदिवासियों के लिए ये दोनों वस्तुएँ इसलिए महत्त्वपूर्ण होती थीं क्योंकि इन वस्तुओं के बदले में वे इलाके में आनेवाले व्यापारियों से नमक और अन्य ज़रूरी वस्तुएँ लिया करते थे। फिर बाँस तो आदिवासियों के दैनन्दिन जीवन का एक अहम हिस्सा था। इसलिए अक्सर वे जंगल से वन विभाग के कर्मचारियों की निगाहें बचाकर इन चीज़ों को चुरा लिया करते थे। लेकिन पकड़े जाने पर इलाके का फॉरेस्ट गार्ड उनका खूब शोषण किया करता। वे न सिर्फ उन आदिवासियों से मारपीट किया करता बल्कि उनसे मुर्गा, बकरी और दारू जैसी चीज़ें वसूलने के बाद ही उन्हें छोड़ा करता। कई बार अकेली देखकर महिलाओं का यौनशोषण करने में भी वह पीछे नहीं रहता।

किशन रेड्डी ने ये शिकायतें सुनने के बाद तुरन्त फॉरेस्ट गार्ड को मीटिंग में लाने के लिए अपने कुछ आदमियों को भेजा। शुरू में तो फॉरेस्ट गार्ड ने अपने सरकारी ओहदे की अकड़ में हेकड़ी दिखाने की कोशिश की, मगर चार झापड़ खाने के बाद उसके सुर तुरन्त बदल गए। दलम के सदस्यों ने उसके सारे कपड़े उतार कर उसे नंगा किया और मीटिंग में उपस्थित महिलाओं से उसे मारने को कहा। गाँव की महिलाएँ शुरू में थोड़ा हिचकीं, मगर जब दलम वालों ने उस फॉरेस्ट गार्ड को बेंत से मारने की शुरुआत की तो फिर महिलाएँ पीछे नहीं रहीं। उस फॉरेस्ट गार्ड की यथोचित धुलाई के बाद किशन रेड्डी ने उसे यह धमकी देकर छोड़ा कि यदि अगली बार उन्हें उसकी किसी भी तरह की कोई शिकायत मिली तो उसकी लाश उसी के जंगल के जानवर खाते हुए दिखाई देंगे।

इस घटना की चर्चा न सिर्फ पूरे लाहिरी में बल्कि आसपास के पूरे इलाके में आग की तरह फैली। त्वरित न्याय का यह मॉडल आदिवासियों को बहुत पसन्द आया। थोड़े ही दिनों में गाँव-गाँव में दलम के समर्थक युवकों के समूह तैयार हो गए जिन्हें संघम कहा जाता। संघम के सदस्य दलम के कार्यकर्ताओं के कहने पर उनके लिए गाँव में मीटिंग का आयोजन करना, उसमें शामिल होने के लिए गाँव के लोगों से सम्पर्क करना, उनके रहने-खाने की व्यवस्था करना जैसे अनेक काम किया करते। इलाके में दलम के लोगों की गतिविधियों के बढ़ने के साथ ही पुलिस की इलाके में आवाजाही भी बढ़ने लगी। इसके चलते संघम के लोगों के कामों में पुलिस की गतिविधियों की जानकारी दलम तक पहुँचाने की जिम्मेदारी भी शामिल हो गई।

फॉरेस्ट गार्ड की खबर लेने के बाद दलम के लोगों का अगला निशाना इलाके में स्थित बल्लारशाह पेपर मिल के व्यवस्थापक और एजेंट थे। पेपर मिल के लिए बाँस की कटाई का काम बड़े पैमाने पर स्थानीय आदिवासी मजदूर किया करते थे। छह से आठ घंटे काम के बदले में पुरुषों को तीन रुपये और महिलाओं को दो रुपये मजदूरी दी जाती। दलम के लोगों ने ऐसी ही एक मीटिंग में पेपर मिल के व्यवस्थापक को बुलाकर पुरुष और महिला दोनों की दिहाड़ी मजदूरी छह रुपये करने का आदेश दिया। व्यवस्थापक ने उनका आदेश मानने से इनकार कर दिया। दलम के लोगों ने इलाके में पेपर मिल के लिए काटकर इकट्ठा किए गए बाँस के ढेर में आग लगा दी और व्यवस्थापक को चेतावनी दी कि यदि उनके आदेश का पालन नहीं हुआ तो उसे पेपर मिल के लिए बाँस का एक टुकड़ा भी नहीं लेने दिया जाएगा। इतना ही नहीं, बाँस के ढेर की तरह किसी दिन पेपर मिल भी धू-धू जलती हुई दिखाई देगी। परिणाम यह हुआ कि पेपर मिल ने एक ही झटके में आदिवासी मजदूरों की दैनिक मजदूरी छह रुपये कर दी। इस घटना ने उस इलाके में दलम की जड़ें गहरी करने का काम किया। आदिवासियों को यह लगने लगा कि उनके लिए दलम मसीहा बनकर आया है।

हालाँकि दलम द्वारा आयोजित मीटिंग में शामिल होने के लिए हर बार मुकुन्द को भी निमंत्रण मिलता था, मगर पहली मीटिंग का सारा हाल सुनने

के बाद मुकुन्द ने इन मीटिंगों में न जाने का फैसला किया। इसकी उसके पास ठोस वजहें भी थीं।

ऐसी ही एक मीटिंग के बाद किशन रेड्डी मुकुन्द की डिस्पेंसरी में पहुँचा। उसने कुर्सी पर बैठते-बैठते ही मुकुन्द से सवाल किया, "सारा गाँव हमारी मीटिंग के लिए इकट्ठा होता है, फिर तुम क्यों नहीं आते गुरुजी?"

"एक तो मेरे पास मरीजों की इतनी भीड़ रहती है कि मुझे तुम्हारी मीटिंग में आने का समय नहीं मिलता। और फिर समय हो भी तो मेरी तुम्हारी मीटिंगों में कोई दिलचस्पी नहीं है।" मुकुन्द ने छूटते ही कहा।

किशन रेड्डी के माथे पर क्रोध की लकीरें उभरीं मगर उसने अपने-आप को तुरन्त सामान्य कर लिया और पूछा, "दिलचस्पी न होने का कारण क्या है गुरुजी? तुम्हारा और हमारा काम तो एक ही समान है। तुम भी इन आदिवासियों की सेवा करते हो और हम भी इन आदिवासियों की सेवा के लिए ही यहाँ आते हैं और मीटिंग लेते हैं। यदि हम मिलकर काम करेंगे तो क्या ज़्यादा अच्छा नहीं होगा?"

"मैं तुम लोगों के साथ मिलकर काम नहीं कर सकता।" मुकुन्द ने बिना किसी लाग-लपेट के कहा।

"और इसकी वजह?" किशन रेड्डी के लिए खुद पर जब्त कर पाना मुश्किल हो रहा था।

"तुम लोग हिंसा का सहारा लेकर अपना काम करते हो जबकि मैं गांधी को और उनकी अहिंसा को माननेवाला हूँ। हमारी विचारधारा में और काम करने के तरीके में जमीन-आसमान का अन्तर है। ऐसे में साथ मिलकर काम करना कैसे सम्भव हो सकता है? फिर एक बड़ा अन्तर यह भी है कि मेरा काम सामाजिक है जबकि तुम्हारे उद्देश्य सामाजिक दिखते हुए भी मूल रूप से राजनीतिक हैं।" मुकुन्द ने सपाट स्वर में जवाब दिया।

"तुम इस गाँव में पिछले पाँच-छह सालों से काम कर रहे हो गुरुजी। जो परिवर्तन तुम पाँच सालों में नहीं कर पाए, उसे करने में हमें पाँच महीने भी नहीं लगे। क्या तुम्हें नहीं लगता कि हमारा तरीका ज़्यादा कारगर है?" किशन रेड्डी ने कुटिलता से मुस्कराते हुए पूछा।

"यह तो तुम इन आदिवासियों से पूछो कि पिछले पाँच सालों में कितना बदलाव हुआ है। और जो भी बदलाव हुआ है वह इस देश के कानून का पालन करते हुए किए गए प्रयासों से हुआ है। इसके लिए किसी को डराने-धमकाने की ज़रूरत मुझे कभी नहीं पड़ी। डर के कारण होनेवाले बदलावों की उम्र डर कायम रहने तक ही होती है। उस वजह के हटते ही स्थितियाँ फिर पूर्ववत हो जाती हैं। ऐसे बदलावों को कायम रखने के लिए डर को कायम रखना ज़रूरी होता है। लेकिन जब यही बदलाव जागरूकता की वजह से होते हैं तो स्थायी रहते हैं।" मुकुन्द ने किशन रेड्डी की आँखों से आँखें मिलाते हुए कहा।

"मैं तुमसे सहमत नहीं। मगर तुम्हारे साहस की मैं दाद देता हूँ। तुममें अपनी बात को पूरी निडरता से कहने का हौसला है। अच्छा होता यदि हमारे काम में तुम्हारा साथ मिलता।" उस दिन इतना कहकर किशन रेड्डी वापस चला गया था।

किशन रेड्डी ने इसके बाद मुकुन्द से मीटिंग में आने का आग्रह नहीं किया। मगर जैसे-जैसे दलम की गतिविधियाँ उस इलाके में बढ़ीं, दलम के लोग भी गाहे-बगाहे किसी छोटी-मोटी बीमारी की दवा लेने या इलाज कराने के लिए मुकुन्द की डिस्पेंसरी में आने लगे। मुकुन्द अन्य आदिवासियों की तरह ही बिना किसी भेदभाव के उनका भी इलाज कर दिया करता था। काम करने के तरीके को छोड़कर उस समय तक मुकुन्द के पास दलम का विरोध करने की कोई वजह नहीं थी। और दलम के पास भी कोई कारण नहीं था कि वह मुकुन्द के काम में किसी तरह का हस्तक्षेप करे। इस तरह से दोनों सहअस्तित्व की अवधारणा के अनुसार अपने-अपने काम में लगे हुए थे। मगर यह स्थिति ज़्यादा समय तक कायम नहीं रह सकी।

8

महत्त्वाकांक्षा और वर्चस्व की चाह अनुकूल वातावरण पाकर उसी तरह से व्यक्ति के भीतर अंकुरित हो जाती है, जैसे बारिश होने पर जमीन में दबे बीज अंखुआने लगते हैं। लाहिरी के सरपंच मालू बोगामी के साथ भी यही हुआ। उसके दोनों बच्चे मुकुन्द के स्कूल में पढ़े थे, इसलिए मुकुन्द के प्रति उसके

मन में शुरू से सम्मान था। लाहिरी में आकर डिस्पेंसरी शुरू करने के कारण यह सम्मान कुछ प्रगाढ़ ही हुआ। जब भी मुकुन्द गाँववालों के अधिकारों के लिए या सुविधाओं के लिए कोई प्रयास करता, अधिकारियों से मिलता तो गाँव का सरपंच होने के नाते मालू भी उसके साथ छाया की तरह रहता। इसका उसे लाभ भी मिला। दलम के लोग जब शुरू में गाँव आए तो उन्होंने सबसे पहले मालू बोगामी से ही सम्पर्क किया। यूँ उस समय तक गाँव में सबसे प्रभावशाली और सर्वमान्य व्यक्ति मुकुन्द ही था, मगर दलम और उसकी मीटिंगों से दूरी बनाए रखने के कारण दलम के लोगों ने मालू को अपने प्रभाव में रखना ज़रूरी समझा। जैसे-जैसे दलम के लोगों का प्रभाव गाँव में और आसपास के इलाकों में बढ़ने लगा, मालू के भीतर भी महत्त्वाकांक्षाएँ जोर मारने लगीं। मुकुन्द का गाँव के लोगों पर जो प्रभाव था, उसके प्रति धीरे-धीरे उसके मन में ईर्ष्या का भाव जागने लगा। दलम के समर्थन के कारण वह अपने आप को ज़्यादा महत्त्वपूर्ण समझने लगा और अपने महत्त्व को सारे गाँव के सामने सिद्ध करने के अवसर की खोज में रहने लगा।

दोनों के बीच टकराव का एक मौका जल्दी ही सामने आया। उस दिन हमेशा की तरह मुकुन्द अपनी डिस्पेंसरी में बैठा मरीजों को देख रहा था। और दिनों के मुकाबले उस दिन डिस्पेंसरी में भीड़ ज़्यादा थी। इसी बीच कुछ लोग एक आदमी को लेकर आए जिस पर जंगल में भालू ने हमला कर दिया था। आदमी के चेहरे को भालू ने बुरी तरह से नोच लिया था। मुकुन्द ने बड़ी मुश्किल से खून से सना हुआ उसका चेहरा साफ किया और ढेर सारे टाँके लगाकर मलहम-पट्टी की थी। अभी उसकी हालत ठीक नहीं थी इसलिए उसने उसे डिस्पेंसरी में ही एक कोने में लिटा दिया था। इसी बीच मालू बोगामी का भेजा एक आदमी डिस्पेंसरी पहुँचा।

"तुझे सरपंच ने घर बुलाया है गुरुजी!" उसने मुकुन्द से कहा।

"इस समय! क्या काम है?" एक मरीज को पास की रैक से दवा देते हुए मुकुन्द ने पूछा।

"उसकी औरत बीमार है।" सन्देशवाहक ने बताया।

"क्या हो गया है उसकी औरत को?" मुकुन्द ने सहज भाव से पूछा।

"उसको ताप चढ़ गया है और जाड़ा लगता है।" जवाब मिला।

"ठीक है, कोई गम्भीर बात नहीं है। मालू को बोल कि औरत को लेकर यहीं आजा। मैं देखकर दवा दे दूँगा।" मुकुन्द ने अगले मरीज की नब्ज देखते हुए कहा।

सन्देशवाहक उसकी बात सुनकर चला गया, मगर कुछ ही देर में फिर लौट आया।

"गुरुजी, सरपंच कह रहा है कि उसकी औरत यहाँ पर नहीं आएगी, तुझे उसके घर पर जाकर ही देखना होगा।।" सन्देशवाहक ने सरपंच का सन्देश दिया।

उसकी बात सुनकर मुकुन्द तिलमिला गया। इतने सालों में यह पहली बार था जब उसको किसी ने इस तरह की आदेशात्मक टोन में सन्देश भिजवाया हो। और यह तो उस सरपंच के द्वारा भेजा गया था जो कल तक उसके आगे-पीछे फिरा करता था। मालू बोगामी के इस व्यवहार से उसके अहं को जोरदार ठेस लगी थी।

"मालू से कहना कि गुरुजी उसका नौकर नहीं है। उसे अपनी औरत को दिखाना है तो डिस्पेंसरी लेकर आए।" उसने तमतमाते हुए कहा। सन्देशवाहक बड़ी देर तक आश्चर्य से उसकी ओर ताकता रहा। उसके बाद सिर झुकाए वहाँ से निकल गया।

उस समय न तो लाहिरी में और न ही आसपास के गाँव में कोई डाक्टर या अस्पताल था। ऐसे में मुकुन्द के मना करने पर मालू ने अपनी बीवी को तो उसकी डिस्पेंसरी में भेज दिया मगर खुद साथ नहीं आया। बाद में मुकुन्द ने सुना कि उसने कुछ गाँववालों के सामने गुस्से में उबलते हुए कहा कि गुरुजी अपने-आप को बहुत बड़ा समझने लगा है। वह एक सप्ताह के भीतर गुरुजी की दुकान को बन्द कराके रहेगा।

अगले ही दिन मालू बोगामी लाहिरी गाँव में जन स्वास्थ्य केन्द्र (पीएचसी) खोलने की अर्जी लेकर तहसील मुख्यालय पहुँच गया। उसने तहसीलदार, खंड विकास अधिकारी और स्थानीय विधायक से मिलकर लाहिरी में जल्दी से जल्दी पीएचसी खोलने की गुजारिश की। अब पीएचसी खोलना कोई आटा-चावल तो था नहीं कि जाकर पंसारी की दुकान से कोई ले आए। सभी ने उसे इस माँग

पर विचार करके जल्दी ही कार्यवाही करने का आश्वासन दिया। यह बात और है कि सरकारी मामलों में जल्दी का मतलब कई बार कभी नहीं भी होता है।

मालू बोगामी की जी-तोड़ कोशिशों के बावजूद अगले छह महीने तक सरकारी स्तर पर इस सन्दर्भ में कोई हलचल नहीं हुई। इसके कारण और अधिक भड़के मालू ने मुकुन्द के खिलाफ अघोषित युद्ध छेड़ दिया। पहले तो उसने गाँववालों को उल्टी-सीधी बातें बोलकर मुकुन्द के खिलाफ भड़काने की कोशिश की। मगर उसका यह दाँव बुरी तरह से असफल हुआ क्योंकि गाँव वाले सालों से मुकुन्द को और उसके व्यवहार को देख रहे थे। गाँव का ऐसा कोई घर या परिवार नहीं था जिसके सुख-दुख में मुकुन्द शामिल ना हुआ हो। इस वजह से मालू के दो-चार लग्गू-भग्गुओं को छोड़कर किसी ने उसकी बात पर कान नहीं दिए। इसका परिणाम यह हुआ कि उसका मुकुन्द के प्रति द्वेष जलकुम्भी की तरह पसरता गया। उसमें आग में घी का काम किया ग्रामसभा को मजबूत करके उसके माध्यम से गाँव के सारे निर्णय लेने की मुकुन्द की कोशिशों ने।

आदिवासियों में यूँ भी सामूहिक रूप से निर्णय लेने की परम्परा पीढ़ी-दर-पीढ़ी चली आ रही थी। गाँव का सामूहिक निर्णय उसके सभी निवासियों पर बिना किसी किन्तु-परन्तु के अनिवार्य रूप से लागू हुआ करता था। इस निर्णय प्रक्रिया में सारे गाँव के लोग सहभागी हुआ करते थे। वहाँ कोई छोटा-बड़ा नहीं होता था। लेकिन जैसे-जैसे गाँव बड़े होते गए, गाँव के लोग रोजगार के लिए बाहर जाने लगे और गाँव के लोगों की एक-दूसरे पर निर्भरता कम होने लगी, सामूहिक निर्णय की यह परम्परा भी बाधित होने लगी। सरकारी योजनाओं को लागू करने की प्रक्रिया में प्रशासनिक अमले की दखलअन्दाजी ने इसे और गति दी। यहाँ तक कि गाँव की भलाई के कामों में सामूहिक दायित्व का बोध भी तेजी से कम होने लगा।

मुकुन्द की कोशिश इस सारी प्रक्रिया को उलटने की थी। इसके लिए सबसे पहले तो उसने यह सुनिश्चित किया कि गाँव में होनेवाला किसी भी तरह का कोई विवाद गाँव की सीमा से बाहर न जाए। दूसरे गाँव के विवाद में किसी भी बाहरी व्यक्ति का, फिर चाहे वह पुलिस या प्रशासन ही क्यों न हो, हस्तक्षेप

न हो। उसके प्रति गाँववालों के विश्वास की वजह से उसे बड़ी हद तक इन कोशिशों में सफलता भी मिली। मुकुन्द का अगला लक्ष्य सामूहिक चर्चा और उसके माध्यम से सर्वसम्मत निर्णय की प्रक्रिया को पुनर्स्थापित करना था। इसके लिए उसने ग्रामसभा को मजबूत करने और उसमें गाँव के हर व्यक्ति की उपस्थिति और भागीदारी सुनिश्चित करने के प्रयास शुरू किए। एक बार ग्रामसभा मजबूत हो जाती तो मुकुन्द का लक्ष्य गाँव के विकास का हर निर्णय लेने का अधिकार प्रशासन की जगह ग्रामसभा को हस्तान्तरित कराने का था। यह काम निश्चित रूप से बहुत कठिन था। मगर मुकुन्द का आत्मविश्वास उसे किसी भी तरह की कठिनता से घबराने या ठहरने का मौका नहीं देता था।

जाहिर है, गाँव के निर्णयों में ग्रामसभा की बढ़ती भूमिका इनमें सरपंच, ग्राम पंचायत के सदस्य, पुलिस पाटील जैसे गाँव के प्रतिष्ठित लोगों के महत्त्व को कम करने का सबब बनने लगी। बाक़ी लोगों में तो मुकुन्द के विरोध में कुछ कहने या करने का साहस नहीं था, मगर मालू बोगामी की मुकुन्द के प्रति नाराजगी की वजहें निरन्तर बढ़ने लगीं। अन्त में उसने अपनी समझ के मुताबिक तुरुप का पत्ता चलते हुए दलम के लोगों को मुकुन्द के खिलाफ भड़काने का निर्णय लिया।

9

अब तक मुकुन्द और दलम के बीच एक अघोषित शान्ति समझौता था। मुकुन्द न उनकी बैठकों में जाता था, न उनकी गतिविधियों में किसी भी प्रकार से शामिल होता था, मगर वह उनका या उनके कामों का विरोध भी नहीं करता था। दलम के सदस्यों की छोटी-मोटी हारी-बीमारी में वह उनका बिना किसी ना-नुकर के इलाज भी कर देता था। उधर दलम के लोग भी मुकुन्द की गतिविधियों में किसी प्रकार का कोई हस्तक्षेप नहीं करते थे, न ही उससे उनकी गतिविधियों से जुड़ने का कोई आग्रह करते थे। मालू बोगामी दलम का शुरू से ही विश्वासपात्र बना हुआ था। इस स्थिति का फायदा उठाकर उसने दलम के नेता किशन रेड्डी को यह विश्वास दिलाने में सफलता हासिल

कर ली कि ग्रामसभा की मजबूती का मुकुन्द का प्रयास दरअसल दलम द्वारा कायम की जा रही व्यवस्था का तोड़ खड़ा करने की कोशिश है। अपने कार्यों से वह दलम के प्रभाव को कम करने में जुटा हुआ है। इसके लिए उसे पुलिस और प्रशासन द्वारा भी छुपी मदद दी जा रही है।

इधर जब से लाहिरी में पुलिस की आवाज़ाही बढ़ी, दलम के लोगों ने सरेआम गाँव में आना और बैठक आयोजित करना छोड़ दिया था। अब वे जंगल में किसी जगह आकर अपना कैम्प लगाते थे और ज़रूरत के मुताबिक वहीं लोगों को मिलने के लिए बुलाया करते थे। उनके आने-जाने और ठहरने की जगह की जानकारी उनके कुछ चुनिन्दा विश्वासपात्र लोगों को ही हुआ करती थी। गाँव के आसपास कहीं दलम का कैम्प लगने के बाद दलम का कोई व्यक्ति चुपके से गाँव में आता और आवश्यक सन्देश देने और ज़रूरी सामान इकट्ठा करने की व्यवस्था करता।

ऐसे ही एक दिन दलम का एक सदस्य, जिसका नाम बालन्ना था, मुकुन्द की डिस्पेंसरी में जा पहुँचा। संयोग से उस समय डिस्पेंसरी में कोई मरीज नहीं था, इसलिए मुकुन्द प्रकाश द्वारा भेजी गई संक्रामक रोगों से सम्बन्धित एक किताब पढ़ रहा था। मुकुन्द के सामने रखी कुर्सी पर बैठते हुए बालन्ना ने एक पर्चा मुकुन्द के सामने सरका दिया। उस पर्चे में ढेर सारी दवाइयों के नाम और उनके सामने उनकी आवश्यक संख्या दर्ज की गई थी। मुकुन्द ने एक नज़र उस पर्चे पर डाली और फिर प्रश्नवाचक निगाह से बालन्ना को देखा।

"ये सारी दवाएँ माँगता।" बालन्ना ने कहा।

"किसको चाहिए ये दवाएँ?" मुकुन्द ने सवाल किया।

"दलम को चाहिए...किशन अन्ना ने भेजा मुझे।" बालन्ना ने थोड़ा रोब झाड़ते हुए ही कहा।

उसके तेवर से किसी भी प्रकार से प्रभावित न होकर मुकुन्द ने उसकी आँखों में झाँका और कहा, "नहीं मिलेगी।"

बालन्ना के लिए यह अप्रत्याशित था। वह बड़ी देर तक आश्चर्य से मुँह फाड़े मुकुन्द को देखता रहा। फिर गुस्से से लाल होते हुए बोला, "तू जो बोला, उसका मतलब जानता? उसका अंजाम जानता?"

मुकुन्द ने कोई जवाब नहीं दिया, बस ढिठाई से उसकी आँखों में झाँकता रहा।

मुकुन्द की इस हरकत से बालन्ना थोड़ा सकपकाया। पूछा, "क्यों नहीं देगा दवा? किशन अन्ना को क्या बोलूँ मैं?" शायद उसे लगा कि किशन अन्ना का नाम दोहराने से मुकुन्द को मामले की गम्भीरता का अनुमान होगा।

"मेरी डिस्पेंसरी छोटी है। यहाँ भामरागढ़ के अस्पताल से गाँव के लोगों के इलाज के लिए ज़रूरत भर की दवाएँ आती हैं। मैं कोई दवा सप्लायर नहीं हूँ।" मुकुन्द ने साफ कहा।

"तेरा भामरागढ़ का अस्पताल तो हमेशा जितनी माँगो, उतनी दवाएँ देता। फिर तू क्यों नहीं देता?" बालन्ना ने पूछा।

"वो अस्पताल बड़ा है। वहाँ ज़्यादा दवाएँ रहती हैं। मेरे पास उतनी नहीं रहतीं।" मुकुन्द ने कहा।

"जितनी है, उतनी दे दे।" इस बार बालन्ना बोला।

"नहीं दे सकता...जितनी दवाएँ यहाँ हैं वो गाँव के लोगों के इलाज के लिए ज़रूरी हैं। यहाँ आसपास के आठ-दस गाँवों के लोग आते हैं। यहाँ दवा उसे ही मिलेगी जो खुद मरीज होगा और जिसे दवा की तुरन्त ज़रूरत होगी। तुम्हें स्टॉक करने के लिए दवाएँ चाहिए तो जाकर भामरागढ़ से ले आओ।" मुकुन्द ने दवा का पर्चा बालन्ना की तरफ सरकाते हुए दो टूक कहा।

"तू ये बहुत बड़ी भूल कर रहा है गुरुजी...इसका अंजाम ठीक नहीं होगा।" क्रोध से भभकते हुए बालन्ना बोला।

मुकुन्द ने उसकी बात का कोई जवाब नहीं दिया। अपने सामने रखी किताब खोली और आगे पढ़ने लगा।

बालन्ना फनफनाते हुए मुकुन्द की डिस्पेंसरी से बाहर निकला। डिस्पेंसरी के बाहर छुपकर सब कुछ सुन रहे मालू बोगामी ने तुरन्त उसके कान में मुकुन्द के खिलाफ और जहर भरना शुरू कर दिया।

इसका परिणाम अगले ही दिन सामने आया।

मुकुन्द गाँव के स्कूल में एक चक्कर मारकर वापस अपनी डिस्पेंसरी की ओर लौट रहा था कि दलम के एक आदमी ने उसे रास्ते में रोका। मुकुन्द उसे

जानता था। उसका नाम सोमा दुरवा था। वह मुकुन्द का पुराना विद्यार्थी था जो बाद में दलम से जुड़ गया था। उसने मुकुन्द को हाथ जोड़कर नमस्कार किया।

"कैसा है सोमा? आज इधर कैसे आ गया?" मुकुन्द ने उसकी पीठ को थपथपाते हुए स्नेह से पूछा।

"तुझे ले जाने आया गुरुजी!" सोमा ने कुछ सकुचाते हुए कहा।

"मुझे कहाँ ले जाना है सोमा? कोई उत्सव कर रहा है क्या?" मुकुन्द ने हँसते हुए उससे पूछा।

"किसन अन्ना ने बुलाया है। पास के जंगल में कैम्प लगा है। वहीं चलना है तुझे।" सोमा के चेहरे पर अब भी थोड़ी झिझक थी।

"मुझे क्यों बुलाया है तेरे किसन अन्ना ने? मैंने पहले ही उसे बता दिया था कि मेरा उससे कोई मतलब नहीं है। मेरे पास बेकार की बातों के लिए समय नहीं है थोड़ा भी।" मुकुन्द ने भरसक अपने स्वर को मुलायम रखते हुए जवाब दिया। वह इतना तो समझ गया था कि कल जिस तरह उसने बालन्ना को खाली हाथ वापस भेज दिया था, उसकी वजह से किशन रेड्डी आगबबूला हो रहा होगा।

"मुझे पता है गुरुजी...पर तेरा चलना ज़रूरी है। बस एक बार चलकर अन्ना से मिल ले।" सोमा ने आग्रह किया।

"मैं नहीं जाऊँगा। मुझे कोई काम होगा तो मैं जाऊँगा उसके पास। यदि उसे मुझसे कोई काम है तो वह आए मेरे पास।" इस बार मुकुन्द के स्वरों में तल्खी उतर आई थी।

सोमा अपना-सा मुँह लेकर लौट गया। किशन रेड्डी की क्रोधाग्नि को द्विगुणित करने के लिए इतना काफी था।

10

दलम के इलाके में प्रवेश के कारण मुख्य रूप से वन विभाग के कर्मचारियों के अत्याचार से गाँव के आदिवासियों को मुक्ति मिल गई थी। इसके अलावा पेपर मिल में काम करनेवालों की मजदूरी भी बढ़ गई थी। इसके कारण

शुरू में तो दलम के प्रति लोगों में बड़े पैमाने पर आकर्षण जागा। उन्हें न सिर्फ गाँववालों का आदर-सम्मान मिलता था, बल्कि जब भी वो लोग गाँव में आते तो उनके खाने-पीने की व्यवस्था भी गाँव के आदिवासी खुशी-खुशी कर दिया करते थे। मगर जैसे-जैसे वक्त बीता, दलम के लोगों की माँगें बढ़ती गईं। उधर दलम की गतिविधियाँ इलाके में बढ़ने की वजह से पुलिस की आवाज़ाही भी गाँव में बढ़ने लगी। पुलिसवाले आते तो गाँव के लोगों को उनके लिए भी खाने-पीने की व्यवस्था करनी पड़ती। पुलिसवालों की गाँव की लड़कियों-औरतों पर भी अक्सर बुरी नज़र रहती। वो आदिवासियों को दलम की किसी भी प्रकार की मदद न करने के लिए भी धमकाते। कई बार गाँव के युवकों को पकड़कर उनकी बुरी तरह से पिटाई की जाती, ताकि दलम के बारे में कोई जानकारी हासिल की जा सके। धीरे-धीरे गाँव के आदिवासी दो पाटों के बीच में बुरी तरह से पिसने लगे। दलम की मदद करने पर उन्हें पुलिस के अत्याचारों का सामना करना पड़ता और यदि मजबूरी में कभी वे पुलिसवालों के खाने-पीने की व्यवस्था करते तो दलम के लोगों के कोप का भाजन बनना पड़ता। मुखबिरी के थोड़े से शक में भी दलम के लोग किसी की जान लेने में देर नहीं लगाते।

पुलिस के अत्याचारों की जानकारी मिलने पर तो मुकुन्द किसी तरह के हस्तक्षेप की कोशिश किया करता था मगर दलम की ज़्यादतियों से लोगों को बचाना उसके लिए सम्भव नहीं था। अब लोगों को ज़्यादा से ज़्यादा अपने अधिकारों के प्रति जागरूक करना ही एकमात्र उपाय था, जिसमें मुकुन्द पूरी ताकत से जुटा हुआ था।

लेकिन किशन रेड्डी के आदेशों की लगातार दो बार अनदेखी करने की वजह से स्थितियाँ इतनी बिगड़ गईं जिसका मुकुन्द को अनुमान भी नहीं था। अब तो मालू के भड़काने की ज़रूरत नहीं रह गई थी। किशन रेड्डी को यह समझते देर नहीं लगी कि मुकुन्द द्वारा दलम के और उसके आदेशों की इस तरह खुलेआम अवहेलना की खबर इलाके में फैलते देर नहीं लगेगी। इसकी वजह से इस इलाके में उसने जो इतनी मेहनत से अपने दबदबे की इमारत खड़ी की है, वह पूरी तरह से ढह जाएगी। वह यह भी जानता था कि बातों

से या किसी तरह की धमकी से मुकुन्द को रोकना सम्भव नहीं है। अब बस एक ही रास्ता था कि मुकुन्द नाम के इस काँटे को हमेशा के लिए रास्ते से हटा दिया जाए। उसने मालू से कहा कि तीन दिन बाद सोमवार को दलम के लोग लाहिरी जाएँगे और मुकुन्द का किस्सा खत्म करके लौटेंगे। उस दिन जंगल में लगे दलम के कैम्प से वापस लौटते समय मालू बोगामी के पाँव खुशी के मारे जमीन पर नहीं पड़ रहे थे।

उधर अगले ही दिन रात को अँधेरा होने के बाद छुपते-छुपाते सोमा दुरवा फिर मुकुन्द के पास पहुँचा। वासन्ती को सामने देखकर पहले वह कुछ कहने से हिचकिचाया मगर जब मुकुन्द ने उसे आश्वस्त किया तो सोमा ने मुकुन्द की हथेलियाँ अपनी हथेलियों में थामकर उन्हें माथे से लगाया और बोला, "गुरुजी, तू तुरन्त गाँव छोड़कर चला जा।"

मुकुन्द ने आश्चर्य से उसकी ओर देखा। उसके चेहरे पर असमंजस के भाव थे।

"गुरुजी, तूने हम सब के लिए और गाँव के लिए बहुत कुछ किया है। बस इतनी बिनती और मान ले मेरी। हो सके तो तू आज ही यहाँ से निकल जा।" सोमा ने हाथ जोड़कर कहा। उसकी आँखों में आँसू तैर रहे थे।

"यह कैसी बात कर रहा है तू सोमा? ऐसे भला कैसे चला जाऊँ मैं यहाँ से और क्यों चला जाऊँ?" मुकुन्द के चेहरे पर असमंजस की लकीरें उभर आई थीं। उधर सोमा की बातों से वासन्ती का दिल आशंकाओं से भर उठा था।

"तू कोई सवाल मत कर गुरुजी। तुझे हमारे प्यार का वास्ता है। बस तू अभी यहाँ से चला जा।" सोमा की आँखों में उमड़े आँसू अब उसके गालों तक उतर आए थे।

"तू मुझे इतने साल से जानता है सोमा। मेरा विद्यार्थी रहा है तू। तुझे अच्छे से पता है कि जब तक मुझे तू ठीक से सारी बात नहीं बताएगा, मैं यहाँ से हिलने भी नहीं वाला हूँ।" मुकुन्द के चेहरे और स्वरों में दृढ़ता थी।

"किसन अन्ना ने तेरी जान लेने का फैसला किया है गुरुजी। सोमवार को दलम के लोग तुझे मारने के लिए आनेवाले हैं। मैं बड़ी मुश्किल से सिर्फ तुझे यह बताने के लिए आया हूँ। मैं बहुत सालों से दलम के साथ काम कर

रहा हूँ। मुझे पता है कि यदि तू यहाँ से नहीं गया तो फिर तुझे कोई बचा नहीं पाएगा।" हिचकते हुए सोमा ने आख़िर सच बता ही दिया।

यह सुनते ही वासन्ती के चेहरे का रंग उड़ गया। डर और चिन्ता के मिले-जुले भाव उसके चेहरे पर उमड़ आए। वह कुछ कहना चाहती थी मगर मुकुन्द ने हाथ के इशारे से उसे रोक दिया। उसके चेहरे की दृढ़ता बरकरार थी। वह बोला, "मरना तो सब को एक न एक दिन है ही सोमा, यदि मेरी मौत इस तरह से होनी है, तो हो जाएगी। मगर मैं यहाँ से किशन या दलम के लोगों के डर से भागनेवाला नहीं हूँ। भागने की जगह मैं उनका सामना करते हुए मरना पसन्द करूँगा।"

सोमा उसके पाँवों में लोट गया। "इस बार अपनी जिद छोड़ दे गुरुजी। इस गाँव पर तेरे बहुत एहसान हैं। मैं नहीं चाहता कि इस गाँव की मिट्टी तेरे खून से रंग जाए। मैं ज़्यादा देर ठहर नहीं सकता। तू अपने फैसले पर फिर से विचार कर।"

मुकुन्द कुछ कहने ही वाला था कि बाहर से किसी ने उसे आवाज़ लगाई। बाहर मासु कोरामी था। उसकी बीवी को बच्चा होनेवाला था। प्रसव के समय बच्चा बीच में ही अटक गया था। मुकुन्द ने वासन्ती को दवाई और औजारों वाला बैग लेकर आने को कहा और खुद मासु के साथ उसके घर की ओर दौड़ गया।

11

"कभी-कभी बड़ी लड़ाई जीतने के लिए कुछ कदम पीछे भी लेने पड़ते हैं मुकुन्द। तुझे तो पता है, भगवान कृष्ण भी लड़ाई से बचने के लिए मथुरा छोड़कर द्वारका गए थे।" डॉ. प्रकाश ने समझानेवाले अन्दाज़ में कहा। वासन्ती जानती थी कि मुकुन्द किसी की सुननेवाला नहीं है, इसलिए उसने तुरन्त सारी स्थिति एक काग़ज़ में लिखकर एक आदमी को डॉ. प्रकाश के पास भामरागढ़ भेज दिया था। डॉ. प्रकाश रविवार की दोपहर तक लाहिरी पहुँच गए थे।

"पहली बात तो यह है कि मेरे लिए कोई लड़ाई छोटी या बड़ी नहीं है, इसलिए हर लड़ाई को लड़ने का मेरा एक ही तरीका है कि जो भी परिस्थिति हो, उसका पूरे साहस से सामना करो। दूसरे तुझे पता है कि मैं भगवान के अस्तित्व पर विश्वास नहीं रखता इसलिए किसी राम-कृष्ण के उदाहरण से मुझ पर कोई असर होनेवाला नहीं है।" हँसते हुए मुकुन्द ने कहा।

"कोई और मौका होता तो मैं भी तेरी इस बात पर हँसता मुकुन्द, मगर यह समय हँसने का नहीं, तुरन्त कोई कदम उठाने का है। हमारे पास ज़्यादा समय नहीं है। मैं गाड़ी लेकर आया हूँ, तुझे हमारे साथ तुरन्त चलना है।" डॉ. प्रकाश ने गम्भीर होकर कहा।

"मेरा उत्तर अभी भी वही है...मेरी जान जाती है तो चली जाए मगर मैं यहाँ से पीठ दिखाकर भागूँगा नहीं। यह मेरे सिद्धान्तों के खिलाफ़ है।" मुकुन्द के चेहरे पर निश्चय की रेखाएँ उभर आई थीं।

"तू मेरे कहने से इस गाँव में आया था मुकुन्द। इतने साल तू मेरा और हमारे अस्पताल का प्रतिनिधि बनकर यहाँ रहा है। अब मैं तुझसे कह रहा हूँ कि तू यहाँ नहीं रह सकता। तुझे मेरे साथ चलना ही होगा।" मुकुन्द को मानते न देख डॉ. प्रकाश ने नया दाँव चला।

इस बात पर मुकुन्द फिर मुस्करा उठा, "तुझे अच्छी तरह से पता है प्रकाश...मैं यहाँ आया भी अपनी मर्जी से था और जाऊँगा भी अपनी मर्जी से। हाँ, तू कहे तो यह डिस्पेंसरी मैं इसी वक्त छोड़ सकता हूँ।"

अब डॉ. प्रकाश के साथ आए डॉ. अभय ने मोर्चा सँभाला। डॉ. अभय ने चन्द्रपुर जिले में गाँव की परम्परागत दाइयों को आधुनिक प्रसूति तकनीक सिखाने की दिशा में बड़ा आन्दोलन चलाया था। वह डॉ. प्रकाश और मुकुन्द का मित्र था।

"तू कृष्ण को नहीं मानता मगर शिवाजी महाराज को तो मानता है ना? उन्होंने भी तो बड़े लक्ष्य को हासिल करने के लिए औरंगजेब के साथ तात्कालिक समझौता किया था। जब शिवाजी महाराज यह कर सकते हैं तो तुझे क्यों इसमें कमी महसूस हो रही है?"

"मैं बहुत छोटा इंसान हूँ अभय, मेरी कहाँ शिवाजी महाराज से बराबरी?" मुकुन्द की जिद के सामने हर तरह का तर्क बेअसर साबित हो रहा था।

"तू मुझे सिर्फ एक बात बता। लाहिरी में परिवर्तन का तेरा जो सपना है, क्या वह पूरा हो गया?" इस बार डॉ. अभय ने मुद्दा ही बदल दिया।

"नहीं, अभी बहुत कुछ करना बाक़ी है यहाँ।" मुकुन्द ने स्वीकार किया।

"तू मर गया तो फिर कौन करेगा वह काम? देख, जान है तो जहान है। तुझे भी पता है कि कोई भी बदलाव कितनी तपस्या और कितना समय माँगता है। तेरी इतने सालों की जुताई के बाद इस गाँव में और आदिवासियों के जीवन में बदलाव के कुछ अंकुर फूटते हुए दिखाई देने लगे हैं। तू जिन्दा रहा तो फिर लौटकर अपने अधूरे काम को अंजाम तक पहुँचा सकता है। फिर तेरा उदाहरण देखकर इस इलाके के अन्य गाँवों में भी परिवर्तन का एक नया आन्दोलन खड़ा हो सकता है। यदि तू ही नहीं रहा तो इतने सालों की तेरी सारी मेहनत बेकार चली जाएगी। दूसरे तेरी जान गई तो फिर कोई और मुकुन्द कभी इन आदिवासी इलाकों में सेवा के लिए आने की हिम्मत नहीं करेगा।" डॉ. अभय ने आख़िरी दाँव चला था।

"तुम लोगों को लगता है कि दलम के लोग मुझे फिर इस गाँव में लौटने देंगे?" मुकुन्द के रुख में पहली बार थोड़ी नरमी दिखी।

"अभी किशन रेड्डी का गुस्सा अपने चरम पर है। तू कुछ दिन यहाँ से दूर रहेगा तो उसका गुस्सा ठंडा होने में देर नहीं लगेगी। इस बीच हम लोग भी गाँववालों के साथ मिलकर उससे बात करने की कोशिश करेंगे।" अभय और प्रकाश दोनों ने उसे आश्वासन दिया।

"और उतने दिन तक मेरे काम का क्या?" मुकुन्द का सवाल था।

"यहाँ का काम बन्द नहीं होगा। कुछ दिन डिस्पेंसरी को सँभालने के लिए मैं किसी और को भामरागढ़ से भेज दूँगा। तेरे लौटकर आने तक वह यहाँ के लोगों का इलाज करेगा।" डॉ. प्रकाश ने अपनी ओर से मुकुन्द को आश्वासन दिया।

इधर वासन्ती ने भी मोर्चा खोल दिया। "तुझे पता है ना मुकुन्द, तेरे प्यार की खातिर मैं अपना घर-परिवार और शहर का जीवन छोड़कर तेरे साथ इन जंगलों में आ गई थी। आज मैं तुझसे कह रही हूँ कि कुछ समय के लिए मेरे साथ शहर चल। यह मत भूल कि मेरी और हमारे बेटे की जिम्मेदारी भी

तेरी है। अपनी जिद में तू सिर्फ खुद को खतरे में नहीं डाल रहा, मेरा और अपने बेटे का भविष्य भी खतरे में डाल रहा है।" यह कहते हुए वासन्ती की आँखें आँसुओं से तर हो गई थीं।

शायद कोई और तर्क मुकुन्द को इतना प्रभावित नहीं करता, जितना इस एहसास ने किया कि वासन्ती और उनके बेटे के भविष्य की खातिर उसका जिन्दा रहना ज़रूरी है। बाबा के साथ काम करने के लिए वह अपने परिवार की सब धन-सम्पत्ति पीछे छोड़कर आ गया था। यहाँ काम करते हुए दो पैसे बचाने का तो सवाल ही नहीं था। ऐसे में उसके न रहने पर वासन्ती और बेटे को होनेवाली तकलीफों की कल्पना ने उसे अपनी जिद छोड़ने पर मजबूर कर दिया।

तुरन्त उनका ज़रूरी सामान जीप में डाला गया। दलम के लोगों से किसी तरह के टकराव से बचने के लिए गाँव में किसी को भी कोई सूचना नहीं दी गई। दिल पर पत्थर रखकर मुकुन्द सब के साथ जीप में बैठ गया। जीप जब गाँव की सीमा पर पहुँची तो अचानक मुकुन्द ने उसे रुकवाया। नीचे उतरकर उसने झुककर गाँव की मिट्टी को उठाकर अपने माथे से लगाया और अपने हाथ जोड़ लिए। उसका मन और आँखें दोनों भर आई थीं। उसने धुँधलाई आँखों से एक बार गाँव की ओर देखा और मुड़कर फिर जीप में सवार हो गया। भीतर ही भीतर उसे एहसास था कि लाहिरी में अब जल्दी लौटना नहीं हो सकेगा। उसकी आँखों में आँसू थे और दिल में इस मिट्टी में फिर लौटने की आस।

बदलाव

"अरे देखो तो ज़रा, कितनी गन्दगी कर दी है इन नासपीटों ने। सारा दिन घर के बाक़ी कामों की जगह इन मरों की फैलाई गन्दगी को साफ़ करना ही अकेला काम रह गया है अब मेरा।" मनु मैडम के चीखने की आवाज़ आई तो हम चारों चौंके।

हमने मुड़कर देखा, मनु मैडम कमर पर हाथ रखे क्रोध से थर-थर काँपते हुए चीख रही थीं। उनके इस रौद्र अवतार को देखकर जहाँ मैं और ब्राउनी थोड़ा-सा सहम गए, वहीं प्रिंस और जैकी खी-खी करके हँसने लगे। वह तो अच्छा हुआ कि मनु मैडम का ध्यान उस समय उनके हँसने की ओर नहीं गया, नहीं तो जाने क्या हंगामा मच जाता।

अन्दर से वर्मा जी की आवाज़ आई, "अरे आता हूँ मेरी जान! थोड़ा सब्र तो करो।"

मुझे पता था कि इस समय ज़रूर वर्मा जी अपने बेडरूम के डबलबेड पर अधलेटे किसी पत्रिका में निगाहें गड़ाए हुए होंगे। मनु मैडम की आवाज़ सुनकर हड़बड़ाकर उन्होंने पत्रिका डबलबेड के पास वाली तिपाई पर रखी होगी और अपनी लुंगी सँभालते हुए बाहर की ओर निकले होंगे। अभी मैं यह सोच ही रहा था कि तब तक वर्मा जी दरवाज़े से बाहर आ गए। उन्होंने जब रौद्रावतार धारण किए हुए मनु मैडम को देखा तो बोले, "तुम अपना ख़ून यों इस तरह ना जलाया करो मनु। देखो तो, पके टमाटर की तरह लाल भड़क हो गया है तुम्हारा चेहरा।" कहते हुए उनका चेहरा गम्भीर था, मगर बात पूरी करते-करते वे हँस पड़े थे। उनके साँवले चेहरे पर एक पल को दाँत इस तरह चमके मानो धूसर बादलों के बीच से कोई बिजली चमकी हो।

उनकी हँसी ने मनु मैडम के पारे को कुछ और चढ़ा दिया। "तुम्हें तो हर समय बस मसखरी करने को कह दो। किसी बात को गम्भीरता से लेते ही नहीं। देखते नहीं, आँगन कितना गन्दा कर दिया है तुम्हारे लाड़लों ने।"

उन्होंने बड़ी मुश्किल से अपनी हँसी रोककर एक बार आँगन में हमारे द्वारा की गई धमाचौकड़ी के नतीजों को देखा और फिर उनका ध्यान हमारी ओर गया। उस समय तक हम चारों एक कोने में एक-दूसरे से सटकर सिकुड़े-से खड़े हो गए थे। मगर हमारी चमकती आँखों में भय से ज़्यादा विस्मय था। प्रिंस और जैकी तो इस अदा से मनु मैडम को ताक रहे थे, मानो वह कोई चलता-बोलता अजूबा हों। वर्मा जी ने मज़ाक़ में फिर कुछ कहना चाहा, मगर उसी क्षण उनका ध्यान मनु मैडम के तमतमाए हुए चेहरे पर गया। उन्होंने मुँह तक आए सारे शब्दों को बाहर ना निकालकर हलक से नीचे उतार लिया और सिर्फ इतना बोले, "तुम जाओ भीतर, मैं अच्छी खबर लेता हूँ इन चारों की।"

मनु मैडम पैर पटकती हुई जैसे ही भीतर घुसी, हम चारों कूदते-फाँदते वर्मा जी के पैरों के पास आकर लाड़ जताने लगे। वर्मा जी ने हमारी हरकतों को नज़रअन्दाज़ कर आँगन पर निगाह डाली। वहाँ समचुच भारी उथल-पुथल मचाई हुई थी। चार गमले आँगन में इस तरह आड़े पड़े थे, जैसे रणभूमि में आख़िरी साँस लेते घायल सैनिक पड़े हों। उनका अपना वजन कुछ कम नहीं था, मगर इसमें कोई शक नहीं था कि हम चारों ने ज़रूरत से कुछ ज़्यादा ही ताकत दिखा दी थी। कल वर्मा जी पीले गुलाबों का एक पौधा लेकर आए थे और उसे एक खाली गमले में लगाते समय बहुत खुश दिखाई दे रहे थे, वह भी धराशायी था। उस पर खिले गुलाब की पंखुरियाँ अलग-अलग बिखरी हुई थीं।

वर्मा जी ने गमलों को उठाने के लिए पैर हिलाए मगर हम चारों एक इंच भी अपनी जगह से सरकने के लिए तैयार नहीं थे। वर्मा जी को पता था कि जब तक वे हम चारों के साथ कुछ देर खेल नहीं लेते, हम हिलनेवाले नहीं हैं। वे वहीं घुटनों के बल बैठ गए। कुछ देर हमारे साथ हमारी मस्ती और उछल-कूद में भाग लेने के बाद उन्होंने हमें हलके हाथों से थोड़ा परे किया।

फिर सारे गमलों को उठाकर उनके भीतर की मिट्टी और पौधों को सहेजा। तीन गमलों के पौधों को तो कुछ खास नुकसान नहीं हुआ था मगर मोगरे का एक नन्हा पौधा अब फिर जड़ें जमाने के काबिल नहीं रह गया था। आँगन में एक ओर कुछ ईंटें रखी हुई थीं। उन्होंने हर गमले के नीचे चार-चार ईंटें जमा दीं। उन्हें शायद लग रहा था कि इस तरह की किलाबन्दी के बाद अब हम उन गमलों को कोई नुकसान नहीं पहुँचा पाएँगे। हम चारों ने एक साथ आपस में देखा और शरारत से मुस्करा दिए। हम दौड़कर फिर उनके पैरों के पास गए और बार-बार उनके इर्द-गिर्द मँडराते हुए उछल-कूद करते रहे।

अचानक वर्मा जी का ध्यान मनु मैडम की चप्पलों की तरफ गया। अभी पिछले सप्ताह ही बड़े शौक से लेकर आई थीं मनु मैडम ये चप्पलें। वर्मा जी को दिखाते हुए उन्होंने शिकायत से भर कर कहा था, "तुमसे कितने दिनों से कह रही थी कि एड़ियों में दर्द रहता है इसलिए मुझे डॉक्टर सोल वाली चप्पलें दिला दो, मगर तुम्हारे पास तो मेरे लिए कोई वक्त है ही नहीं। मजबूरी में मुझे ही लानी पड़ी। तुम साथ होते तो इतनी महँगी चप्पल के दाम कुछ कम करा देते।"

इतने मन से लाई गई चप्पलों का हाल देखकर वर्मा जी दहशत से भर उठे। चप्पलें नई थीं मगर उनकी स्थिति अब ऐसी नहीं थी कि उनके उपयोग की कोई उम्मीद की जा सके। भूखा शेर जैसे अपने शिकार की हालत करता है, वैसी ही हालत उन चप्पलों की भी हुई थी। हालाँकि ब्राउनी उन चप्पलों की इस दुर्दशा के बिलकुल खिलाफ़ था और मैं खुद भी उससे सहमत था। मगर प्रिंस हमारी बात सुनने को बिलकुल भी राजी नहीं हुआ। उसके नए-नए आए हुए दाँत इन चप्पलों को देखकर ही कुलबुलाने लगे थे। जैकी ने भी उसी का साथ दिया। परिणाम यह हुआ कि उन नई चप्पलों की धज्जियाँ उड़ गईं।

वर्मा जी ने एक बार हताशा भरी निगाहों से हम चारों की ओर देखा और फिर आँगन की बिखरी हुई चीज़ों को उनकी निर्धारित जगहों के हवाले किया। इसके बाद उन्होंने कोने में रखी हुई झाड़ू उठा कर हमारी ओर देखा। उनके हाथ में झाड़ू देखने के बाद भी हमारी धमाचौकड़ी पर इसका कोई असर नहीं हुआ। वह मुस्करा दिए। उन्हें पता था कि यदि उनकी जगह अभी

मनु मैडम होतीं तो उनके हाथ में झाड़ू देखते ही हम चारों इस समय कहीं शरण खोजने के लिए धड़पड़ते दिखाई देते।

वर्मा जी ने झाड़ू से आँगन में फैली मिट्टी को साफ किया। फिर वे भीतर से काग़ज़ का एक पैकेट ले आए और उसमें चप्पल के अवशेषों को भरकर डस्टबिन में नीचे दबा दिया। उनकी इस हरकत से मुझे यह समझने में देर नहीं लगी कि वे मनु मैडम को चप्पलों की यह दुर्दशा दिखाना नहीं चाहते। हो सकता है कि वे इनके बदले चुपके से नई चप्पलें लाकर भी रख दें। यदि मनु मैडम अपनी नई चप्पलों का यह हाल देख लेतीं तो इसमें कोई सन्देह नहीं कि फिर वे हमें अपने आँगन में फटकने भी नहीं देतीं। मेरा मन वर्मा जी के लिए श्रद्धा से भर उठा।

मुझे वर्मा जी बहुत पसन्द थे। प्रिंस और जैकी को भी पसन्द थे, मगर मुझसे थोड़ा कम। ब्राउनी कभी कुछ साफ-साफ बोलता ही नहीं है। शुरू से वह कम बोलनेवाला और थोड़ा अलग-थलग रहनेवाला है। हम तीनों की मस्तियों में भी वह कुछ देर के लिए शामिल तो होता है, मगर फिर जाकर किसी कोने में बैठ जाता है और जाने क्या सोचा करता है। मैंने कई बार उससे इस बारे में पूछने की कोशिश की। मगर ज़्यादातर बातों पर वह बस मुस्करा कर रह जाता है।

2

जिस अधबने वीरान पड़े बँगले में हम रहते थे, उसी बँगले के अहाते में माँ ने हम चारों को जन्म दिया था। मुझे याद नहीं कि जन्म के कितने दिनों बाद तक मेरी आँखें बन्द ही थीं और मैं बन्द आँखें लिए ही माँ के स्तन से चिपककर दूध पिया करता था। कभी-कभी माँ के स्तन को खोजने के लिए मुझे संघर्ष करना पड़ता था, क्योंकि वहाँ पहले से ही कोई चिपका हुआ होता था। बाद में जब पहली बार मेरी आँखें खुलीं तो मैंने देखा कि वे मेरे तीन भाई थे। प्रिंस, जैकी और ब्राउनी। माँ का चेहरा भी मैंने तभी पहली बार देखा था। यह उस अधबने बँगले का मुख्य कक्ष था शायद, जिसके एक कोने में मैंने

सबसे पहले आँखें खोली थीं। किसी समय वहाँ काम करनेवाले मजदूरों ने चूल्हा बनाकर जलाया होगा, क्योंकि उस कोने में अब भी राख के अवशेष बड़ी मात्रा में थे, जिस पर हम चारों सारा समय पड़े रहते थे। शुरू-शुरू में तो मुझे याद है कि ज़्यादातर समय मैं और बाक़ी तीनों भाई भी सोए ही रहते थे। कई बार तो माँ हमारे पास आकर लेट जाती और हम नींद में ही उसके स्तनों से अपना मुँह लगाकर दूध पीना शुरू कर देते थे।

कुछ समय बाद जब यह नींद की अवधि कुछ कम होने लगी तो हमने अपने पाँवों पर उठ खड़ा होने की कोशिश शुरू कर दी। शुरू में हम चारों ही उठने की कोशिश में कई बार लुढ़क जाया करते थे। हम चारों में ब्राउनी को ही उठकर खड़ा होने में सबसे ज़्यादा वक्त लगा। प्रिंस हम सबमें सबसे तेज था और वही सबसे पहले उठकर खड़ा भी हुआ। ब्राउनी हम तीनों के उठकर खड़ा होने और थोड़ा आसपास चलना शुरू करने तक उठकर खड़े होने के लिए संघर्ष करता रहा। अपनी कोशिशों के दौरान जब वह लुढ़क जाता तो प्रिंस और जैकी उसकी बहुत हँसी उड़ाते, मगर मुझे उनका इस तरह से ब्राउनी का मज़ाक़ बनाना बिलकुल अच्छा नहीं लगता था। जिस दिन ब्राउनी अपने पाँवों पर खड़ा होने और चार कदम चलने में कामयाब हुआ, मुझे सबसे ज़्यादा खुशी हुई थी।

ये वो दिन थे जब हमने बाहर के चबूतरे के एक ओर बनी चार सीढ़ियों पर से उतरने की कोशिश शुरू कर दी थी। सबसे पहली बार प्रिंस तो तगड़ा होने के कारण एक सीढ़ी पर से आराम से नीचे उतर गया था मगर मैं और जैकी लुढ़क कर नीचे गिरे थे। तब प्रिंस हम दोनों पर भी खूब हँसा था। हम दोनों को वापस ऊपर चढ़ने में भी बहुत मेहनत करनी पड़ी थी। आख़िर में प्रिंस ने ही नीचे से सिर लगाकर ढकेलते हुए हम दोनों को ऊपर चढ़ने में मदद की थी। मगर उसके कुछ दिनों बाद हम लोगों का आकार बढ़ गया था और हम आसानी से उन सीढ़ियों पर चढ़-उतर लिया करते थे। ब्राउनी भी कुछ दिनों बाद हम तीनों के साथ शामिल हो गया था।

बँगले का अहाता बड़ा था और हम चारों उसमें खूब उछल-कूद किया करते थे। उन दिनों माँ ने हम लोगों को दूध पिलाना कुछ कम कर दिया था।

पहले हम जब तक उसका दूध पीते थे, वह आराम से लेटी या बैठी रहती थी, मगर बाद में वह बीच में ही अचानक उठ खड़ी होती थी। हम चारों उसके चारों ओर चक्कर लगाते तथा उसे और अधिक दूध पिलाने का आग्रह करते मगर वह हमारी ओर कोई ध्यान ही नहीं देती थी और बँगले के अहाते से बाहर निकल जाती थी। जब वह लौटती तो कई बार उसके मुँह से दूध जैसी ही ख़शबू आया करती थी। हम लोगों ने तो इस बात पर उतना ध्यान नहीं दिया मगर एक दिन ब्राउनी अचानक बोल उठा था कि क्या माँ भी हमारी तरह कहीं और अपनी माँ का दूध पीने जाया करती है?

उसका यह कहना तो हमारे लिए आश्चर्यजनक था ही, मगर उसकी बात के सत्य होने की सम्भावना को लेकर हम अत्यधिक उत्सुक हो गए थे। उसी दौरान हमने तय किया कि एक बार हम भी माँ के पीछे-पीछे जाएँगे और देखेंगे कि वह कहाँ जाती है और जहाँ जाती है, क्या वहाँ सचमुच उसकी कोई माँ रहती है।

वह पहला दिन था जब हम उस बँगले की चारदीवारी से बाहर निकले थे। उस बँगले से सटा हुआ एक बँगला था। उस बँगले का जो गेट था, वह थोड़ा सा खुला हुआ था। हमने माँ को धीरे से उसके भीतर जाते देखा। हम चारों भी दबे पाँव उस गेट तक गए और भीतर झाँका तो देखा कि एक प्लेट में मुँह डाले माँ कुछ खा रही है और एक अजीब-से आकार वाला प्राणी उसकी पीठ और गरदन पर हाथ फेर रहा है। यह किसी इंसान का हमारा पहला दर्शन था। और वह इंसान वर्मा जी थे।

उस समय हमारे भीतर भय का कोई नामोनिशान नहीं था। थी तो बस अपने चारों ओर के दृश्यों को देखने-जानने की उत्सुकता। वर्मा जी जिस स्नेह से माँ की पीठ-गरदन पर हाथ फेर रहे थे, उसकी वजह से एक पल को भी हमारे भीतर कोई डर या झिझक नहीं जागी। हम दौड़ते हुए उस थोड़े से खुले हुए दरवाज़े से होते हुए तुरन्त माँ के पास जा पहुँचे। माँ जिस प्लेट से कुछ खा रही थी, उस प्लेट में क्या था, इस उत्सुकता से हम भरे हुए थे। वह जो भी था, खानेवाली चीज़ थी, यह हम माँ को देखकर समझ ही गए थे, इसलिए हमने तुरन्त उस प्लेट में मुँह डालने की कोशिश की। मगर उस

प्लेट की किनारी थोड़ी बड़ी थी और हमारा मुँह उस प्लेट के भीतर आसानी से नहीं पहुँच पा रहा था। उधर माँ को भी हमारा वहाँ आना पसन्द नहीं आया था और उसने थोड़ा गुर्राकर हमें वहाँ से दूर हट जाने को कहा। यह देखकर वर्मा जी मुस्करा दिए और भीतर जाकर एक छोटी प्लेट ले आए। उस प्लेट में थोड़ा दूध डालकर उन्होंने हमारे सामने रख दिया। हम चारों ने कुछ कुतूहल से उसमें अपना मुँह डाला। माँ के दूध के अलावा यह पहली वस्तु थी, जिसका स्वाद हमने चखा था। हालाँकि इसका स्वाद माँ के दूध से बहुत ज़्यादा अलग नहीं था।

बाद में हमें पता चला कि हर दिन शाम को जब मनु मैडम अपने बँगले के छोटे-से पूजाघर में बैठकर दीप जलाकर कोई पाठ किया करती थीं तो माँ चुपके से उनके बँगले में पहुँच जाया करती थी। उस समय वर्मा जी एक प्लेट में माँ को दूध दिया करते थे। कभी-कभी उसमें कोई रोटी भी बारीक मसली हुई होती थी। माँ जब तक उस प्लेट को पूरी तरह से साफ नहीं कर देती थी, वर्मा जी उसकी गरदन और पीठ पर हाथ फेरते रहते थे।

3

पहले ही दिन से वर्माजी ने हम चारों के साथ स्नेह का एक अलग-सा नाता कायम कर लिया था। फिर तो यह होने लगा कि जैसे ही माँ शाम होते ही वर्मा जी के यहाँ जाने को निकलती, हम भी उछलते-कूदते उसके पीछे हो लेते। शुरू में माँ इस बात को लेकर खुश नहीं थी, मगर एक तो हम उसके गुर्राने से या डाँटने से माननेवाले थे नहीं, दूसरे हमारे जाने के कारण उसे मिलनेवाले खाने में किसी तरह की कोई कमी नहीं हुई थी, इसलिए उसने हमारा उसके पीछे-पीछे जाना स्वीकार कर लिया था, मगर अपनी प्लेट में से वह हममें से किसी को भी हिस्सेदार न बनाने के मामले में पूरी तरह से सख्त थी। वर्मा जी अब सिर्फ माँ की गरदन और पीठ ही नहीं सहलाते थे, बल्कि अपनी नर्म उँगलियों से हम चारों को भी हल्के से छूते और स्नेह से हाथ फिराते। कभी वो अपनी हथेलियाँ हमारे आगे कर

देते और हम चारों अपने पंजों से उसे पकड़ने की या उस पर ताली देने की कोशिश करने लगते।

जल्द ही हमारा दूध के साथ ही रोटी और बिस्कुट के स्वादों से भी परिचय हो गया। कुछ दिन ऐसे ही आराम से और मजे में बीते थे, जब एक दिन हमने पहली बार मनु मैडम को देखा था। उस दिन हम यह नाम नहीं जानते थे। बाद में माँ ने ही हमको बताया था कि वर्मा जी के घर में रहनेवाले उस गुस्सैल और विचित्र प्राणी का नाम मनु है। माँ ने कई बार वर्मा जी को उसे इसी नाम से पुकारते हुए सुना था। उस घर में काम करने के लिए जो लोग आते थे, वे सब उसे मैडम कहकर पुकारते थे। ब्राउनी ने दोनों नामों को मिलाकर उसे मनु मैडम कहना शुरू किया। हमें भी यह नाम बहुत पसन्द आया।

उस दिन भी हम और दिनों की तरह वर्मा जी की दी हुई प्लेट में से अपनी जीभ को जल्दी-जल्दी डालकर औरों से ज़्यादा दूध पीने की कोशिश कर रहे थे कि एक अजनबी और कड़क आवाज़ गूँजी, "तो यह वजह है रोज पतीले में से दूध कम हो जाने की। मुझसे झूठ बोलते रहे आप कि मैंने दूध पीना शुरू किया है आजकल।" उसी के साथ मनु मैडम वहाँ अवतरित हुईं।

हमारे साथ-साथ वर्मा जी भी चौंके थे उस पल। उन्होंने हड़बड़ाकर कुछ कहना चाहा मगर मनु मैडम ने उन्हें बीच में ही रोक दिया, "ज़्यादा सफाई देने की ज़रूरत नहीं है। मैं भी तो सोचूँ कि इतने साल तो कभी इन्हें दूध पीना पसन्द नहीं आया, अचानक ही दूध की इतनी तलब कैसे लग गई इन्हें और वह भी तब जब मैं ऊपर पाठ किया करती हूँ।"

"अरे नहीं जानेमन, दूध तो मैं रोज ही पिया करता हूँ। बस कभी-कभी इन पपीज़ को भी दे देता हूँ। देखो ना, कितने प्यारे हैं ये चारों।" वर्मा जी ने सफाई देते हुए कुछ चापलूसी की। मगर मनु मैडम ने उनकी इस चापलूसी पर जरा भी ध्यान नहीं दिया।

"निकालो बाहर इन सबको इसी समय यहाँ से, और खबरदार जो फिर कभी इन्हें आँगन के भीतर आने दिया।"

मनु मैडम की चीख भरी आवाज़ सुनकर और रौद्र अवतार देखकर हम चारों के भीतर एक सिहरन-सी दौड़ गई और हमने पहली बार अपने भीतर भय का अनुभव किया। उस दिन अपने ठिकाने पर लौटने के तुरन्त बाद प्रिंस ने मनु मैडम के साथ अपने युद्ध की घोषणा कर दी थी। पता नहीं वह कहाँ से और किन लोगों की चर्चा सुनकर आया था, जिसके प्रभाव में उसने कहा कि मनु मैडम दरअसल कमजोरों पर अत्याचार करनेवाली नस्ल की है और उसे सबक सिखाना उसका और हम सबका पवित्र कर्तव्य है। हम उसकी विचित्र बातों को सुनते हुए उसे आश्चर्य से देखते रह गए थे।

उसने अपनी सुनी हुई बातों से हम तीनों का ज्ञानवर्धन करते हुए कहा कि इस दुनिया में सिर्फ दो ही वर्ग हैं, दो ही पक्ष हैं। एक हम जैसे प्राणी हैं, जो साधनविहीन हैं, कमजोर हैं। दूसरे मनु मैडम जैसे लोग हैं, जो साधनसम्पन्न हैं, ताकतवर हैं। कमजोरों के अधिकारों पर अतिक्रमण करके, उनके संसाधनों पर अनधिकार कब्जा करके दूसरा वर्ग ताकतवर होता जाता है। जैसे-जैसे यह वर्ग ताकतवर होता है, दूसरे वर्ग को और अधिक दबाता-कुचलता है। इस वर्ग का नाश ही हम जैसों का एकमात्र उद्देश्य होना चाहिए।

मुझे तो प्रिंस की बातों में से कुछ पल्ले नहीं पड़ा। जैकी ने उससे पूछा तो प्रिंस ने बताया कि चौथे बँगले की बरसाती में रहनेवाले एक दढ़ियल युवक को उसने यह सब अपने कुछ दोस्तों को कहते हुए सुना था। इस पर ब्राउनी ने सवाल किया कि यदि एक वर्ग हमारा और एक वर्ग मनु मैडम का है और दुनिया में सिर्फ दो ही वर्ग हैं तो फिर वर्मा जी किस वर्ग के हैं? प्रिंस ने इस पर कोई जवाब नहीं दिया, बस ब्राउनी की ओर घूरकर देखा।

लेकिन उसके बाद प्रिंस ने मनु मैडम के खिलाफ मोर्चा खोल दिया। शुरू-शुरू में उसने छापामारी वाला तरीका अपनाया।

यूँ वर्मा जी के बँगले के बाहर एक बड़ा-सा लोहे का गेट लगा हुआ था, मगर उसकी डिजाइन कुछ ऐसी थी कि उन दिनों उसके बीच की खाली जगह से हम लोगों के लिए भीतर जाना जरा भी मुश्किल नहीं था। अगले कुछ दिनों में हमने यह देख लिया था कि हर दिन सूरज के सिर पर चढ़ आने से बहुत पहले ही वर्मा जी अपनी गाड़ी लेकर निकल जाया करते थे

तो फिर शाम को सूरज ढलने के आसपास घर लौटते थे। बीच के समय में मनु मैडम घर में अकेली ही रहती थीं। शुरू में प्रिंस चुपके-से गेट के बीच की जगहों से उनके आँगन में प्रवेश कर जाता था। आँगन में उसे जो भी चीज़ दिखाई देती, उसे अपने नुकीले पंजों और दाँतों से चीर-फाड़ने की पूरी कोशिश करता। उस समय वह इतना ताकतवर नहीं था कि आँगन के गमलों को उलट-पुलट पाता। और यदि कभी उसे घर का मुख्य द्वार खुला मिल जाता तो वह सीधे वर्मा जी की बैठक में प्रवेश कर जाता। बैठक में बहुत मुलायम गद्देदार सोफे रखे हुए थे। प्रिंस वहाँ जाकर उछल-कूद करता। वहाँ एक सेंट्रल टेबुल रहता, जिसमें नीचे के हिस्से में तह किए हुए काग़ज़ रखे रहते। बाद में हमें पता चला कि उन्हें समाचार-पत्र कहते हैं। प्रिंस अपने पंजों से उन समाचार-पत्रों को फाड़ देता और फिर भाग आता।

बाद में उसके साथ जैकी भी जाने लगा। दोनों मिलकर बैठक में रखी हुई चीज़ों को गिरा देते। कभी-कभी वे उससे भी अन्दर रसोई घर तक चले जाते। यदि मनु मैडम उन्हें देख लेतीं तो चीखती हुई उनके पीछे दौड़ती। ऐसे में पूँछ को अपनी टाँगों के बीच दबाए दोनों तेजी से बाहर की ओर भागते।

मुझे प्रिंस और जैकी की हरकतें पसन्द नहीं थीं। मगर वर्मा जी के घर को भीतर से देखने की इच्छा के कारण एक बार मैं उनके साथ चला गया। घर मुझे पसन्द आया, इसलिए कभी-कभी मैं उनके साथ भीतर चला जाता था। लेकिन ब्राउनी ने कभी इस हेट-मिशन में साथ नहीं दिया, न ही वह कभी हम लोगों के साथ घर के भीतर गया। शुरू-शुरू में एक बार वह हम सबके साथ वर्मा जी के आँगन तक गया था। उस दिन वर्मा जी के बँगले का मुख्य द्वार खुला हुआ था, सो मौका ताड़कर हम तीनों भीतर की तरफ लपके। मगर ब्राउनी हमारे साथ नहीं आया। संयोग ऐसा हुआ कि अभी हमने अपना उत्पात शुरू किया ही था कि मनु मैडम ने हमें देख लिया। गुस्से से आग-बबूला होकर वो झाड़ू लेकर हमारे पीछे दौड़ीं। हम तेजी से बैठक से बाहर निकल कर आँगन में पहुँचे और वहाँ से गेट से बाहर भागे। ब्राउनी हमें भागता देखकर सचेत हो पाता इससे पहले मनु मैडम आँगन में पहुँच गईं। उन्हें देखकर ब्राउनी डरकर तेजी से गेट की तरफ दौड़ा मगर बाहर

निकलते-निकलते झाड़ू का एक प्रसाद उसे मिल ही गया। इस घटना ने ब्राउनी पर बहुत असर डाला। उसने वर्मा जी के आँगन में जाना ही छोड़ दिया।

इधर हमारा उत्पात बढ़ा और उधर वर्मा जी के यहाँ माँ सहित हम लोगों के दूध का राशन बन्द हो गया। लेकिन उसकी क्षतिपूर्ति कभी रोटी और ज़्यादातर बिस्कुट के रूप में होने लगी। दूध हमारा यूँ भी बन्द हो गया था क्योंकि तब तक माँ ने हमें दूध पिलाना पूरी तरह से बन्द कर दिया था। हम चारों को खाने की तलाश में पूरा दिन इधर-उधर भटकना पड़ता था। माँ तो कॉलोनी से बाहर निकल जाया करती थी, मगर हम चारों कभी उस कॉलोनी के बाहर नहीं निकले। माँ ने बताया था कि कॉलोनी से बाहर हर इलाके में हमारे रिश्तेदार रहते थे मगर सबके इलाके निश्चित थे और वे अपने इलाकों में दूसरे किसी का भी आना बर्दाश्त नहीं करते थे। हालाँकि बाद के दिनों में हम मौका देखकर आसपास के इलाके घूमने लगे थे, मगर यह बहुत बाद की बात थी।

हर शाम हम वर्मा जी के घर लौटने की प्रतीक्षा करते थे। दूर से जब उनकी गाड़ी दिखाई देती तो हम दौड़कर उनके गेट तक पहुँच जाते। गाड़ी से वर्मा जी के उतरते ही हम तीनों, और कभी-कभी हमारे साथ माँ भी, पूँछ हिलाते हुए उनको घेर लेती। वे मुस्कराकर हमारी ओर देखते और फिर कहते, अच्छा चलो अब मुझे जाने दो भीतर। मैं जरा फ्रेश होकर और कपड़े बदल कर आता हूँ। इस पर भी हम उनके साथ-साथ उनके बँगले के मुख्य द्वार तक जाते और फिर उनके लौटने का वहीं बैठकर इन्तज़ार करते रहते। जब कुछ देर बाद वर्मा जी भीतर से आते तो उनके हाथ में रोटी या बिस्कुट हुआ करते।

4

ब्राउनी शुरू से ही हम तीनों से बहुत अलग था और अलग-थलग रहता भी था, मगर इधर जैसे-जैसे हम बड़े हो रहे थे, उसका स्वभाव बहुत अजीब-सा होता जा रहा था। मनु मैडम की झाड़ू का प्रसाद पाने के बाद उसने वर्मा जी

के यहाँ जाना छोड़ ही दिया था। ज़्यादातर समय वह हमारे ठिकाने पर ही किसी कोने में बैठा रहता और शून्य में ताकता रहता। कई बार वह अकेला बैठा कुछ बुदबुदाता रहता, जो हम कभी समझ नहीं पाते। प्रिंस और जैकी उसकी इस बात के लिए खूब हँसी उड़ाते, मगर उस पर उनकी हँसी का कोई असर नहीं होता।

इधर उसने खाने की तलाश में भी कहीं आना-जाना बहुत कम कर दिया था। अक्सर दिन भर वह एक ही जगह पर भूखा बैठा रहता। मेरे मन में शुरू से ही उसके लिए अपनत्व का भाव था, इसलिए ऐसे समय में मैं ही अपने मुँह में रोटी का कोई टुकड़ा या बिस्कुट दबाकर उसके पास ले जाता। वह मुझे देखकर मुस्कराता, मेरे लाई वस्तु बहुत शान्त भाव से खा लेता और फिर अपनी सोच में गुम हो जाता।

यूँ ब्राउनी का स्वभाव ज़्यादातर मौन रहने का ही था, मगर एक दिन उसने प्रिंस से मनु मैडम को परेशान न करने का अनुरोध ज़रूर किया था। उसका कहना था कि हमारे सामने मनु मैडम और वर्मा जी के दो उदाहरण थे। एक क्रोध से भरा और दूसरा प्यार से। हम जब मनु मैडम के घर में घुसकर उत्पात करते हैं तो दरअसल उनका ही अनुकरण करते हैं, जबकि हमें वर्मा जी जैसा बनने की कोशिश करनी चाहिए। मगर प्रिंस का तर्क था कि दुष्टों के साथ दुष्टता से पेश आना किसी भी दृष्टि से गलत नहीं है। उनकी दुष्टता का जवाब प्रेम से देने की बात सिवाय कमजोरी के कुछ नहीं है। दुष्टता का जवाब प्रेम से देने की कोशिश करने पर दुष्टों की दुष्टता और बढ़ती है। दुष्टता का जवाब दुष्टता से ही दिया जाना चाहिए। संसार में क्रान्ति इसी तरह से हुआ करती है। इसके बाद ब्राउनी ने प्रिंस के साथ कोई बहस करने की कोशिश नहीं की। पर सच तो यह था कि मुझे ब्राउनी की बात ठीक लगी थी। इसके बाद मैंने मनु मैडम के खिलाफ मुहिम में उन दोनों का साथ देना बन्द कर दिया था।

प्रिंस जानता था कि मैंने यह निर्णय ब्राउनी से प्रभावित होकर लिया है, इसलिए उसने ब्राउनी को पागल घोषित कर दिया। मगर ब्राउनी पर इसका कोई असर नहीं हुआ। उसका रवैया बदस्तूर उसी तरह जारी रहा। प्रिंस का

गुस्सा इसकी वजह से और बढ़ने लगा। यूँ ऊपरी तौर पर वह ब्राउनी की हर बात का मज़ाक़ उड़ाया करता था, मगर ब्राउनी कभी किसी दिन जो एक-दो शब्द भी बोल देता तो वह फिर सारा दिन बेचैन रहता। धीरे-धीरे हालत यह हुई कि यदि ब्राउनी उसे एक नज़र उठाकर देख भर लेता तो भी वह बेचैन हो जाता।

इधर ब्राउनी का बाहर जाना बिलकुल बन्द हो गया। वह दिन पर दिन कमजोर होने लगा। शुरू-शुरू में वह मेरे द्वारा लाए हुए खाने को चुपचाप खा लेता था, मगर इधर कई बार वह उसे देखकर भी अनदेखा कर दिया करता था। इधर माँ का पेट कुछ फूला हुआ दिखाई देने लगा था। उसका आकार दिन-प्रतिदिन बढ़ने लगा था। उसकी भूख भी बढ़ गई थी। कई बार वर्मा जी की दी हुई रोटी या बिस्कुट में से वह हमसे भी छीना-छपटी करने लगती।

और फिर वह दिन आया, जो किसी बुरे स्वप्न-सा आज भी मुझे बहुत परेशान करता है। तीन दिन से वर्मा जी कहीं बाहर गए हुए थे। ना जाने कैसे दुर्दिन थे कि उन तीन दिनों में हमें अपनी कॉलोनी में भी ढंग का खाने को कुछ मिला नहीं। परेशान तो हम तीनों भी थे मगर माँ की भूख मानो बर्दाश्त के बाहर हो रही थी। वह बार-बार हम पर गुर्रा रही थी। जब मुझे ही खाने को कुछ नहीं मिला था तो ब्राउनी को कुछ देने का तो सवाल ही नहीं था। वैसे भी पिछले पाँच-छह दिनों से उसने कुछ खाया नहीं था। वह एक कोने में इस तरह पड़ा हुआ था कि समझ में ही नहीं आ रहा था कि उसकी साँसें चल रही हैं या नहीं।

प्रिंस और जैकी खाने की तलाश में बाहर निकले हुए थे। तीन दिन से भूखा होने के कारण मैं भी बहुत कमजोरी महसूस कर रहा था। बाहर जाकर खाना खोजने के अलावा कोई और चारा नहीं है, यह सोचकर मैं अभी उठा ही था कि किसी के जोर से भौंकने की आवाज़ आई और अगले ही पल प्रिंस और जैकी बुरी तरह से डरे और परेशान भागते हुए भीतर आए। मैंने देखा, प्रिंस के पिछली जाँघ से थोड़ा खून भी निकल रहा था। जैकी ने बताया कि वे दोनों खाने की तलाश में पास वाली कॉलोनी में चले गए थे। दुर्भाग्य से

उस इलाके के हमारे ही किसी रिश्तेदार ने उन्हें देख लिया और वह उनके पीछे जोर-जोर से भौंकते हुए दौड़ पड़ा। प्रिंस और जैकी डर के मारे बहुत तेजी से भागे मगर फिर भी वह प्रिंस की जाँघ में दाँत गड़ाने में कामयाब हो गया था। किसी तरह जान बचाकर वे यहाँ पहुँचे थे।

प्रिंस अपनी उखड़ी हुई साँसों पर काबू पाने की कोशिश कर ही रहा था कि उसकी निगाह एक कोने में पड़े हुए ब्राउनी पर गई। यह संयोग ही था कि ठीक उसी क्षण ब्राउनी ने हलके से गरदन उठाकर प्रिंस की ओर देखा। न जाने क्या हुआ कि प्रिंस मारे गुस्से में गुर्राते हुए चबूतरे की सीढ़ियों को फाँदता हुआ ब्राउनी की ओर दौड़ा। यह सब इतनी तेजी से हुआ कि मैं देख ही नहीं पाया कि ब्राउनी की गरदन प्रिंस के उस तक पहुँचने के पहले ही लुढ़की थी या प्रिंस के उस पर झपट्टा मारने के बाद।

मैं उस समय चबूतरे से नीचे था। मैं ब्राउनी को बचाने के लिए दौड़ा मगर हड़बड़ी में सीढ़ियों से इतनी तेजी से मेरा सिर टकराया कि कुछ क्षणों के लिए मानो मेरी चेतना ही गुम हो गई। इसके बाद का बहुत सारा समय शायद नीम बेहोशी में बीता मेरा। बीच-बीच में मेरी आँख खुल ज़रूर रही थी। उस दौरान मुझे जो चित्र दिखे, वे मेरे लिए भयावह थे।

जब मुझे होश आया तो मैंने देखा कि हमारे ठिकाने पर कोई नहीं था। जहाँ ब्राउनी बैठा करता था, वहाँ थोड़ा खून फैला हुआ था। अनिष्ट की आशंका से मैं भीतर तक काँप गया। मैं तेजी से बाहर की ओर भागा।

सड़क पर वर्मा जी के गेट के बाहर मुझे प्रिंस और जैकी नज़र आए। ब्राउनी के शरीर का एक हिस्सा उनके सामने खुला पड़ा था। मुझे यह देखकर उबकाई आने लगी। यह संयोग ही था कि तभी गाड़ी के हॉर्न की आवाज़ आई। तीन दिनों से शायद किसी दूसरे शहर गए वर्मा जी लौट आए थे। अपने घर के बाहर जैसे ही वे पहुँचे, सामने का नज़ारा देखकर एक पल के लिए चौंक उठे। वो गाड़ी वहीं खड़ी करके बाहर निकले। मेरी तरफ उनकी पीठ थी इसलिए मैं उनके चेहरे के भाव नहीं देख पाया। मैंने सिर्फ इतना ही देखा कि उन्होंने हाथ उठाकर प्रिंस और जैकी को वहाँ से भगाने की कोशिश की। प्रिंस और जैकी पर इसका कोई असर नहीं हुआ।

पता नहीं वर्मा जी को इसके चलते गुस्सा आया या नहीं, पर वो हट-हट करते हुए प्रिंस-जैकी की ओर बढ़े। जब वो उन दोनों के नजदीक पहुँचे तो उन दोनों के लिए वर्मा जी को अनदेखा करना सम्भव नहीं रह गया था। मगर वहाँ से हट जाने की जगह दोनों पहली बार गुस्से से वर्मा जी की ओर देखकर गुर्राते हुए भौंकने लगे। वर्मा जी आश्चर्य से भरे स्तब्ध खड़े उन्हें देखते रह गए। उन दोनों की आँखों में क्रूरता थी और उनके खुले हुए जबड़े अपने ही भाई के खून से सने हुए थे।